你的星空，我的愛情少尉

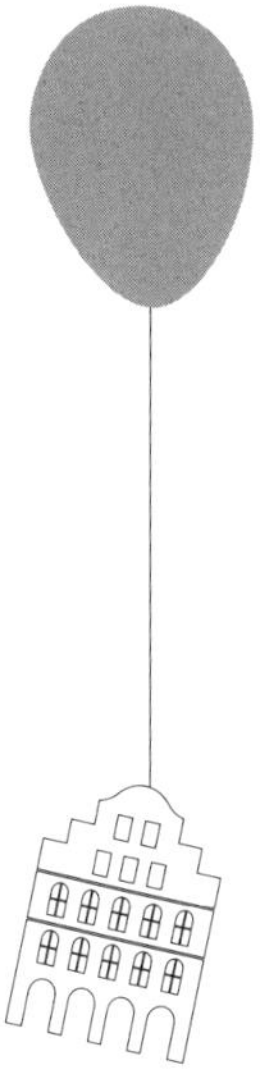

杜昭瑩 著

目錄

自序

妳的李宗盛與他的五月天

當時，年輕的妳喜歡李宗盛，現在，年輕的他喜歡五月天。

大一那年，十八歲與十九歲的中間，妳談了人生第一場戀愛，也是那一年，李宗盛出了他的第一張個人專輯《生命的精靈》。從秋天快步走到隔年的夏天，妳迅速修完初戀學分，雖然成績有點糟，可是過程溫潤而美好。如果人生是由許多長短不一的紀錄片組合而成，那麼，妳的初戀，只是一支極短篇，由彩色變成黑白，倉皇地結束在一個莫名的句點。

幾十年後回想起來，那記錄著懵懂愛戀的陳年短片，其中鮮少對白，卻充滿著背景音樂。那是年輕小李唱的歌，情深意切，一首接著一首，把該說想說卻來不及說的話，一口氣，替妳說個精光。

生命的精靈，會是多少五年級生的人生配樂與感情旁白？對妳來說，那些乘載著青春的音符，其實早已成為留在昨日的一把珍珠，兀自閃爍、明滅，與妳往後的人生並無關聯。有趣的是，在那之後，李宗盛寫了無數精采的情歌，多半為人作嫁，造就了許多閃亮的明星，自己反而隱身幕後，成了流行音樂界的大哥。那個拿著吉他自彈自唱，把自己的故事勇敢唱出來的小李，停步在妳初戀的那一年，成為永恆的瞬間。

不約而同，你們都把一段青春無敵的故事留在那個年代了。往後的人生，美好的、醜陋的、穩妥的、起伏的，都平凡得理所當然。工作、婚姻、家庭、子女，一樣一樣把你們推著往前走，從青春的開頭走向了青春的盡頭。

過了幾個十年，妳暫時結束多年的旅外生活回到台北，有一天妳打開報紙，看到李宗盛演唱會的廣告，上面幾個大字忽地跳入眼簾：「既然青春留不住」，妳盯著這一行字，眼淚嘩啦嘩啦落下來。

妳一個人去聽演唱會，坐在數萬人的中間，彷彿坐在數萬個青春記憶裡面，每一個微小的曾經的愛恨情仇全部化成音符，在瀰漫著白色霧氣的空中載浮載沉，隨手一抓，打開一看，都是某個中年人塵封多年的純真往事。

你們彷彿被歌聲集體催眠，閉上眼睛，把生活中的壓力痛苦煩惱全部繳械，一個一個，乾淨而純潔，回到青春初始的某一天。

最後一首歌，山丘，離開催眠狀態的一道指令，把你們從無知青春瞬間拉回到哀樂中年，幕即將落下，妳在暗處無法控制地蒙面哭泣，歲月無情，妳確信，青春是無論如何再也留不住了。

過了一年，妳又來到李宗盛的下一場演唱會「還是當個大叔好」。十九歲的她與妳同行，坐在妳的身邊，冷眼看一場以文字與音樂為主軸的質樸演唱會，她那姿態，彷彿是來證明，當年五年級生眼中的小李在八年級生看來已經是一個大叔，而老媽，別懷疑，妳也已經是一個大嬸無誤。

這次，妳的心情大不相同，同樣一首歌，妳一面回頭探看當年的妳自己，一面轉頭望著身旁的青春少女，忙著在兩個十九歲之間來回擺盪，妳少了感慨，多了幾分比對的趣味，以及彼此靠近的溫暖。

她沒有妳那麼愛李大叔，或許她不能理解妳十九歲的老故事，可是她願意靠過來，努力想像老故事裡的老溫度。正如同，妳沒有那麼愛他們的五月天，可是妳也可以走過去，試著趨近他們的活力新世界。

長年在國外受教育的他們，對五月天的認識非常晚，一直要等到搬回台灣了才真正見識到這五個男生的奇異魅力，尤其是十六歲的他，向來追隨國外的樂團，沒料到也輕而易舉臣服在五月天的音樂裡。回到台灣的第一場五月天跨年演唱會，他理所當然成為便利商店裡守著 ibon 排隊搶票的其中一個年輕人。

他如願趕上五月天的音樂盛會。站在高雄巨蛋的搖滾區，他抬頭望去，四面八方黑壓壓的藍色燈海，浪來潮去一望無際，回過頭，一看，右邊是他的老媽，再過去是他的老爸，幾萬個年輕人裡最突兀的兩個中年人，手拿著螢光棒，等著阿信開口唱，屏息以待，比他還要緊張。

溫柔或狂野的音樂，炫目的燈光，攝人的特效，插天的舞台，以及會移動的巨象，妳來到一個妳所不認識的搖滾叢林。妳被兩個世代夾在中間，右邊的歐吉桑很節制地輕輕晃動五十歲的身軀，生怕驚擾了微疏的頭髮與微凸的小腹，妳左邊的小伙子，堅持把螢光棒讓給妳，雙手插在口袋，跟著節拍，波浪起伏著青春的肉體，沉浸在他自己的音樂光年裡。

而妳，是不屬於任何一方的時光迷航者。從不在KTV出醜的妳，豁出去了，大聲跟唱每一句歌詞，向來與舞蹈形同陌路的妳，盡情扭動忘了是十六歲還是四十六歲的身軀，上下跳耀，左右扭動，完全無視於旁人的存在。

其間，當阿信出現在舞台邊緣的時候，妳跟著所有小妳二、三十歲的小朋友衝上前去，在幾乎碰得到他的一臂之遙，摀著嘴大叫：「天啊！他好帥啊！」一片混亂中，趕來護衛妳的十六歲少年冷靜地伸出手，環著妳因為過於激動而顫慄的肩膀，生怕一不小心妳會就此消失在人群之中。

妳早就已經不在那裡了，當妳忘記妳的年齡，開口唱，手舞足蹈，恣意猖狂，逼近他十六歲的青春，妳，已經不是現在的妳自己。

妳的李宗盛，他的五月天，妳的老年代，他的新世紀。對於彼此的青春，你們可以愛，可以不愛，可以貌合，可以神離，可以大步走開，如果願意，當然也可以並肩而行。

青春凋謝與盛放的交會處，妳在這裡停下腳步，埋首寫下分屬兩個世代的十八個故事，拉攏著五年級的妳與八年級的他們，以青春為墨，一點一滴，一字一句，彼此靠近。

妳要的，僅只是靠近而已。

距離

我的舊時光

妳的少女時期，非常封閉，除了學校同學，妳幾乎沒有什麼其他的朋友。

哪裡會有時間有機會結識新朋友呢？妳的生活軌跡一成不變，埋頭順著被鋪排的軌道往下走，少有停頓或出軌的非常時刻。一早，妳迎著晨光騎腳踏車出門，騎到街上的校車停靠站，停放腳踏車，坐校車，上學。一整天的課之後，放學，坐校車，再乘著夜色騎腳踏車回家。黝黑的夜色裡，只有幾盞昏黃的路燈相伴，妳途間騎經一大片黑壓壓的木麻黃，常常因為害怕而必須大聲唱著歌。

一成不變的時間表，日日重複，場景限於家裡與學校兩者之間，妳和外面的世界形同隔絕。

校外聯誼？沒有。社團活動？沒有。逛街看電影壓馬路？都沒有。和哪個友伴相約出遊？也幾乎想不起來。貧瘠受限的青春歲月，妳沒有機會拓展妳的境外交友圈。

幸好，還有一種人，叫做「筆友」，遠遠地躲在信紙的那一頭，持著筆沾著墨，鑽過常軌中間的微小縫隙，偷渡進入妳無味的平靜生活，留下一點有趣的痕跡。

高中時妳曾經有過一個素未謀面的筆友，與她維持了一段很長時間的信上交流，搭起妳們兩端橋樑的，是《南縣青年》這本月刊。

在學校，你們並不被鼓勵閱讀課業以外的閒書，唯有每個月出刊的《南縣青年》是名正言順的正當課外讀物。薄薄的一本小書，妳是忠實的讀者，也是殷勤的寫手，每個月妳以雙重身份等待著期盼著月刊寄達學校的那一天。每一次妳拿到當期月刊，心臟砰砰跳，屏息打開它，等著下一秒鐘自己的文章會不會浮出頁面跳進眼簾。那是妳無趣的中學生活裡難得有趣的一瞬間。

與此同時，妳注意到，有一個就讀鄰鎮高中的女生所寫的文章也常被錄用，她的名字在月刊上數度和妳隔著期數或頁數，遙遙相望。

她的文筆清新可喜，文字的國裡，妳暗中將她歸化在同一塊領地。同樣身為鹽鄉文藝園區的辛勤墾地人，想必妳們應該會是志同道合的文學伙伴，一股莫名的熟悉感鼓動著妳，有一天，妳提起勇氣，寫了一封信寄到她的學校。就這樣，文字為媒，妳們變成了筆友。

筆友，在當時的意思，是完全徹底地以筆會友。妳們的友誼建立在一枝筆和一張紙上面，落墨成文，魚雁往返，殷切地交換著對文學的熱愛，陳述著對青春的迷惘與質疑。雖然在現實世界裡，妳們從來沒見過面，沒通過電話，兩方距離無比遙遠，但在筆墨之間，妳們就像是一對老朋友相知相惜相識多年。

所有的了解都在信紙上發生。她的筆跡規矩乾淨，一筆一畫躲著一雙冷靜的眼神，暗中張望打量著妳。而妳寫字的筆法十分詭異，極小的字體全面斜躺，一致向左側傾倒，彷若被朔風齊齊吹斜的一片野草，率性但也卑微。如果她夠心細，應該不難發現，這筆跡其實透露著一股想探頭表達，卻又不自主壓抑，渴望被了解，卻又害怕被完全看見的矛盾性格。

文字，工整著來，傾斜著去，彼此傳遞著只有妳們才懂的無聲交談。妳們從沒想過要見面，就算是好奇，也僅只慎重地交換過一張穿著各自校服的照片。妳無從臆測當她收到相片時，是否能夠把妳的人和那野草傾頹的文字產生何種連結，至於妳，手拿她穿著一襲碧湖色制服的照片，端詳再三，坦白說，妳找不到任何情感上的連接點，反而無端認生起來。人群當中絕無可能認出來的一張清秀面容，失去文字的支撐之後不過是一個陌生人，妳其實有點後悔太早跨越了現實的這道防線。

就安安分分各自待在書信的兩端地久天長吧！如果能在文學的見證之下，背對著背不看見彼此的臉，爬著青春的格子一起長大，已經是一件夠美好夠浪漫的事情。當時妳並沒料到，後來，這段友情的毀壞，與它的建立一樣，輕而易舉。

某一天，妳從教務處領回最新一期的《南縣青年》，走回教室的路上妳迫不及待打開，興奮地找尋妳的或她的名字。最後雖然只看見她的名字孤孤單單掛在目錄下方的某一欄，妳還是替她開心，順著頁數，妳開始逐字展讀。

閱讀中的妳帶著一抹微笑，微笑裡帶著一絲絲身為朋友的引以為傲，引以為傲裡躲著一些些身為對手的暗地較量。妳喜歡妳們在這塊文藝園地上亦友亦敵的競逐關係，相互欣賞卻也彼此爭鋒，有股微妙的力量，推著妳們的筆向著更高更遠處奔進。

往下讀，妳在文章的第三段時停下腳步，妳抬起頭，好像有個懸崖突然橫在眼前，妳與她的友情在這裡，從此戛然而止。

上一封給她的信是多久以前寄出去的呢？妳不記得確切日期了，但妳記得那個深夜，妳在燈下琢磨良久，辛辛苦苦派詞遣字，寫就一封長信，寫完連自己看了都覺得文采橫溢。這些文字在別人眼裡或許毫不值錢，但對妳們兩個文藝少女來說，那是送給知音的無價珍寶，只有妳們能相互鑑賞，一眼看出它們的無限美好。一想到這些心愛的文字即將交託在她手上，妳覺得無比安心。

而此刻，貼著郵票密封在信封裡的妳的文妳的字妳的心思，經過她的手，竟然，一字不漏出現在這一期的《南縣青年》，穿上沉重的鉛字，掛上她的名，成為她文章之中毫無破綻的第三段。

妳端著小小的本子，愣了好久，努力思索她寄給妳的那張照片，妳錯過了什麼線索嗎？她鏡片後的眼睛裡藏著什麼妳沒看出來的關於背叛的蛛絲馬跡嗎？

妳對文字的潔癖超乎想像，無論如何都不能忍受其間藏著一丁點塵埃大小的不純潔。妳想，妳的筆友或許錯估了對妳的理解，才會光明正大絲毫不覺得這是一樁不被接受的偷竊之罪。

妳私下定她的罪，並不打算張牙舞爪索討妳的失物，沉默，妳決計用沉默來做為對她的無言懲罰。年輕的妳愛恨太過分明，再也沒有給她寫過一封信，從此斷了往來。她是否曾經覺得抱歉或有過些微的心虛呢？她是否想過跟妳解釋其中緣由呢？她是否以為妳們的友情足以不分妳我可以互通有無呢？因為執意拆了文字的橋，妳再也無從得知她的想法。

筆友，最陌生的知音，最熟悉的陌路，妳們之間那麼遠又那麼近，那麼近又那麼遠，全憑書寫而產生的愛恨親疏，是一段無法依照常理丈量的人我距離。

或許從一開始，各自堅守各自的文字城堡，隔著城池遙遙相望的距離，才是妳們之間最美好的關係。

大二的時候，妳有過另外一個筆友，是一個男生。這次，文學不是你們共通的語言與共同的目標，書信，只是用來試探一段友情或是一段感情是否得以繼續延展的一顆投路石。

你們是透過電腦擇友牽線而成的「小主人」與「小天使」。那時還是網路的石器時代，對一般人來說，那台 DOS486 電腦是一個麻煩的怪東西，必須花費一番工夫喊對芝麻開門的密語才能順利開機，還得背上一堆奇怪的指令才能指揮它開始動作。妳抗拒那些繁瑣的公式，對這厚重的機器完全不感興趣，除了可以把朋友憑空變出來這件事，那讓妳覺得它還有點新鮮的趣味。

妳念的中文系因為多半是女生最受到理工科系的青睞，尤其是清大交大的電機男好像對輔大中文女特別存有浪漫的幻想，以為妳們一定氣質過人溫柔婉約，特別喜歡找妳們玩電腦配對。唉！妳不確定其他女生是不是都像那樣，起碼在妳身上這真是一個天大的誤會。

先有一張表格，勾選好妳的個人資料，身高體重興趣喜歡的類型等等等等，密密麻麻一張紙卡承載著妳的大約輪廓，交由專人潛入電腦，在資料的大海裡四下摸索，尋找出彼此契合的「小主人」與「小天使」。

電腦擇友的配對過程中，當然沒有附上相片，那還不是一個光明正大以貌取人的年代，含蓄，保守，人與人之間還被允許存在著極大的想像空間。收到對方來信時，妳只能以字取人，模糊拼湊出著藏身在信紙後面的那人會是什麼大略的模樣。

就算是擇友，妳依舊難掩女文青的孤高，以字取人的標準達到近乎潔癖的超高標。眾多的來信中，文意不通者，不回，夾雜錯字者，不回，呆若木雞者，不回，油腔滑嘴或是急求躁進者，全數進了垃圾桶。層層篩選之下的倖存者，只剩一個字跡工整，文意通順的清大電機男，妳和他開始了一段短暫的書信往來。

兩個月之後，他來信約見面，妳沒有拒絕。筆友之間，賣弄著文字遊戲，把玩著因為距離而產生的朦朧美感，遲早總要有撥雲見日水落石出的時候。從紙上走到人間，這是你們一開始就明白的遊戲規則。

是的，遊戲必須有所規則。

妳的好友與筆友初見面的地點選在ＭＴＶ的小包廂，密閉的空間加上煽情的電影畫面，給了男生太多想像的曖昧餘地。之後，她又莫名其妙跟著回到了男生的宿舍，學校地處偏僻，又是人跡稀少的假日，直到隔天清晨，她耗盡氣力才好不容易逃出那個男生臨時而起的恐怖惡意。

妳雖然天真但是謹慎。拆掉書信的藩籬之後，現世裡的相見，妳堅持保有相當程度的距離。你們約在學校餐廳見面，預先為彼此留一條光明正大的退路。

年輕時候的妳，不豔麗，但有幾分清美。妳對陌生人向來慢熟，刻意的矜持很可能被錯當是天生的氣質。他打量著從信紙上娉娉嫋嫋走出來的中文系女生，雙眼閃閃發亮，有著不可置信的光。

溫和有禮的理工男，妳不討厭他，可也稱不上喜歡他。妳含蓄應答，就好像還有文字在你們之間奔走跳躍，小心翼翼不跨越兩個月來所維持的禮貌界線。

後來，很快，妳收到他寄來的信，寫著對妳的好感，也透露進一步交往的期待。

隨信而來的還有一張大頭照，妳端詳那依舊十分陌生的眉眼，安靜地把相片放回信封裡面。距離被縮近了，曖昧被清楚了，妳心中的答案已經明確無疑，筆友的旅程也就不得不走到了終點。

那年代，想要重新拉遠距離不是一件太困難的事情。不給宿舍電話與地址，漸漸拉開回信的間隔，文字用語越來越客氣有禮，無聲的婉拒模糊而堅定，像個溫和的暗號，發者與收者，彼此都有著心知肚明的默契。

於是，妳又弄丟了一個筆友。

隨著年紀漸長，妳越來越看得見自己的弱點。年少時的妳對情感太有潔癖，缺乏妥協的空間，不懂得柔軟，不具備與人親近的能力，只能在文字的世界裡暫時釋放自己，放膽靠近陌生人。一旦回到現實世界，只需要一個小事件的輕輕提點，妳與他人的距離，還是自顧自地奔回到原本的海角天邊。

時間過了三十年，之後，有個國中男同學透過臉書找到妳，說，十八歲那年他曾經寫了一封信，寄到學校給妳，洋洋灑灑七大頁，細訴當時青澀少年難以啟齒的純真情懷。「如果可以，能把那封信還給我嗎？」四十八歲的他在手機的那頭小心地探問。

「從來沒有收過這樣一封信啊！」妳肯定地說。

其實妳更想說的是，幸好妳沒有收到那一封信。

幸好那封石沉在歲月大海裡的信，意外地落在一個沒人發現的角落，緊緊箍著陌生而遙遠的兩端，不叫你們有機會莫名靠近又莫名成為陌路。沒有過愛惡情仇，於是你們才能在四十八歲這一年再度重逢並且成為朋友。

有時候，保持距離，未必不是一種最大的幸福。

你的新世代

時代走到他們的手上，網路翻了個身，變成世界的王道。

十多年前，住在美國的最後一年，我開設了人生第一個網路電子信箱，帳號用的是她的名字，那時候她才念小一，還不懂捍衛自己專利的權益。其實我自己也是似懂非懂，沒能完全適應過來不貼郵票不裝信封的郵件投遞究竟是怎麼個一回事。

幾年後，等我意識到必須迎頭追上去的時候，資訊新世紀已經自顧自地走了一大段路。擁有第一個電子信箱五年之後，即將再度出國的前夕，我才突然從蠻荒時代裡驚醒，匆匆跑去報名社區的電腦課程。這時候的網路世界已經進化到部落格的興盛時期，我打算利用未來在國外的六年時間，認真經營一個屬於自己的部落格，記錄下孩子們在他鄉成長的珍貴過程。

從少女變成少婦，即便已經是兩個大孩子的媽，我終究沒能學會自在地把心事與他人分享，不管再怎麼熟悉親密的朋友，我潛意識裡始終刻意保持著一定程度的距離，而部落格意外顛覆了這長久以來的習慣。或許是因為北國生活太過寒寂，我在一個大家都看得到的平台，用勤奮的手指寫異國生活，寫快樂或不快樂，時不時還會慷慨地放上自己的大頭照自娛娛人。與熟識的老朋友保持聯繫，與沒見過面的新朋友交淺言深，在網路世界裡，十根手指頭飛快敲著鍵盤，敲掉橫隔的高牆，不管舊人新人全都歡迎光臨進駐我的心房，這，一點都不像我的作風。

我想那是因為我還是堅持用著文學的角度來看待它。部落格，給一個文字與影像的舞台，陳列生活與心情的大致輪廓，雖然接近寫真，但閃爍與清晰之間，總還有大篇文字作為屏障，可以讓你選擇現身或隱藏。若隱若現，是我看待人我距離的最大極限。

有一段很長的時間，部落格是我們一家浪跡天涯時的一大依靠，尤其是我跟她。當時念小六的她是我部落格裡的小小女主角，她在台灣的好朋友們都不寫航空郵件了，打開電腦就可以看到她的照片與消息，並且可以上去留言，與她取得即時的聯繫。

我的部落格留言板正是她的專屬會客室。一群孩子們在上面嘰嘰喳喳聊著學校瑣事，訴說著她出國之後對她的掛念，不時為正在苦學法文的她加油打氣。她很感動，縱然隔著天涯海角，透過網路，他們的感情完全沒有距離。

一年之後她暑假回國，老早約好和老朋友們聚餐敘舊。揣著網路世界的餘溫，她滿懷熱情前往赴約，回家後，她把自己關在房間，面對我的好奇，久久不說一句話。

一個令她感到傷心的聚會。離別又重逢的朋友們自顧自聊著他們的天，對遠道而歸的她並不特別感興趣，她覺得自己像個外人，進不去已經不屬於她的小圈圈。她無比疑惑，部落格上的溫馨對話有憑有據一字一句都在電腦頁面烙下痕跡，為什麼一走進真實世界，眼前的親密友好反而全都退到了海角天涯？

身為部落格格主，我也經歷過這樣的迷惑。格子裡真實與虛擬並存，如果義無反顧掏心以待，難保不會有出現極大落差的傷心時刻。

新世代的他們勢必要經過這一課，便捷的網路迅速拉近時空上以及感情上的距離，天涯可以瞬間化為咫尺，但當你拿掉網絡的媒介，走出螢幕彼此面對面，很可能，咫尺也會瞬間退回天涯那般的遙不可及。

他們恐怕不會想得那麼多，及時享受眼前的便捷，以及，追求更加的便捷已經變成他們的目標。必須花時間花心思去經營的部落格終於漸漸式微，更加普遍而方便使用的臉書取而代之，攻城掠地，拿下網路世界的半壁江山。

關閉寫了六年的部落格之後，我始終無法跟上臉書的節奏。那些即時訊息更寫真更直接更裸露，不再需要大量而精緻的書寫來扭捏作態了。我認輸，我的生活塞不了更多認識或不認識的朋友，腦袋沒辦法騰出更多空間用來容納那些跟我不相干的龐雜訊息。

我沒興趣知道二十年前沒見過面沒聯絡過的美國朋友她的女兒早上摔破一塊碗，我想不通我為什麼要知道我朋友的朋友的老婆今天過生日，我一點都不在乎那個我根本不熟的誰搬了家誰失了戀誰心情好不好。我不要我的生活變得太擁擠太多訊息跟這個世界太沒有距離。

熱愛朋友的她大大不同，在臉書世界裡，她是女王，擁有她自己的大隊人馬，主宰她自己的國。

大一時，她的臉書已經有上千個朋友，換算成我們舊世紀的老術語，她形同坐擁上千個筆友，這個數字令我倒吸一口氣。我其實不相信她記得住所有的朋友，就算她認得出每一張臉孔，可她絕對說不出每個人背後完整的故事，這個數字已經遠遠超過一個人可以承載的正常關注力。

八百里外的老朋友，八年不見的舊鄰居，八分鐘前才說再見的同班同學，一指令下，在網路上迅速靠攏挨近。要是不刻意迴避，她一天數回數十回數百回在別人的故事裡進進出出，或旁觀或參與，她的生活不純粹是她自己的了，與人與世界的距離，原本該有的留白，通通都不見了。

而她樂在其中。

她的朋友遍布四海，倘若真要紙筆郵遞一一聯繫，肯定是一樁麻煩事。她搬家的速度太快次數太頻繁，想要與老朋友保持恆久的友誼本來很難，現在有一個無遠弗屆的聯絡網把所有朋友兜在一起，點一下名，不管海角天涯，白天黑夜，隨時可以喚出來聊一聊，想要不小心弄丟一個朋友，那才很困難。

我不禁想回頭問問當年那個小六女生因為部落格而遭遇到的老問題，在網路空中載浮載沉的對話往來，能夠落實在現實生活嗎？當他們攜手走出臉書，真實面對面，還能延續那份電子情誼嗎？

在網路的江湖走踏久了，她老早自有一套朋友往來的哲學。她漸漸學會揀擇過濾，哪些是虛擬到底，哪些是真實可期，怎麼拿捏看待，她見招拆招，心裡有數。

她在洛杉磯念幼兒班時的同班同學，一起玩沙唱歌吃餅乾的小友伴，一起萬聖節聖誕節的兩小無猜，早該隨著時地轉換弄丟彼此的地址電話，他們卻輕而易舉在臉書重新取得連結，維持著不特別密切的聯絡。分開十二年之後，她回到久違的洛杉磯度假，他義不容辭充當地陪，開車帶她湖岸海邊四處出遊，兩人相處熟絡自若，好像回到純真的年幼時光。多虧臉書起了頭，讓她找回一個珍貴的老朋友。

她在學校的語言交換社團認識的一個老外，來台之前在泰國為偏僻地區的孩童免費上英文課，是個特別的年輕人。她喜歡他為人群付出的無私與熱情，帶著他認識台北，兩人還沒來得及變成好朋友，他又離開台北去了印尼雅加達。藉著臉書，他們得以繼續未竟的友誼旅程，她以住過三年雅加達的經驗隔空擔任他的城市導遊，中間他來台北出差還特別抽空與她見面。再後來，他又到了美國，騎單車環美，到處演講，分享他的義工經驗，希望激勵更多人正視弱勢孩童的教育困境。每到一站，他發信息給她，分享他的人生新視野。要不是臉書，他們剛剛萌芽的溫潤友情應該早已經乾涸在他多變的人生旅程中。

喜歡唱歌的她在臉書上開設了一個粉絲專頁，上面有許多慕名而來的小歌迷，人數不算多，每一個她都非常珍惜，寒假出國時還會親自郵寄當地明信片給歌迷們做紀念，上面寫滿不相重複的問候。這些隱身在電腦螢屏後面的歌迷，全是沒見過面的陌生人，他們之間有一種特殊的感情建立在她的歌聲裡，隨著時間而悠長而綿延。其中有一個歌迷是住在美國多年的台灣女生，想趁著回台灣的假期跟她見面，聽她唱唱歌。一天清早，她背著沉重的吉他出門搭捷運，兩個陌生的女生初次見面一點都不陌生，出了捷運站，就地坐在階梯上彈琴唱歌，歌聲為證，變成好朋友。還好有臉書，否則她們恐怕只能是地北天南的歌者與聽者。

原本遠的，近了，原本分的，合了，原本陌生的，熟悉了，這些人我之間距離的消弭撫平，我不得不承認，都有網路的功勞。

新世代的他們，誰還會像我一樣，小氣巴拉錙銖分明地計較現實與虛擬之間的差距？

新世界用我不能完全認同的方式轉了一個彎，年輕一代跟上速度，消失在轉角，我一邊勉力跟著，一邊慢慢晃盪，不時回頭貪看我的老時光，並且暗自忖度著，這網路的天羅地網恐怕是怎麼都避不掉了，我得找個安靜的地方，在必要的時候，可以好好把自己藏起來，不輕易被人找到。

距離於我而言，還是一種美好的必要。我漸漸老了，要隨著世界完全改變，真的很難。

便當

我的舊時光

不是每個學校都應該有營養午餐的嗎？

印象裡，妳完全沒有任何關於營養午餐的記憶，那些長湯瓢、取菜夾或是不鏽鋼長方形餐盆的影跡，似乎從來不曾出現在妳的高中教室裡，關於午餐，妳牢牢記住的反而是學校某個僻遠角落的蒸飯間。

老舊木造平房的蒸飯間，如果挪到現在來，想必會被古蹟看待。

每天上午第二堂下課的時候，你們從書包裡把便當拿出來，集中放在長型鐵籠子裡，由兩個值日生負責抬到蒸飯間。中午，蒸飯間熱氣騰騰噗噗噗冒著白煙，好像一節將要啟動的火車頭。值日生鑽進白煙裡，把燙手的鐵籠子小心抬回教室，原本冰冷的便當熱呼呼重新出現在每個人的眼前。

氣味的記憶所留存的時間比想像中的還要久還要遠，因為便當，許多本該記不住的生活小枝節妳因此記得格外清楚。

屬於妳的便當老年代，超過四分之一個世紀過去了，至今依然香氣猶存。

那時家裡只有妳一個人帶便當，母親還是堅持一早烹煮新鮮菜餚，而不是僅僅用前一晚剩下的隔夜菜飯來取巧充數。學校在車程半個小時以外的鄰鄉，妳必須一早出門趕校車，母親準備便當的時間當然更早了。妳曾經起床早了，睡眼惺忪來到廚房，恰好看見母親正蹲在垃圾桶旁，一邊拿著削刀削紅蘿蔔，一邊撐著眼皮點著頭打瞌睡。當時的妳五穀不分四體不勤，是個不食人間煙火的女書生，除了念書對其他生活細項毫無概念，模糊之間撞見的這一個畫面，妳竟然也沒有太大感覺。大約要等到過了十多年，妳自己結了婚，掌了庖廚大權，一頭栽進柴米油鹽醬醋茶的世界，之後，妳回頭想起那一幕，才完全理解到母親當時的疲憊與勞苦。

打盹的母親料理出來的便當依舊十分精采。她必定是費了許多心思的，蒸過的菜飯絕對沒有糊爛萎黃的下場，仍是色香俱全，清爽美味。

甜辣酸菜佐濕炸豬排，蒜爆醃黃瓜炒蛋，青豆紅蘿蔔番茄醬炒飯，啊！還有妳最愛的小黃瓜煸炸豬肝……

妳這輩子如何也不能忘懷小黃瓜煸炸豬肝這道菜。母親離開許多年之後，當妳已經具備了某種功力的廚技，曾經不只一次循著記憶中的畫面與氣味，按圖索驥，試著重新複製這道菜。妳摸索出那大約的步驟可能是：先將豬肝切薄片，放進加了蒜頭末與少許鹽糖的醬油當中浸泡，入味之後，裹上地瓜粉下油微炸，撈起瀝乾。熱鍋爆香蒜頭，放下小黃瓜和紅蘿蔔，大火快炒，最後加入炸豬肝輕輕煸炒便大功告成。

理論上好像是細節俱全了，可惜的是，妳從來不曾真正成功過。出自妳手下的這道菜，小黃瓜太軟，豬肝太老，鍋底的醬汁太多太稠，當年妳打開便當盒時撲鼻而來的香氣，以及放入口中時，帶著滑潤口感的豬肝鮮味，再也沒有如實地重現江湖過。

這樣也好，那個味道複製不了，妳死心，決定讓它裝在當年的不鏽鋼便當盒裡，永遠溫熱，封存一輩子。

有一回妳在某家台菜餐廳吃到他們的招牌煎豬肝，吃出了當年母親那道便當菜的三分神似，青春味蕾因此猛然被意外喚醒。妳不由自主讓它牽著鼻子走，上了癮，過一陣子就會忍不住想去重溫那一點點相似的老滋味。

媽媽親手做的便當有什麼稀奇？煎豬肝有什麼稀奇？當然沒有。走過了青春的盡頭，妳只是巴望著有那麼一點點線索，可以順著它們回頭，暫時回到過去那一段被全心珍愛著的女兒時代，坐下來，兩手一攤，什麼都不管了什麼都可以不做地安心被餵養。

記得自己家的便當是理所當然，怪的是，妳也記得高中教室裡那些別人家的便當。尤其難忘的是，L家的海苔壽司好吃極了。海苔捲裡的酸甜米飯軟硬適中，小黃瓜的清甜襯上肉鬆和蛋皮的鹹香，一口接一口，很難叫人停下手來。要是L一早不小心透露媽媽準備了壽司便當，那麼她那天的午餐絕對沒有好下場。熬到第二堂課下課，她的便當盒一定會被拱著提早掀開，那一瞬間，只見一群男女飢民一湧而上，疊滿整盒的壽司立刻被搶個精光，你一個，我一個，便當盒迅速朝了天見了底，半顆飯粒也不剩。

到了中午，L只好拿著空空的便當盒四處化緣，這家一點，那家一些，各家媽媽的拿手菜集合起來，五味雜陳，當中最美的那一味，應該是男生女生之間像是手足一般理所當然卻也莫可奈何的任性親愛了！

高中教室裡的便當時光，比兄弟姊妹更親愛的其實另有其人。

那時候，正該是風風火火準備大學聯考的非常時期，你們班上卻有好幾對小情侶。其中最穩定最持久的一對，老夫老妻模樣，每天中午湊著頭分食一個便當，才不管旁邊風風雨雨發生什麼事情。那女生身材細長高䠷，個性成熟溫婉，而男生個頭不高，還有幾分理直氣壯的孩子氣，偎在女生旁邊被她細細照料，讓人恍惚有了母鳥溫柔餵食幼雛的錯覺。便當是女生媽媽準備的，菜色家常，特別的是份量充足。妳一直想不透，纖瘦的女生怎麼說服媽媽準備兩人份量的菜飯呢？媽媽想過自己料理的便當裡藏著兩份愛心嗎？一份是媽媽的，一份是女朋友的，那愛心便當滋味想必是雙重美味，難怪他們從來不是搶食壽司的男盜女匪之輩。

他們坐在教室第一排，光明正大分享一個便當，溫馨得理直氣壯，另一個躲在後面角落的便當雙人組則比較啟人疑竇，讓人摸不著頭緒。女生是中途才來的轉學生，睜著無辜大眼，總是抿著嘴害羞微笑，脫俗清新像是瓊瑤小說裡走出來的女主角，她很快被大哥哥模樣的帥氣男給擄獲了芳心。照理說，小鳥依人、含羞帶怯的純情小女生應該是由身形碩高的帥氣男捧在手心細細照料著，可是他也小媳婦一般般窩在她身邊吃她帶來的便當，畫面看起來不免有點小可笑。

聯考在即，你們沒有太多時間去打探人家甜蜜的隱私。一直要到三十年後了，當年情竇初開的帥氣男孩變成了成熟倜儻的中年型男，他才無意間揭露當時的便當小祕密。他的語氣當中懷著久遠的稚氣，一個沒站穩整個人掉進年少的高中校園裡，生動描述歷歷如昨的陳年往事。當時他為了買一條昂貴的牛仔褲送給她當生日禮物，傾家蕩產花光所有的生活費，沒了車錢，站在路邊想辦法攔便車回家，沒了飯錢，只得勒緊褲帶跟小女友分享一個小便當。幼稚的青春啊！純真得叫人啼笑皆非。

一回頭，青春走得老遠，母親的小黃瓜煸炸豬肝早已成了絕響，小情侶們親愛分享的便當餘味猶在，但早已一拆兩散各分西東。反而是當年的那群壽司大盜們在數十年後一個一個漸漸聯絡上。人生過了大半，男生女生們各自朝著各自的方向走了一大段，才突然紛紛回過神來，尋溯當年青春的所在，並設法在現下的茫茫人海裡找到彼此，然後放心地說：「還好，你還在。」

某個寒冬的午后，妳與某大金控的某部門經理L女士在異地重逢，妳們給彼此一個大大的擁抱，隔著歲月掩不住的風霜，不知道為什麼，妳竟然清晰嗅到當年堆疊在便當盒裡，那層層壽司的陣陣清香。

沒想到，L的母親也已經在兩年前離開，一群已然變成大叔大嬸的壽司大盜們，心中所積存多年對青春的饞，再也無方可解。

你的新世代

學校側門是一扇有著鏤空欄杆的黑色鐵門，他稱它為「黑門」，平時上鎖不給通行，只有上下課時段才會打開讓學生就近出入。中午十一點五十五分，是我半年來，週一到週五固定出現在黑門前的時間。

我來給他送便當。

這不是我第一回為他準備便當。

他很小的時候，才三歲半吧，背著小書包上學去。我在洛杉磯的聖馬利諾市幫他找到一家幼兒園，只上半天，玩玩沙，唱唱歌，畫畫圖，吃吃點心，很快便到了下課時間。

小小人的小小書包裡當然沒有紙和筆，空蕩蕩只裝了一個四方型的藍色點心盒。那時候他還是個有著嚴重食物過敏的小孩，要是不小心誤食致敏的東西，他可能在很短時間之內氣喘發作。為了安全起見，他不吃其他家長輪流提供的點心，而是由我親自為他準備小便當。

我得費些心機準備這個獨一無二的便當盒，我把各樣水果、葡萄乾、小餅乾排得繽紛五彩俏皮可愛，吸引那胖胖小指頭毫不猶豫一口接一口，完全沒時間去理會其他小朋友盤子裡的點心是不是更加美味可口，或許還傻傻有些不明就裡的驕傲也說不定。

他當然不會記得那段吃便當的日子了，他對美國的幼兒記憶只停留在把姊姊鎖在後院鐵門外一個無厘頭的片段，至於那個由年輕媽咪用愛心與憂心裝滿的點心便當盒，聽起來更像是一則與他無關的遙遠的童話故事。

同一個時期，我有時也為他的小姊姊準備小便當。那時候她是就讀美國公立學校的小一女生，學校其實有營養午餐，可是那張美國菜單看在台灣媽媽的眼裡，有時實在是不太符合營養的標準。什麼巧克力餅乾配牛奶啦、熱狗配薯條啦、花生醬三明治啦，看起來都更像是點心而不是午餐。每逢這些點心菜單出現的那幾天，我會在預購單上面畫個叉叉，由我自己來準備便當，親自送去學校。

送往美國小學餐桌上的便當，自然而然，也很美國化。我當然不會大費周章動刀動鑊油火煨炒弄個三菜一湯，最簡省快速的方式是，到她喜歡的餐廳打包一份義大利麵、一小個披薩或是一份漢堡，我輕鬆她高興，皆大歡喜。

在美國那幾年短暫的便當時光，沒有任何關於油煙的記憶，也沒有揮汗如雨的勞苦辛勤，回想起來更像是投機取巧的不勞而獲，讓人有那麼一點小心虛。

多年後，再度為他準備便當的此刻，黑門外等待著的我已經是一個臨到中年的資深老媽，當鐘聲響起，從教室出來，朝著黑門快步走來的大男生，高瘦精瘦的身材，蓄著短短鬍子的面龐，他，已經十五歲了！

他才剛剛轉到這所學校來。過去兩年之內，他已經輾轉換過四所學校了，距離上一個，才短短半年的時間。因為老爸工作的關係，環境的變遷與朋友的更易對他而言已經成為一種不得不的習慣，我其實看不太出來，在每次的變動當中他有過什麼特別巨大的情緒起伏。然而這次，似乎有些不尋常，我約略感受到他正以一種輕微但持續的騷動表達著他的恐懼。

比如他要求我每天中午送便當這件事。

學校有營養午餐，還有小小的餐廳，再不也有便利超商，這些他都不要，他堅持他的午餐要我自己來。這難得的固執違背了他平日的行事風格，他是個體貼的大孩子，生活上的許多雜項都盡量不給我添麻煩，做便當與送便當，在以前的他看來絕對是樁雙重麻煩的差事，但這次，他希望，不，其實他堅持，要我這麼做。

我當然說好。

生活於是被掰成兩截。不能跑遠，不能在他處逗留整日，打從他小學上全天班之後我所重獲的自由時光必須再度繳回，一只空便當盒懸在一日正中央，等著我費心費時去填滿去完成。

晨起，上市場，切切洗洗窩在廚房扮起迷你版的家家酒。一人份的餐餚，青菜少少幾棵，肉薄薄幾片，魚短短一尾，連菜刀都用不上了，拿把水果刀切菜切肉像是玩遊戲，這輩子我從來沒有這樣小家碧玉煮過飯。

一個早上輕而易舉敗給一個熱騰騰香噴噴的現煮便當。有時候我趕著上一堂十點鐘的瑜伽課，出門前必須把菜飯先煮好一半，下了課，收拾細軟衝回家直奔廚房，風風火火接著完成下半場，裝了盒，飛了車，衝到學校，來到午餐鐘聲響起前空無一人的黑門邊。

站著，我拎著便當盒站著，等待他小跑步的身影由遠而近靠過來。九月的秋老虎絲毫不留情，熱氣蒸騰下，他汗流浹背地出現。鐵門還是鎖上的，我們隔著鐵欄杆各立一端，他說嗨，我說嗨，然後我把便當盒穿過欄杆縫縫遞給他，謝謝，他說。

他還沒有要離開的意思，手裡拎著便當盒，隔著鐵門，繼續跟我說上幾句話。他跟我說哪個老師怎樣，哪個同學如何，哪門課簡單或困難，哪次考試成績出來了是興奮還是沮喪，行禮如儀報告完畢之後，他一定說：「bye，小心喔！」一直到從縫縫當中看著我把車開走了，才小跑步往回走。

我很快便明白了，便當，只是一個藉口，他哪裡是貪圖一頓現煮的午餐，他要的只是一個片刻，隔著鐵門兩端說話的三分鐘，是他在陌生環境裡得以暫時放鬆的一顆小小定心丸。

我無來由想起自己非常幼年時期的一個畫面，那年我六歲，剛剛被送進小鎮的天主教幼稚園，我一點都不想上學，老是一個人跑到大門口，雙手緊緊揪住大鐵門，把頭放在兩根欄杆的縫縫之間，含著兩泡眼淚，死命往外瞧，想看見媽媽拉著她的裙角跟著她回家。我猜那時候那丫頭片子的計謀一定沒有得逞過，要不然我不會四十幾年後還把那害怕的小孩關在堅固的鐵門裡，放不了她自由。

他沒說出口的害怕讓我感到不捨，我不說破，只是打定主意要更加努力配合演出，日復一日，在清晨的廚房開小灶，用大廚的火候精工細磨，磨出一個美味小便當。

午前時分的廚房，我一個人的地盤，水裡來火裡去，既熱鬧又寂寞。我偶爾會在某一個瞬間想起我以前的同學們，這個時間他們正在做些什麼呢？股市才開盤，看牆上一片紅綠交錯，辦公桌上的電話已經此起彼落，有人正坐在主管席上主持晨會，有人正站在大學講台上第一堂課，有人拉著行李箱正在登機，有人西裝筆挺有人窄裙套裝正在趕捷運。活力充滿的上午，每個人都在各自的職場發光發熱，唯獨我，在一個人的廚房，守著爐火上的光與熱，成就一個愛的便當盒。

更多的時候我想起的是母親打著盹準備便當的那一幕，在記憶裡，那畫面幾乎是無聲的，只能依稀聽見小鎮初醒的細碎聲響。此刻，當我倚在水槽邊切洗著食材，我才聽出了當年那一幕的旁白，清晰而明確，是一個母親無怨無悔的愛的獨白。

兩個月過去，我送便當時，他的午餐餐前會報有了逐漸精省的趨勢。第三個月之後，偶爾會看見有同學陪著他並肩而行走過來，一起出現在黑門，這時候他的隔門對話自動濃縮成一句：「謝謝，bye，小心喔！」說完，即刻與同學一邊說笑一邊往回走。

六個月之後，學期漸漸走到了盡頭，黑門那一頭的他已經不再青澀膽怯，他習慣了新同學新生活，也順利結交了一些新朋友，穿過欄杆接下便當的手既迅速又俐落，說再見時不再拖泥帶水，我心裡猜想著，這黑門便當該是功成身退的時候了。果然，下學期開始之前，他說：「妳不用再送便當來給我，我可以吃學校的營養午餐就好了！」

隔著一道黑鐵門從欄杆縫隙遞給他的便當，多年之後，還會餘溫猶存，暖著他未來的人生嗎？

我在歇業的晌午小灶前，若有所失，這樣想著。

手足

我的舊時光

你們四個兄弟姊妹，大姊、大弟、小妹，妳是夾在中間最不討喜的那個二女兒。

聽說妳出生時，母親一聽到生的又是一個女娃，顧不得坐月子不好流淚的禁忌，當場傷心哭了起來。重男輕女的老年代，妳沒被因此被命名為招治或招弟，已經算是很幸運的事情。

兩年後，大弟出生，一幕後來被傳述再三的現場情景非常逗趣。聽說父親聞訊趕回家來，一進門，有人故意皺著眉頭騙他，唉，又生個女娃！父親聽了，愣了一下，說：「喔？沒關係沒關係，女兒也好也好。」那人緊接著再告訴他：「騙你的啦，是個兒子啦！」父親又愣了一下，表情從勉強微笑一轉成為驚喜大笑，哈哈哈，在場的人全部都笑了，當然，其中包括了不再因為生女兒而傷心哭泣的母親。

都說老二是手足中最尷尬最不受重視最容易感覺到被輕忽的那一個，更何況妳還是家裡接連的第二個女兒。妳從來不這樣覺得，除了最開始那不甘心的眼淚，母親對妳的疼愛並不會比其他的三個孩子少一些。

妳在幼年時期曾經模糊聽過大人描述關於妳的一件事情。嬰兒時的妳長得清秀可愛，有對住在附近公寓的不孕夫妻看了很喜歡，三番兩次問母親，要不要乾脆把妳讓給他們養？這樣的事在當年的社會時有所聞，對正在為生活打拼中的小夫妻其實也不無可能。妳記得母親說起這故事的結尾時，語氣裡有一絲的驕傲，她說：「開玩笑，我怎麼可能真的把女兒送給別人？」

妳那時已經非常確定，自己是被珍重的老二，這完全不需要懷疑。

家裡有四個小孩，在物資缺乏的年代，除了意味著食指浩繁，也注定了你們共同擁有一段吵吵嚷嚷熱鬧非常的童年時光。

認真回想起來，四個小小孩和樂共處兄友弟恭的畫面實在不多，輕而易舉衝上腦門的，都是一些雞飛狗跳的調皮事。夏天，四人擠一張榻榻米大床，永不停歇的電風扇爭奪大戰，似乎沒有擺平的時候。有時候母親出門去，你們在家吵成一堆，誰摔破了什麼，誰無意推了誰，等母親進門，被害人與嫌疑犯一湧而上，一把眼淚一把鼻涕爭相告狀，好像，真相也總沒有水落石出的時候。

那世代你們沒有玩具這樣東西，只能自己憑空找樂子，兄弟姊妹，自然而然成為每一場遊戲中理所當然的夥伴或共犯。吃飯時，你們趁母親不注意，一起把糊爛的茄子丟上牆壁，比賽看看誰的那塊黏得比較久掉得比較慢，以至於妳的下半輩子看到茄子就好像看到一面牆壁。你們一起結夥當小賊，跑到兩條街以外的人家院子偷摘龍眼，結果行跡敗露，被主人發現一路追回家，四個人拔腿狂奔衝進大門，把莫名其妙的母親甩在身後，直接躲到廚房還把門反鎖，害得母親擋在客廳，頻頻道歉賠不是。人家走後，四個小孩一字排開全部罰跪在客廳，少不了吃上一頓母親賞的大排頭。

有一次，妳帶著弟弟到學校玩，他一個沒站穩從桌上跌落，小腿被尖銳的桌角割開一條長縫，血還來不及湧出來，妳先看見了深及見骨的一塊白。妳嚇死了，狂奔回家，臉色慘白立在母親身旁，傻愣愣還聽她和鄰居聊天，什麼話都說不出來。直到有人來通知，母親倉皇而起奔到現場，把弟送到醫院縫合。整個過程妳化身為隱形人，聽弟在診療室裡因痛苦而號哭，看母親坐在外面因心疼而落淚，沒人注意到闖禍的妳，嚇壞了，躲在邊邊，希望全世界誰都不要想起妳。

這是妳唯一一次，認真感覺到，喔，那是妳弟。

童年打混帳一般淅瀝呼嚕過去，快到來不及思考你們之間究竟有沒有手足情深這件事，反正，這四個人，理所當然在一個屋子裡，晨昏共處，睡同一張床，輪流穿同一件舊衣裳，只有該與不該，沒有好與不好。等到你們先後進入青春期，妳倒是十分確定，你們之間，正式進入一段沉默的冰封時期。

用各自的速度向著各自的方向奔去，你們日日交錯而過，很少有共處的時刻。上不同的學校，有不同的作息與不同的朋友圈，你們四個人幾乎沒有交集，不聊天，不交換心事，僅用一些奇怪突梯的方式偷偷窺探彼此的隱私。

妳和大姊的房間相連，中間的牆上開著一扇玻璃窗，掛在最上面。窗子很小，向一邊推開，僅容一人蝦腰縮頭才能勉強通過。妳過一段時間就忍不住要涉險一回，先疊桌椅為梯，險險爬上去，再把自己摺成紙片人，翻牆越窗，完全盜匪行徑。妳如此鋌而走險，只為了偷看她藏在抽屜裡的情書，妳一封一封展讀，潛入她的初戀情境裡，然後一封一封摺好放回去，不留一絲痕跡。

妳與妳弟也沒話說，他念五專時，同班的女朋友借宿在家裡，是個性情溫和的小女生，妳和她比較熟，與她說的話比他還要多很多。小妹，差妳四歲，離得最遠，妳根本當她小丫頭，從來不把她放在眼裡。只有一回，母親打算把她編派到妳房間與妳同床共眠，妳吃了熊心豹子膽竟敢悍然拒絕，打定主意抵死不從。沒想到，母親被妳拗到火急攻心，罕見地啪一聲甩妳一巴掌。妳撫著臉，像瓊瑤女主角那樣轉身飛奔回房間，哭撲在床，嗚嗚噎噎滿肚子委屈。從此妳在心上記上一筆，很長一段時間，每次看到她都恨不得偷捏她一把。

四個十幾歲的少女少男，彼此生疏，連吵架都懶，理所當然地退到各自青春領地的最後方，各唱各的調。

一直到，共同面臨了人生的一道難關，你們才回過頭驚覺彼此的真實存在。

母親生病的時候，因為選擇北上住院開刀，在台北念書的妳成了唯一的貼身陪伴者。站在第一線，妳掌握最殘忍最現實的第一手消息，負責即時傳遞給在台南的父親。關於這些細節，你們兩人很有默契地選擇不張揚，生怕驚動了家裡的其他人，平添他們的憂心煩惱。或許，妳也曾經以為，姊弟妹們應該夠敏感，就算不完全了解，也能大約理解母親的情況。

但事實並非如此。母親走前兩三日，親戚們見她已微微顯露離去的徵兆，偷偷開始準備她的衣物。那晚妳弟下課回家，猛然見到那雙即將隨著母親而去的繡花鞋，他盯著看了許久，不解地問：「那是什麼？」混沌慌亂之中誰跟他說了句什麼話，妳看他臉色鐵青，默默無語回到他的房間，一晚都沒再出現。他轉身的瞬間，痛苦化成深深的一道傷痕刻在妳的人生裡，時間再長都不能將它癒合。一想到那夜，少年帶著巨大的不解和驚駭渡過漫漫長夜，妳無法不感到揪心。

母親在幾天後的深夜時分離開，那夜，至冷，極寒，是妳畢生從沒經歷過的。將母親著裝妥當之後，妳與姊姊弟弟守在她的身邊，感覺到她的體溫一寸一寸消失，還沒能夠理解生命的逝去怎能就在這麼一瞬之間。被驚懼占據的長夜，你們都只穿著薄衣，打著哆嗦，各自噙著因為悲傷太過巨大而落不下來的眼淚。

隔天，遠在台東念師專的小妹被通知趕回家。五、六個小時的車程漫長而遙迢，十八歲的她完全不知道這時自己已經成了無母之人。等她回到小鎮車站，一下車，接過黑色喪服才意識到母親已經先行離開。失神無措的她，在車站換了衣服，被帶回已經掛上喪幡的家門口，在長輩的教導下，雙膝跪地，一路從門外爬進屋內，來到母親身邊，這時，手足全齊了，你們四個人才一同放聲哀哀大哭起來。

母親走了，你們一起被留下來。

喪事期間，每天清早，妳跟在大姊身後一早上市場採買喪祭所需事項，兩個年輕的黑衣女，走在熱鬧的人群裡，妳感到悲傷，但不覺孤單，因為這條陌生的路，有大姊和妳一起走。到了夜晚，你們四個人一同擠在一張大床，開著燈，緊緊靠著睡。迷糊當中，妳似乎看見母親回來過，挨著臉，低下頭仔仔細細看了你們一回。

出殯當天，送走母親之後，你們四個人擠在廚房脫下喪服，換上平常衣物，一起開門走出去。如同經過一場儀式的公開許諾，這一刻之後，接下來的人生裡，你們將要四顆心不離不棄，永遠拴在一起。

彆扭的青春其實還沒走到盡頭，然而你們已經失去鬧脾氣的權利。自然而然，似乎有誰一手打破過往許多年的冰封狀態，你們的往來日復一日春暖花開，從這裡往下走的每一段，妳無比真實感受到手足在妳生命裡的溫暖存在。

幾個月之後，大弟五專畢業上成功嶺受訓，第一次面會時間，你們一車子人浩浩蕩蕩去看他。他一顆光溜溜平頭，黑到發亮的臉龐，用好笑的口吻敘述長官的嚴苛，眼睛眨阿眨閃躲著不想被看見的軟弱，反而更加透露出他所經歷的種種磨難。妳從母親的眼光看他，心疼他，難為了他在短短時間之內經歷兩次的極速成長。事情還沒完，沒過幾個月，交往多年的小女友忽然兵變離他而去，大姊偷偷夥同妳，私底下開車到高雄某家餐廳去找她，尋找一丁點挽回的可能性。小女友穿著一身合身的餐廳制服，幾個月不見，出落得成熟美麗，她俐落明快招呼妳們點餐，大姊和妳一搭一唱拚命找機會傳達希望她能回頭的弦外之音，飯吃飽了，任務還是沒達成。但妳們覺得心安，因為無論如何替弟弟走了這一遭。

你們漸漸形成一種手足連結的模式，在人生某些重要或尋常的時刻，不經約定地或是出其不意地，陪伴與參與。

小妹師專的畢業典禮，妳帶著禮物，捧著一束花，從台北直奔台東去參加。有一回妳送大弟回桃園炮彈營區，大霧迷茫，簡直看不到路，小車龜速前進，你們坐在車裡，彷彿被世界完全孤立。妳念研究所，已經在教書的小妹時不時塞錢給妳，這些錢，好像妳從來沒還過。大姊生老二，妳專門從美國回來陪產，陪著她一路痛上產檯，比她還早看到 baby 的模樣。大弟結婚，小妹挺著肚子來回張羅，當天回到台北，baby 提前趕來湊熱鬧。妳在台北丟了車，擄車集團打電話來要贖款，妳弟連夜開車北上，在附近停車場展開地毯式搜索，一家看過換一家，試圖找回妳的車，雖然最後還是白忙一場。

那一年，妳生了老大回娘家，大姊把自己初生的嬰孩交給婆婆，專心為妳坐月子。

她白天打理妳三餐，晚上同房幫妳安撫夜啼的小嬰孩。有一天深夜，她躺在妳身旁，中間小奶娃才沉沉睡著，突然她說：

「如果媽還在，那就好了！」

無聲暗夜裡，妳聽到一顆眼淚重重墜落的聲音。

如果母親來得及知道，四個小孩在未來的人生裡，始終相親相愛彼此為伴，那，就好了！

你的新世代

他們兩人，一個姊姊一個弟弟，是彼此唯一的手足。

兩人一路親親愛愛吵吵鬧鬧，和睦有之，翻臉有時，手足關係跌宕起伏，難以簡單歸類，唯一可以確定的是，他們非常平凡非常家常，絕對不是模範姊弟的優秀典型。

打從最一開始，我很有意識地為他們的感情小心布局。我知道，當她獨享了父母好幾年的寵愛，突然變成姊姊，冒出一個小人來分享，還要胸襟廣闊跟他相親相愛，這絕對是難事一樁。果然，三歲半的她原本是個快樂的小女娃，弟弟出生之後，她本來愛笑的表情變得很嚴肅，細看之下，竟然還有點小驚慌與小憂鬱。

月子期間，在洛杉磯，我們找了一位年輕保姆來家裡短期幫忙。有一個黃昏，我發現她小小的身子孤單單站在浴室外的走道上，眼睛盯著門，一動也不動。原來是保姆正在幫弟弟洗澡，怕麻煩，乾脆把她鎖在門外，不讓她進去。我遠遠喚她，她轉過頭，背著光，看著我，我清楚看見她的眼神裡有說不出的委屈與不解。

我走過去，把她緊緊攬在懷裡。

我的心情很複雜，一方面，我憐惜初生的嬰孩，可我更心疼被迫改變角色的小姊姊。那段時間我獨立帶兩個小娃，身心都處在極度緊繃的狀態，特別堅強但也格外脆弱。我手邊有一本兒童繪本《小小大姊姊》，寫的正是一個剛剛變成姊姊的小女生迷惑的心情，我每看必哭，哭得嗚嗚咽咽，忘了自己是媽而不是她。

我提醒自己，要保持警醒，小心翼翼呵護他們之間初初成型的姊弟關係。不在外人對著嬰兒說好可愛啊好可愛啊的時候冷落她，不在把嬰兒偎在胸前餵奶時忘了她的存在，有時甚且把嬰兒交給奶爸打理，也要特意安排一段母女獨處的共遊時間，讓她暫時重溫媽咪全部的愛。所有的努力就為了不讓模糊的嫉妒與怨怒壞了手足之間才要開始發展的新感情。

還好，baby 越來越大，會嘎嘎笑，會坐著螃蟹車橫著走，她突然發覺她多了一個會動的大玩具，可以溫和地捉弄他，可以神氣地指揮他，這才讓她打從心裡認了他。漸漸地，小嬰兒長成小小孩，變成言聽計從的小跟班，傻裡傻氣跟著姊姊身後跑。我曾經躲在廚房用 V8 偷拍他們在後院玩耍的真實情況，只看到弟弟小瓜呆一樣坐在腳踏車後座，任憑姊姊掌舵，任由姊姊發號施令，怎麼看都覺得他還是她的大玩具。

念小學之後，兩人個性的差異漸漸顯現出來，一個活潑隨興，一個保守謹慎，天生不是一國的人。他們天天廝混在一起，有時親親愛愛玩熊熊家，有時橫眉豎眼吵翻天，說不準到底是一對情深手足還是一雙歡喜冤家。

姊弟之間的恩怨情仇，我越來越喜歡做個忠實旁觀者，站得遠，除非必要，不輕易跳下去淌渾水。我相信，手足關係是他們兩個人之間的事，成敗好壞都掌握在他們自己手上，對於「他人」的情感這件事，我不是其中角色，沒有強烈參與撰寫劇本的興趣。

當然，偶爾見到別人家裡姊妹感情如膠似漆，或是哥哥疼愛妹妹像是情侶一般甜蜜，我也會忍不住想，他們為什麼可以這樣？這疑惑通常不會困擾我太久，我很懂得為自己找藉口，一定是人家性別相同、星座相合、個性相容，要不就是上輩子累積了好因緣才能成就這現下的手足和諧。運氣，那肯定是好運氣。

回頭再看看這一個射手女一個摩羯男，火與土的奇妙或奇異組合，到底會怎麼發展，實在很難匆忙下定論，我只希望，如果能在厚實的土地上穩穩地不張揚地烘焙著一朵溫暖的火花，就足堪欣慰了！

不過他們也有一種另類的運氣，成長過程裡兩人總是被迫相依為命。因為爸爸的工作調動，姊弟跟著天涯搬遷，三番兩回換房子，換學校，換語言，換朋友，變動過程裡唯一換不掉的是身邊的姊姊與弟弟。雖然他們不一定樂意承認，可事實擺在眼前，他們是彼此最老最親的朋友，一次又一次，在不同的國度緊密依恃，一起走過青黃不接的適應時期。尤其在陌生的學校裡，他們彼此是唯一可以開口說同樣語言的人，也是唯一可以求援討救兵的人。他們比一般的手足多了一份革命感情，這完全無庸置疑。

每一段革命感情的保鮮期限通常不會維持太久，一旦他們安定下來，在新環境裡找到安身立命的新歸宿，短暫的和諧甜蜜也就過了賞味日期。這樣的情況在她身上特別明顯，她的朋友圈向來建立得比他快，還在獨來獨往的他好幾次忍不住埋怨，姊姊有了新朋友就不愛搭理他。

尤其到了青春期，兩人的個性差異越來越明顯，背對著背，各自朝著相反的方向走，誰也不會為了誰輕易回過頭。很明顯，這段時間，他們相互忽略彼此的優點，放大對方的缺點，她受不了他保守囉唆，他看不慣她隨興大氣，他們支付大把大把的熱情給朋友，對彼此卻很吝嗇，舊時累積的感情存摺，越提越少，叫人不免擔心餘額用罄見底那天的終將到來。

事情沒有我意想那樣糟，許多特別的時刻，他們還是會不小心露餡，不怕被我看見其實他們還是保有互相親愛的能力。

有一次在雅加達，十二年級的她放學後到了深夜才發現筆記電腦忘在學校沒帶回家，一向神經很大條的她焦急得不得了。這事非同小可，因為畢業在即，她所有報告的資料都沒有存留備分。相較於亂了方寸的姊姊，弟弟這時反倒無比鎮定，開始打電話設法聯絡學校警衛，用流利的印尼語請他先到各處查看，等到確定找尋未獲，隔天週末清早，他又陪她親自跑一趟學校，在學校各處細細搜索，終於在他的耐心推敲下找回失物。我親眼目睹整個過程，看著他們手足同心完成一件事情，感到十分欣慰，畢竟，姊弟之間隱隱約約還是有著親愛的相當連結。

回台灣之後，他們的距離拉得更遠了。一開始，他暫時棲息在台北市中心的一所明星學校。學校規矩甚多甚嚴，絕無造次餘地的制服，屢驗不過以至於乾脆剃了刺蝟三分頭的髮型，以及一雙復古風十足的黑皮鞋，他被無奈型塑成他自己都不認得的優雅中學生。而她，肆意張揚的大學新鮮人，她的自由年代才正要揚帆待發。兩人從外到內，沒有一樣合拍。

一段為期不短的時間，他們生疏到了極點，幾乎不見他們有認真說話的時候。如果我那時，心夠細，膽子夠大，敢仔細數算他們之間對話的次數與字數，應該會驚嚇出一身冷汗，難保不會懷疑自己養了兩個陌生人同住一個屋簷下。

我反正裝傻。順其自然吧，天下任何一種感情都蘊藏著自然運行的道理，該圓則圓，能方是方，我不喜歡勉強自己或別人去曲折感情來成就一段不自然的良緣。雖然難掩憂心，但我始終相信，疏離的手足關係不會是他們的結局。成長的路，他們才走了那麼一點路途，未來要怎樣轉彎，怎樣急升或陡降，怎樣回到平穩的狀態，誰知道呢？

青春手足，只要不是因為天大的碰撞叫感情失了足墜了崖，那麼，他們腳下所經過的，應該只是行進當中的一段行旅，隨著還沒底定的身高與還沒消失的嬰兒肥，而往前，暫停，或後退。

我憑藉什麼相信她與他會是前進的那一組呢？那是因為我天真且執著地認定，數十年前，我的兄弟姊妹們在青春岔路口，不也是跟他們現在一樣，在模糊裡在疏離中，不自覺地等待著親愛關係的復甦嗎？

復甦，需要一點耐心，也需要一點憑藉。

她與他的憑藉，很有趣，是從音樂開始。

她愛唱歌，他愛玩音樂，原本是在各自領地裡翻騰，拿麥克風的，轉ＤＪ盤的，兩不相干。有一次，她錄歌中途一時興起，找他坐在斜後方，酷酷彈著電吉他為她簡單伴奏。平時幾無交集的兩個人，為了短短幾分鐘的一首曲子，對著電腦鏡頭一遍又一遍ＮＧ重來，看在音樂與臉友的份上，該出現的瞋怒不耐全被極力壓抑著，每次「開始」的口令一下，兩人不約而同不厭其煩地再次展現敬業的完美微笑。我在旁邊偷看著，好像看見許多年前關在房間玩著熊熊家的姊姊和弟弟，沉睡多年的好默契，被一再重複的音符旋律給輕輕喚醒，這真是令人意外的一件事情。

她把影片放在臉書上，很快，有許多人紛紛來留言，寫的大多是姊弟情深之類的溢美頌辭，而且大多是出自各方阿姨之手。連他的小學老師，依恃著十年前對可愛姊弟的美好記憶，發自內心說出「姊弟倆真有默契啊！」這樣的讚美。我在這些留言前面，在這些現實的邊緣，吃吃偷笑，感受到一股久違的驕傲，就算它們與事實相去，其實，有點遠。

好笑的還有，她的朋友天外一筆寫出「妳弟真帥」的另類評語，這是她沒料想到的吧？他與他的電吉他，不只是音樂的伴奏，還是紅花旁的綠葉，一魚兩吃，再划算不過。

這是一個有趣的新世界，手足感情升溫的憑藉不單單要歸功於音樂，更要頒獎給臉書，因為它提供了一個充滿幻想空間的平台，給其實已經不熟很久的姊弟去練習，去等待習慣成自然那一天的真實到來。

有練習必有收穫。過一段時間他們又應觀眾要求，類似的戲碼再演一回。他做的一段雙曲電子混音，拜託她擔任 vocal 女聲，雖然聽得出來她頗不情願，悶著還沒開全的嗓子隨興湊數，但畢竟還是完成了，總是成就一樁美事。

戲演久了，不免有忘了回來的時候。兩人好像漸漸找回了共處的小樂趣，偶爾相偕出門去逛街，買回同一式的大小兩件T恤，回家後各自換上，站在一塊兒擺好姿勢要我幫忙拍照，然後速速上傳到臉書，姊弟親愛和睦的劇本再添一樁。他們開始會偶爾聊天，偶爾傳簡訊，甚至特意上街互買生日禮物，雖然拿給對方的時候，那表情，要笑不笑，還是很酷。

最忘情的一回發生在夏日的海邊。我一時興起，開車載他倆到外澳海灘看海兼拍照，太陽好大，我撐著傘拿著相機遠遠站在沙灘上，透過長鏡頭看見他們追著浪花一前一後在玩耍，恍惚間，時光好像倒轉回到了幾年前姊弟還很親密的峇里島。忽然，她要求他來個公主抱讓我拍照，喀擦！一張相片很快躍上臉書，裸著上身的十六歲肌肉小伙子橫抱著十九歲的長髮妙齡女，長空為幕，大海為景，姊弟倆對著我的鏡頭，也對著上百個臉書的親朋好友，咧嘴而笑！

這兩人的手足情深，在網路世界裡，演著演著，總會有那麼一天吧，在真實世界裡莫名其妙落了根，成了真，再也不會輕易動搖。

我願意這樣相信與等待。

夢

想

我的舊時光

妳是道地的台南小孩，父母親向來只用台語交談，不知道啟蒙的路上是哪裡分了神，走了岔，妳偏偏一口標準國語字正腔圓。

字正腔圓，濃眉大眼，綁著乖乖公主頭，在台灣國語才是王道的周遭同儕裡，妳顯得有些稀奇，每當學校有演講比賽的時候，老師的目光梭巡全班，最後還是只有看見妳。

小學時期，妳的戰果平平，主要是因為學校有一個同年級的超級戰將，只要她寶刀出鞘，妳永遠都望塵莫及。她是教務主任的寶貝女兒，天資聰穎，從小被師長們有心栽培，她演講時口齒清晰，抑揚頓挫渾然天成，還有一股無堅不摧的自信在誇張的搖頭晃腦間。更引人注目的是她的一頭過腰長髮，平常兩根光潔黝黑的麻花辮，隨著走路的節奏，輕輕在身後晃動。每逢重要比賽，她會把兩邊頭髮梳高成兩根馬尾，每邊馬尾再各自紮上十幾根小麻花辮，全部向上挽，固定成兩朵及肩的麻花垂髻，最後畫龍點睛在頂端綁上兩只紅色蝴蝶結。好豪華的髮型啊！那是任何人都望塵莫及的光榮戰盔，她頂著它南征北討，光是恢宏氣勢已經勝人一籌。

她實力堅強，從校內冠軍到縣賽冠軍莫不輕而易舉彷若探囊取物，直至遠征台北，迎戰全國語文競賽，還是能夠得到極高榮譽。每次她得到好成績，隔天學校朝會的司令台上就會出現紅豔豔的錦旗以及金澄澄的獎座，她輕巧上台受獎，頭上的紅色蝴蝶結在陽光下恣意飛揚，妳在台下仰望著她的風采，心裡有點小小的酸，說不出所以然，分不清究竟是大大的欣羨還是小小的妒忌。

曾經有幾次妳參加校內的演講比賽前，母親送妳去擔任小學校長的姨丈家裡臨陣磨槍，妳在客廳站得直挺挺把稿子滾瓜爛熟背過一遍，姨丈又幫妳加了一些誇張的手勢，但是妳明白，無論再怎麼努力都是徒勞無功，只要有她直挺挺站在妳的前面，妳絕對不會有出頭的那一天。

上了中學之後，妳終於得以從辮子女的巨大陰影下掙脫出來，重見天日。

這是一所以升學為唯一目標的私立中學，環顧四周，刺蝟三分頭與齊耳西瓜皮的同學們大抵循規蹈矩，勤懇好學，對於課外競賽的興趣相對並不高。第一場演講比賽之後，妳輕鬆取得擂台主資格，並且在往後三年，屢戰屢勝，無人可敵。司令台上的麥克風，成了妳專屬的榮光。

妳在國語文競賽的領域長期稱王，成為眾人注目的對象，尷尬的是，妳的課業成績剛好相反，江河日下，兩者成為諷刺的強烈對比。或許正是因為始終膠著在隱晦泥濘中的爛成績讓妳覺得有些自卑，妳分外享受各種在麥克風前恣意發聲的美妙時刻。除了每學期的演講比賽是妳固定的舞台，平常妳也有許多機會可以上台。不定期的校務報告、政令宣導，以及學期末的在校生畢業生致答詞，名目各異琳瑯滿目，妳幾乎成了學校專屬的播音員。無論是什麼，妳都樂在其中，只要能透過麥克風把聲音傳遞出去，妳便能聽見聲音長了翅膀在空中輕微震動，發出嘶嘶的聲響，不管妳手上拿著的講稿多麼無趣，妳都覺得幸福無比。

有一段時間，主任交給妳一個特別的任務，讓妳每天午餐時間之前到播音室放音樂。他的重點是放音樂這件事。選一張黑膠唱片，放點輕鬆愉快的音樂，打開大家的耳朵與食慾，是妳的工作重點。但妳根本不是這樣看待，妳唯一在意的是放唱片之前對著麥克風所說的幾句引言：「各位老師同學大家午安，今天為你們播放的是黃鶯鶯的英語專輯，希望你們會喜歡，祝大家用餐愉快！」寥寥數語聽起來精簡無比，可沒人知道，這幾句話對妳來說意義非比尋常，妳所有的苦悶與煩惱都在瞬間長了翅膀，全力向著空中四散飛揚，消失在眼前。

妳喜歡對著麥克風說話的另一個妳自己，妳喜歡四面八方有人透過聲音默默關注著妳，這是一種說不出來的幸福。妳暗暗立定志願，要和空中的幸福長相左右，總有一天妳要成為收音機裡說話的那個人，這是妳的夢想，沒有誰能出手阻攔。

高中聯考前夕，妳的同學們都為了第一志願全力衝刺，南一中南女中全省師專，是大家設定的共同標的，唯獨妳例外。數理成績太差，妳完全不敢奢望那些不切實際的目標，妳心裡早有盤算，私下蒐集了許多資料，妳決意跨縣市報考北五專，目標鎖定世界新專的廣電科。

妳執意選擇一條沒人走過的路，父母應該是驚訝的，可他們沒有攔阻妳，安排妳隻身北上，住在姑姑家，在完全陌生的城市和考場，懷抱著無知的勇氣單獨赴試。

那日盛夏炎炎，妳始終記得某一堂考前，妳穿著一件水藍色洋裝，一個人倚在走廊欄杆溫書，旁邊有一夥男生偷偷打量著妳，妳聽見他們竊竊私語，好奇這個落單的女生是什麼來歷，妳置之不理，假裝沒看見他們想來跟妳攀談的蠢蠢欲動。但其實妳心裡也感到好奇，他們的眼裡，這鄉下女孩看起來是怯懦還是勇敢呢？他們看見的是她對考試的巨大心虛，抑或是她對夢想的巨大盼望呢？

當然，一點也不意外，妳落榜了。

進不了夢想中的廣電科，回頭看，妳的高中聯考也名列遙遠的南部第三志願，站在迷霧般的十字路口，妳發現通往夢想的出口，妳無路可走。

對年輕的孩子來說，早早跌跤是一件被祝福的事，那或許是一個夢想的終點，但也可能是全新的起點，正因為失敗，妳才具足了對成功的極大渴望。榜單裡找不到名字的那一刻，妳好像突然從長久的混沌裡猛然甦醒，生命裡第一次有了追求的莫大熱情，第一次，妳堅決無比想要完成一件事情。

十六歲的妳執拗起來像頭不轉彎不退讓的固執蠻牛，眼睛直視前方，不給自己任何退路。妳鼓起很大勇氣跟父母說，妳決定好好念高中，考大學，進大眾傳播系，因為唯有這樣，妳才能靠近妳長久以來對廣播的熱切想望。

可憐的父母親一定被妳弄得一頭霧水，一下子堅持己見跑去台北考五專，一下子心性大改決定念高中考大學，僅僅為了完成一份遙不可及的夢想。真難為了他們啊！沒有太高的教育背景做為抉擇的後盾，純粹憑著一顆相信孩子的心，他們終究選擇了盡全力去成全。

唯一的路是回到國中母校直升高中部。妳的國中導師很疼愛妳，受父母的懇託，他領著妳回到母校，跟學校拍胸脯打包票，保證妳一定會好好念書，拜託他們特准妳破例入學。高中部原本只收前兩志願的學生，肯定十分為難，但看在導師的面子上，最後決定勉強收了妳。

妳絕非只是逞一時之勇，而是經過詳實的計畫。母校高中部的課程安排與公立學校不同，為了集中戰火全力進攻三年後的大學聯考，你們從高一開學直接分組，妳可以馬上甩開永生無緣的生物物理化學，只剩一科文組數學橫在眼前，等著妳背水一戰。

第一次段考考完隔天，妳的國中導師一路從國中部小跑步跑來教室找妳，咧著嘴大笑：「天哪！妳還贏了十六個人欸！」你們師生兩人高興到幾乎要在走廊手拉手撒花繞圈圈，這一刻，妳似乎看見妳的夢想向著妳，終於往前走了一小步。

妳繼續在司令台上發言，在午餐時間放音樂，在畢業典禮上，一回又一回發表感人催淚的在校生致答詞。妳守住了麥克風裡專屬的自由領地，總有一天，妳要把聲音透過電波發送到更遙遠的廣闊天空。

每天晚上念書或睡覺妳都離不開收音機，一邊幻想著那黑盒子裡究竟躲藏著什麼樣的神祕世界。有一次，某個節目開放名額讓聽眾報名去現場受訪以及唱歌，機會難得啊，妳慫恿好友C一起去一探究竟。兩個女生下課後坐了大老遠的客運，來到市區找到錄音現場，站在門口妳佇足良久，想像多時的潘朵拉盒子眼看就要開啟了，妳完全無法壓抑內心的緊張與興奮。走進擺滿機器的播音室，妳終於見到躲在盒子裡的女主持人，熟悉的聲音，陌生的面孔，面對她，妳心裡湧起一股複雜奇妙的心情，妳多麼喜歡這種矛盾中的極大趣味。

胡言亂語說了一段話之後，妳對著麥克風唱了一首〈小茉莉〉，因為太興奮太緊張，唱得荒腔走板，C的表現比妳好太多了，一首〈玫瑰人生〉，四平八穩，連高音都拉得很漂亮。搭車回家時，客運上剛好播放妳們早先的錄音內容，妳五音不全的歌聲在顛簸的車廂裡扭曲地尖聲迴盪著，幸好上車前妳先打公用電話回家，叮嚀家人千萬不要聽廣播，要不這臉可丟大了。緊接著該輪到C美妙的歌聲上場了，她才開口剛唱了第一句，歌聲突然戛然而止，直接進入節目尾聲的工商廣告，妳和她對望一眼，愣了一秒鐘，接著忍不住哈哈大笑。

沒想到，妳打電話回家的舉動反而提醒了家人妳今天要上節目唱歌，幾個正在門前洗車的司機捆工們特意把卡車上的收音機開到最大聲，讓左鄰右舍全都聽到了妳顛三倒四的談話與殺雞般的歌聲。當妳進門的時候，全場響起一片熱烈的掌聲，妳的臉瞬間漲紅，羞到恨不得瞬間消失。

透過麥克風傳遞的世界，連出糗都十分有趣，妳很難不為它深深著迷。

考大學時，和輔大大傳系擦肩而過，妳選擇念中文系，打算一年之後參加轉系考，沒想到，大傳系根本不收同校轉系生。儘管這樣，還是打消不了妳對廣播的熱情，妳參加播音員的營隊訓練，甚至還參加了電視主持人的招考，只要可以靠近麥克風一點點，妳不願放棄任何可能的機會。

大學畢業後，妳大老遠跑去彰化八卦山某電台參加播音員應徵，筆試之後，台長給妳一張新聞講稿，要妳國台語雙聲帶坐上主播台照念一遍。輕而易舉，妳過關斬將，如願高分錄取。可惜的是，電台地點離家太遠，違背了妳回家陪伴父親的本意，只好婉拒。不放棄，沒多久妳又報考了某軍用電台的台南分台，經過十幾年的耐心等待，千山萬水長路迢迢，最後，妳如願來到夢想實現的這一天。

調整好麥克風，妳正式成為一名電台播音員。

短暫的八個月之後，妳離開播音室，輕輕關上沉重的隔音門，on air 的燈光黯然熄滅，妳把長久以來堅持抓在手中的夢想留在裡面，就此放它自由。

妳曾經幻想過，要在聲音的廣闊天空找到最大的自由，然而，真正走進現實之中的廣播世界，妳發現，妳對夢想的執著太過天真，還沒找到妳想要的自由之前，妳已經失去了一部分的自由。

妳完全忽略一個事實，妳所闖進的地方電台，其目的主要不在播音，而在軍事用途。為數極少的播音工作讓妳很快意識到，比起播音員，妳其實更接近一名軍職人員。每個星期四，妳要穿卡其窄裙制服，上莒光日，寫報告，聽長官軍令如山。平時面對長官，妳只能以「是」應答，絕對不能死老百姓傻傻說「對」或呆呆說「好」。妳要小心科長半夜出現在機房玻璃窗和忽然抬頭的妳悚然面對面，說是要突擊播音員值班中間懶惰打瞌睡。有時外地技術人員來考察，台長要妳別上班了，陪他們出去玩，妳被兩個年輕技士各拉著一隻手搶奪坐上他們各自的車，混亂之間，妳分不清自己是來播音還是來伴遊。

還好妳每天有個工作是收集報紙資料，彙整之後錄製成地方新聞，當 on air 的紅燈亮起，妳坐在播報台前，扭開麥克風，字正腔圓說話，緩慢推機器，進出音樂，總算像是一名專業播音員了。然而，很快妳又發現，妳播出的新聞被層層音波干擾根本聽不清楚。搞半天，妳的聲音居然被軍事用途綁架，被對岸訊號扭曲，如何也成不了自由之身。

聲音失去自由，連意志都被軍紀有限禁制，妳覺得悶，覺得有志難伸。撐不到一年，妳決意離開，回頭重返校園念書，然後結婚出國，然後養兒育女，妳曾經苦心堅持的夢想，早已流落遠方不知去向。

二十幾年之後，人生走了大半，妳安心待在文學的懷抱，書寫成為妳人生的一大依靠。每次新書上市時，妳到各家電台受訪，只要進到播音室對著麥克風侃侃而談，妳仍舊湧起一股莫名的幸福感。有時妳受邀去演講，站到講台上，面對數百聽眾妳毫不怯場，拿著麥克風，想說的話自由如風自動來到嘴邊，妳感覺好像回到了溫暖的少女時光，有個夢想正在成型，正在殷殷切切呼喚著妳。

繞了一大圈，那久遠以前的青春夢想，換了一條路走，在熟年的時候，不聲不響，靜靜地回到了妳的跟前。

你的新世代

有一天，他，十六歲的少年，在下課回家車行途間，語意模糊但謹慎地試探我：「如果將來我變成一個音樂人，妳要有心理準備，我不一定可以賺很多錢，但是我應該會日夜顛倒，生活不正常，到時妳可不要太驚訝，也不要對我有太多意見。」

正在混亂車陣中專心開車的我轉頭看他一眼，因為受到驚嚇一時語塞說不出話。他見我沒有太大反應，兀自加碼，喃喃自語說：「我覺得也許我可以現在就專心走這條路，音樂人，不一定要念大學的，早一點開始，以後更有機會出大名，搞不好還可以賺大錢。」

「你想太多了！」這是我慌亂當中唯一擠得出來的一句回答。

關於所謂「音樂人」的夢想，他不只想得很多，事實上，他也做了很多，偏偏，在想與做的背後，是我們大人，給了很多。

他小時候是個溫和而害羞的小孩，照著他的個性來發展，長大後，十之八九會是個乖乖坐在鋼琴前彈蕭邦，或是架著小提琴拉巴哈的古典斯文男。七歲時，第一堂鋼琴課姍姍來遲，他一邊敲琴鍵一邊搖頭晃腦，非常善盡職責。第一次音樂教室的鋼琴發表會，他在後台拚命絞手跺腳，緊張到微微發抖，一直喊著：「嚇死我了！嚇死我了！」彈完下台一鞠躬回到後台，又甩著手大喊：「好好玩，可不可以再來一次？」戲劇化的心路歷程非常精采，可惜琴藝普通，興趣也平平。後來，讓他試試小提琴，他拿琴的架式十分優雅好看，但他打從心底抗拒「鋸琴」的練習，「這太無聊了！」他說。

他的鋼琴課很勉強維持到高中以前，有一搭沒一搭，樂譜也終究從古典換成了爵士。拐了彎的路從此回不了頭，漸漸地，鋼琴由木吉他取代，木吉他又被電吉他取代，他一步一步走出我們當初一廂情願所為他設定的音樂之路。

酷酷少年家關在房間刷電吉他，音箱傳出來的音樂完全超出我的理解範圍。他喜歡的音樂也從此脫離我們原先預設的溫暖舒適圈。那些陌生的音樂，我不能聽，一聽就忍不住要皺眉要嘮叨，吵鬧的電子樂器，塞滿髒話的歌詞，完全顛覆我的音樂美感經驗，也徹底挑戰我的忍耐極限。

誰能料得到害羞的小男孩有朝一日會長成酷酷電音男？關上房間的門，電音世界敞開另一扇大門迎接他，提供他一個溫暖的藏身之處。那是他的新世界了，就算不了解，不欣賞，可你也無從跟他爭取音樂世界的控制權。

小時候我們推著他與古典音樂套交情，現在，我們被他推著進入電子音樂的陌生世界。半推半就之間，我們學著去理解，去接受，去欣賞，然後在不知不覺之間，莫名其妙成為一干幫兇與共犯。

他老爸，向來只鍾情古典音樂的那個中年人，有一天在雅加達的某家餐廳偶然遇到有人表演電吉他，二話不說，直接上前跟人家攀談要電話。隔天，一個看起來很有流浪漢氣質的印尼電吉他手出現在我們家，從此成了他的專屬電吉他老師。一星期一個夜晚，他倆就著燈光下，交換著我們所陌生的音符與旋律，那琴音，有時粗獷有時細膩，有時溫柔有時狂野，我站在門外，側耳聽，怎麼樣也聽不懂。

他不只刷吉他，聽電音，玩上癮了，他想自己混音，創作，還要往DJ的路上奔跑前進。

他爬梳網路抓取資訊，以入門新手的姿態，一樣一樣增添設備，建構他的音樂新世界。我們大人負責接收他的指令，傻不愣登跟在後面跑，帶著司機在雅加達的大街小巷找尋網路上分不清是真實還是虛假的商家行號，百轉千迴的闖蕩裡，辛苦抬回一架混音器，一台鍵盤，一塊價值不菲的德國原裝軟體CD片。

他畫地為王，全心朝向他的夢想前進，一天一天，他的電音城堡終於逐日成型。我們站在邊邊，呆瓜一般仰望他的城堡，坦白說，事到如今了還是一點也弄不懂他的電音世界究竟是怎麼一回事，只是非常門外漢地兀自覺得，他玩音樂的樣子，還頗帥頗有架式。

我有時候會不自覺想起我自己年輕的時候，一心一意只想趨近一個不夠成熟的廣播夢，不由分說向著所有可能的方向胡亂闖蕩。像一個發號施令的人，說風是風說雨是雨，甚至根本沒考慮到大人們的立場與計量，也沒想過是不是該跟他們詳細解說你真正的想法。當時，大人們是真的了解你的追求嗎？究竟是什麼原因讓他們縱使不清不楚卻還是無條件支持呢？現在回頭看看自己，為人父為人母，一樣跟在孩子的身後，不明就裡幫著他去追逐去成就，就算你們哪裡懂得他說了半天說的到底是什麼？

青春的夢想似乎有股天真無畏的魔力，魔法一施，教小孩變成大人一般篤定，讓大人變成小孩一樣衝動，兩相錯位，配合得天衣無縫。

回台灣念高中後，他的學校生活面臨極大轉折，每天的功課超時超量完全超乎他的想像，能夠讓他喘一口氣，稍作休息的，唯有躲到他專屬的電音城堡裡。週末，如果完成了功課，他巨人之姿直挺挺站在音響前，雙手交錯轉動混音轉盤，搖頭晃腦如入無人之境。等關上音樂，回到現實世界，重新面對沉重的課業、呆板的校規以及嚴苛的教官，平凡的生活裡，他總算有了那麼一點再出發的動力。

他曾經深深嘆一口氣，很有感慨地說：「我身邊許多同學除了念書，好像都沒有真正的興趣，這樣過生活，不會覺得可惜嗎？」

他繼續在夾縫之中尋索著夢想的一線生機，利用長假期間，進一步嘗試混音工程。他把兩首截然不同的曲子融合在一起，小心比對每一個小節每一只音符，創造出另一種截然不同的效果。有時候見我在一旁探頭探腦，他問我：「妳聽見鼓的聲音嗎？在最裡面，還有鍵盤，妳發現了嗎？」我屏氣凝神，聽半天都是相似的節奏都是相同的樂器，一顆顆豆芽糊成一片，哪分得出裡頭還有什麼青蔥或韭菜？

半年後他又換了學校，雖然功課還是不輕鬆，但終於擺脫了嚴格的制服與嚴苛的校規。新學校每學期有場小舞會，他扛責製作舞曲的音樂組合，也親自下場當ＤＪ，操作現場音樂的播放。有個同學的媽看了他的ＤＪ照片，逢人就說：「這小孩，帥！」

人類因夢想而偉大，少年因夢想而帥氣，是這樣的吧！

高一暑假，他跟著學校社團飛到新加坡參加一場國際辯論賽。行前，當別人埋首資料準備應試，想在知識競賽場拔得頭籌的時候，他透過不間斷的書信往返，向主辦單位自我推薦在閉幕舞會裡擔任ＤＪ的工作。這原本是一個無中生有的職務，也是一項不可能的任務，竟因為他的一再嘗試而達成。舞會當天，他終於如願站在副ＤＪ台上，在千百人面前實現了他的大型ＤＪ夢。

這是他長久以來夢寐以求的一個高點，別人看見的或許是音樂舞台上高張絢爛的那一面，我不一樣，我珍重的是他追求夢想的背後，一路上所保有的，不熄的熱情以及無畏的勇氣。

回到當時他在車上問我那番話：「我將來可不可以把音樂創作當成主業？我是不是可以現在就專心創作不要念大學？」我強裝鎮定不給他絕對肯定或否定的回答，那是因為我知道，年輕的夢想，需要時間去琢磨去精練，說太早說太多，對他來說，都像蜻蜓點水，並沒有太大的意義。

站在少年與中年的中間點，來回張望，考慮再三，我最後選擇了無新意地說：「如果將來有個喜歡的工作，然後當個業餘的音樂玩家，那也很不錯。」而他，點點頭又搖搖頭，不置可否。

順著時間往下走，十一年級，接踵而至的是許許多多申請大學前的連番考試，他身邊所有的人，包括他自己，不知不覺中沉溺在一種備戰的氛圍裡。取代音樂，更多的時間他與我討論的是以哪一所大學為夢想的標的？SAT的總分該設在哪個夢想的落點？GPA的分數該多少才能達到夢想的最高標？

夢想，是的，青春的夢想可以不只一個。

在這些對未來的準備與思考的過程當中，他所熱愛的音樂似乎自動往後挪了一步，退成一片背景音幕，理所當然地依然存在，但是不去崢嶸強出頭。

想了很久，他開始認真考慮往旅館事業的場域去探索。從小隨著爹媽天涯亂走，他累積了許多有趣的旅館經驗，不管是豪華的星級飯店、溫馨的山中旅店、陽春的城市民宿、或是鄉野叢林裡的原始木屋，他對落腳處的觀察比我們其他人都還來得細膩入微，尤其對於國際連鎖的星級飯店，他更是充滿遐想。如果大學就讀科系往這個目標來設定，他覺得，應該是一件值得期待的事情。

一個新的夢想於焉成型。在他的想像當中，飯店的工作應該充滿著流動的故事性，每天可以遇見不同的人面對不同的挑戰，在每個不同部門創造不同的趣味，甚至，還有可能把他熱愛的音樂領域巧妙地置入其中。

他想得很天真，可天真，不正是一切夢想的起點？

他是一個夢想的行動派，寒假，十六歲的他一個人背起背包拖著行李，往睽違多年的歐洲隻身單飛，到不同的國家不同的大學實地探看實踐夢想的可能性。開學後，連假期間撥兩天，他來到老爸熟識的飯店，跟在總經理身後，實際看看她一天的工作內容與自己的想像相去有多遠。某個考完試的週末，他夥同一群好友共宿台北的國際星級飯店，親身體會其中滋味，並在之後鍥而不捨投信給總經理，希望能在暑假爭取到實習的機會。經過嚴格的審核，終於破例得到飯店餐廳侍者的短期正式職位。

追夢的少年心裡有所準備，這絕對不會是一件輕鬆的差事，可是他樂願去嘗試，或許將失敗，或許會成功，或許往夢想跨進一大步，或許從此了解現實與幻想的分野，都好，只要試過了，結果怎樣都無所謂。

對年輕的他來說，夢想，與其是一個目的地，不如說是一段曲折起伏的實踐過程，時而慢走，時而快跑，每一步都埋伏著意想不到的驚奇。

至於究竟最後會走到哪裡呢？
始終站在最近的距離耐心等待的我，也充滿好奇。

偶像

我的舊時光

一九八二年，妳高一，而她出了第一張專輯。

妳剛剛換上嶄新的高中制服，水手領白上衣，暗紅色領結與袖邊，白色腰帶，及膝的暗紅色百褶裙，最後，再搭上白短襪與白皮鞋。妳喜歡這套制服，它讓妳看起來很有氣質，而且很神氣。方圓百里的鄉鎮，誰不知道這套制服代表的意義，會念書會考試的孩子才有資格穿上它。

妳高中聯考成績並不理想，要不是國中導師挺身而出保薦妳直升高中部，妳根本沒資格成為這套制服的主人。得來不易，妳更懂得珍惜。

同一時間，她在歌壇崛起，剛剛穿上她的第一套打歌宣傳服，白色長洋裝，水藍色背心翻出窄窄荷葉邊，及肩長髮裡水藍色耳環若隱若現。她看起來清新脫俗，還有幾分楚楚可憐。

她原本只是個平凡的女生，因緣際會之下，意外成為唱片公司力捧的新人，或許連她自己都不曾想過，會在十九歲這一年成為一顆耀眼璀璨的星星。灰姑娘的故事太過傳奇，她想必也十分珍惜。

這一年，妳和她，有點相似，都站在一個青春的神奇彎道，轉過這個彎，命運將以截然不同的面貌展開。妳和她，也完全不同，她是天上初昇的明星，妳只是困在凡間的書呆子，相距千里，兩個人一點關係也沾不上邊。

唯有動人心弦的歌曲可以讓妳們產生連結。妳看她在電視上唱歌，歌聲溫柔卻又堅定，字字句句打動妳多愁善感的少女情懷，妳喜歡她的歌，喜歡她的人，從此死心塌地認定她是妳心目中唯一的偶像。

單純到近乎貧乏的高中生活當中，偶像的出現是幸福的小出軌。妳從念不完的書堆以及準備不完的考試裡抬起頭，頃注全心仰望一顆明星。這顆星散發微光，開啟妳平凡生活裡一扇綺麗的窗。妳珍藏她的卡帶，反覆聽，跟著唱，熟記每一首歌的歌詞與旋律。妳收集她的翻拍照片，小心夾在書本裡面，一看再看。妳在報紙上注意她的一舉一動，對她的報導咀嚼再三，不厭不倦。每個星期天晚上妳守在電視機前面，盯著綜藝一百的新歌排行榜，等到確認她的名次了，才能歡天喜地或忿忿不平地回到書桌前，繼續妳苦讀的漫漫長夜。

甚至，有時在馬路上看到摩托車尾的擋泥板印著她的彩色照片，就算那粉雕玉琢的一張臉已經被泥土塵煙弄得烏漆抹黑，妳都要傻傻看半天，還是覺得，她怎麼會那麼美。

妳住的南方小鎮那時還沒有歌友會這種時髦的東西，妳那些成績優異的同學們好像也沒有誰會多花心思在追星上面。妳，一個暗中的低調歌迷，隱身在南部鄉間，對於偶像唯一能做的事情，僅僅是想像。

妳想像她憂鬱的眉宇之間藏著什麼樣不為人知的故事？她那高八度的拔音是如何輕鬆達成？她的下一張專輯會藏著什麼樣的驚喜？她和同唱片公司的玉女歌星是怎樣的友好或競爭關係？最大的想像莫過於，書念到一半，躺在床上，閉上眼睛模擬著當妳考上大學去了台北，要如何到唱片公司門口守株待兔等著她出現。一眼，只要遠遠看一眼，妳這一生也就心甘情願無怨無悔。

所能做的，最多也只是這些。上大學之後妳才知道，住在台南市的室友在高中時期老早是鳳迷歌友會的死忠會員，她們辦活動，相互聯繫，付出時間、金錢與心力，當真能把天上的明星盼到凡間來短暫相會。原來可以這樣啊？妳土包子一個，從來也沒想過喜歡一個偶像可以像她那樣理直氣壯，明目張膽，當然也從來沒真的以為會有那麼一天，偶像可以走到妳面前，讓妳看得見摸得著聞得到那明星遙不可及的光輝。

不過，妳才不羨慕也不在乎，能夠默默地守護與追隨妳心目中的女神，已經是一種幸福。

她的第一張唱片大賣一百萬張，妳的第一次月考成績贏了十六個人，妳們各自在青春的起跑點上幸運地贏了第一回合。接下來幾年，隨著唱片一張緊接著一張出現，她的外型裝扮開始有了變化，歌路也越見開闊，她的歌聲，甜蜜的、苦澀的、快活的、傷感的，通通融合在一起，成了妳高中生活的背景音樂。封閉保守的青澀歲月，幸好有她一路相陪。

她的第八張專輯問世的那個秋天，妳終於如願來到台北上大學。妳當然沒有真的去唱片公司門口苦苦守候，等待她偶然出現的倩影。妳們都長大了，從小女孩長成小女人，妳們的故事即將各自精采，美好的人生剛剛暖過場才要正式開演。

世界變寬廣了，妳對她的喜愛不再如往昔般單一而狂熱，更多新人以及新歌的震撼，讓妳的音樂世界門戶大開，變得更加活潑而且更加多面。但這並不意謂著妳從此背棄以往的美好時光，在妳的心中，始終保留一塊淨土，給一扇窗，讓白紗窗裡的女孩永遠佇足，不曾走開。

十多年之後，妳和丈夫小孩住在美國洛杉磯。有一天，丈夫下班回家，臉上有藏不住的光，說是要送妳一個祕密禮物，慰勞妳身為全職媽咪的辛勞。妳看他欲言又止神祕兮兮的模樣，不太認真搭理他，轉身過去，忙著給小孩沖奶瓶換尿布。過了幾天，他回家，身後多了兩個客人，其中一個，再熟悉不能的陌生人，竟然就是她！

她從後院石階緩步上來，走到散發著梔子花香的最後一階，抬起頭，站在紗門外和妳四目交接。妳才剛剛生完第二胎，戴著一副大眼鏡的完全素顏，沾著黃色奶漬的粗衣底下走山的身材，壯碩的手臂上正抱著一個胖奶娃，推開門，妳開口，說：「嗨！」

然後只能站在那裡傻傻地笑。

不然該說什麼呢？時空錯置，許多陳年往事突然湧上心間，妳猛然想起多年前那些用想像填滿的青春無眠夜，夜空裡，那顆遙不可及的星星，怎麼會無緣無故落到了妳的眼前？

丈夫是在僑界的活動上認識了她的先生，他記得妳在少女時期非常喜歡她，費了好一番心思邀請他們夫妻來家裡做客。丈夫是個懷抱著單純熱情的人，從一開始，他衷心認定這會是一場友誼的開端，而不僅僅是曇花一現之後曲終人散的私人歌友會。

那晚她離開前，站在梔子花旁的最後一個石階，轉頭問妳：「妳要照張相做紀念嗎？」妳一秒鐘都沒有遲疑，搖頭說不。她的表情難掩詫異還有點小尷尬，這恐怕是第一次她主動提議與歌迷照相，也是第一次被歌迷拒絕。妳微笑，沒有多作解釋，目送著她離去。

對妳來說，這一刻，她已經不再是單純的偶像，而是朋友了。既然是朋友，也就沒有必要應景照相到此一遊。妳家的這扇門為朋友敞開，妳確定她一定會再回來。

從偶像到朋友，從天上到人間，居然只在一線之間。

當時丈夫和妳年輕好客，每個星期某一天晚上，你們在家裡有個小型的文藝聚會。來的好朋友幾乎都是長住洛杉磯的藝術家：畫家、鋼琴家、小提琴家、吉他手，個個都身懷絕技。你們邀請她與先生一起來參加，一群浪漫風雅的人擠在寬敞的客廳，喝紅酒，嘗美食，天南地北聊著天，輪番演出各自的看家本領。她一開始對這批新朋友有點認生，也難免存著些戒心，過了很多回，確認了這是一個自在單純的朋友圈，她才主動拿著吉他，坐在妳家客廳的正中央，第一次開口唱歌。

她唱的是十多年前妳最愛的第一首歌。妳坐在沙發上，丈夫坐在妳身邊，當她撥動熟悉的吉他旋律，唱了第一句，妳的眼淚應聲落下，啪嗒啪嗒，完全無法控制。妳把頭埋在丈夫背後，在眾人的笑聲中，抹眼淚，邊笑邊哭。

沒辦法，就算變成朋友，偶像，仍舊是一輩子的事情。

不過，比起喜歡偶像，妳更喜歡這個朋友。她熱情開朗，聰慧伶俐，有著過人的靈敏反應，只要有她在，場子熱騰騰鬧哄哄，絕無冷場。她有想法有個性，既溫柔又堅持，有時是柔媚的小女人，善於理家烹煮，有時是豪邁的大男孩，做事乾脆俐落。既熱且冷，遊走在水火之間，她是個特別的人。

妳們保持著密切但不親暱的友誼往來，親而不密是妳們最棒的關係。每隔一段時間，她與先生出現在妳的家庭相簿裡，他們來看妳女兒的芭蕾表演，和你們一起去道奇球場看棒球，還參加妳舅爺爺的家族音樂會。偶爾，妳翻看這些相片，想起當年被妳珍藏在課本裡的彩色明星照，想不通這中間的轉折究竟是不是一場夢。

那時候，妳從來沒想過她是如何看待妳們之間的友誼，妳們都不是善於表達的人，只記得她得知你們即將搬回台灣，愣了一下，隨即嗔聲輕啐道：「哼，早知道就不跟妳搏感情！」

你們一家四口離開洛杉磯，回到台北，她依舊留在南加州過著平靜與平凡的家居生活。妳們的聯繫自然而然變少了，見面機會當然更少。然而妳知道，各據世界的一端，妳和她，疏而不淡，對彼此的惦念與記掛，始終沒有因為時空改變而完全斷了線。

中間一年，她回台北開演唱會，留了一個特別的位子給妳。開場在即，她從繁忙慌亂的後台打電話給妳，確定妳已經順利入座。安坐在觀眾席最棒的位置上，環顧四周，妳覺著自己暗暗擁有一個全場數千歌迷所沒有的榮耀。燈光亮的時候，妳定定看著舞台上的她，站在聚光燈的正中央，妳的好友躲在妳的偶像背後，俏皮地對妳眨眼睛。妳享受無比特殊的雙重待遇，貪婪地聽著每一首歌，多希望演唱會長長久久，永遠不要結束。

終究必須曲終人散，妳繼續浪跡天涯，從台灣到歐洲到東南亞，路途波折間，妳們終於完全失去了聯繫。

再度得知她的消息是在台灣的娛樂新聞上，眾多傳言沸沸揚揚真假難辨，妳站在暴風圈遠遠的邊緣，只能為她暗暗感到憂心。輾轉經由共同的朋友妳好不容易打探到她的電話，趁著回台度假的空檔約她見面。多年過去，妳們雙雙從少女變成熟女，帶著人生各自的曲折終於在台北重逢。一見面，伸出雙手擁抱對方，妳們熟悉一如往昔，多年的空白彷彿從來不曾存在過。剛剛經歷一場人生變動恢復單身的她，坐在妳面前，卸下平時的堅強與武裝，訴說絕對私密的體己話，放心讓妳看見不讓外人發覺的善感與羸弱。妳心疼她，安靜而專注地聽著她說話，下定決心把失散多年的好友撿回來，在眾人看不見的地方，細細安慰她的傷。

妳第一次覺得離她那麼近。

偶像，因為憑空想像，可以是一輩子的事，但現實生活中的朋友，變數太多，想長久維持並不容易。對於妳們之間的友誼，妳從來沒想太貪心，能夠隨遇而安地保持著聯繫，很好，若是一不小心失去消息，只要在某個不經意的時刻偶爾記起彼此，那也很美。妳完全沒意料到，人生各自走了大半，行經中年，妳們的友誼還能夠越發芬芳。

她是一個勇敢的人，重新回到久違的舞台，之後沒多久，妳也從雅加達搬回台北。此時，距離她從偶像變成朋友，已然十五年過去了，妳們人生裡最知己最貼心的一段時光卻才剛剛要開始。

多年之後妳們再度住在同一個城。當年在洛杉磯時的眾聲喧譁漸次退去，隱沒在逝去的時光裡。捧著紅酒杯圍坐客廳的朋友們，散了，早已不知去向。琴聲歇了，歌聲遠了，就是當時繞著四周打轉捨不得上床睡覺的兩個娃兒們也都長大了。呼朋引伴的熱鬧聚會，人事皆非，只剩下妳們兩個人。
妳和她的友誼開始了另一段的奇異之旅。
復出舞台的她再度釋放收束已久的熠熠星光，她主持節目，頻繁接受綜藝節目的歌唱邀約，甚至跨界演出電影。螢光幕下，她結交了幾位各具知名度的熟女好友，情同姊妹，以相似的生活模式親密往來，日子過得十分緊湊而精采。她的舞台她的社交她的光鮮新世界，全在妳熟悉的生活經驗之外，照理說，妳們之間應該漸行漸遠，再度回到偶像模式底下遙不可及的天上與人間。
相反地，妳們的來往空前密切，一起相約吃飯，一起喝深夜咖啡，一起出遊，一起聽音樂會，在她順利時一起開心，失意時一起相互勉勵。她把妳放在幕前幕後之外的第三世界，那是一個柔軟的角落，她可以完全放鬆，可以哭可以笑，逞強或軟弱都不怕被看見。
妳做了什麼？並沒有。妳只是一個安靜的聽眾，一個理智的旁觀者，一個不離不棄的陪伴人，一個老歌迷以及，一個老朋友。
三十三年前妳在電視上第一次看見的偶像，十八年前妳在洛杉磯老家第一次遇見的朋友，青春的路途遙遙迢迢一路走來，這段分不清是偶像還是朋友的奇異旅程，不管是春暖或冬霜，是靠近或疏離，妳，都無比珍惜。

你的新世代

他住在台南的表哥喜歡某個女歌手是整個家族裡公開的祕密。他那亂七八糟的房間，有一面乾淨的牆，恭謹地貼著女神的大型海報，上頭的她明眸皓齒，可愛的蘋果臉堆著小小嬰兒肥。每天晚上他睡覺時，一轉身，可以輕易看見她正盈盈對著他微笑，一次比一次還甜。

他說不盡地喜歡她，最大的心願是有朝一日要到台北參加她的簽唱會，一睹女神真面貌。不然，參加她所主持的電視節目錄影也可以，說不定運氣眷顧時還可以握到她的纖纖小手。

可惜的是，一切都是空想。一直等到那張海報背膠乾了一塊，女神垮下半張臉，他依舊未能如願，曾經有過的期盼沒有一樁得以實現。

他的表姊喜歡五月天也是他們表手足之間人盡皆知的事，她還因此進了學校吉他社苦學吉他，連帶認識了附近男校吉他社的男孩，兩人琴聲琮琮之間似乎藏著些什麼曖昧的小旋律。她安分當個隱藏版的忠實歌迷，從來沒想過可以在秒殺的演唱會售票網幸運搶到位。有一回，我有兩張珍貴的贈票，送給她們表姊妹兩人聯袂去追星。沸騰的高雄巨蛋手夜，兩個女生臉上貼著刺青貼紙拿著螢光棒在萬人之間又唱又搖，嗨了一整夜，聽說她手上的刺青放了一個星期都還捨不得洗掉它。

而他自己，國中時喜歡上美國甜心泰勒斯，電腦桌面放著她的照片，車上的CD老放她的歌。那時候我們還住在總是塞車的雅加達，一趟車百轉千迴，來來回回得聽上好幾遍，有時候我實在聽煩了，忍不住跟他說，她的聲音太甜太膩太尖，你怎麼會喜歡呢？他想都沒想，說：「可是她很漂亮啊！」

他的回答很讓人吃驚，他對音樂一直很有自己的見解，我一直以為他喜歡的是她的歌，還沒意會過來，原來她的人才是他目光的焦點。對明星的淡淡愛慕，這是他的第一回。

令人意外的是，他這麼愛音樂的人，初次真正迷戀的偶像卻是一個電視女演員。國三那一年，在台灣，他突然迷上台灣連續劇的女主角。身邊親近的人都知道她是他心目中的完美女神，時不時拿來當笑話虧虧他。他不怕人家知道也不怕誰的嘲笑，嚴肅非常地捍衛自己的偶像，堅持她是最美最正的女神。我在他身後掩嘴偷笑，可也認真研究過，那女神時而帥氣時而甜美，濃妝淡抹兩相宜，看起來很乖巧很正派。想不到他小小年紀深藏不露，跟他爹年輕時一樣，審美眼光還真不錯。

每次誰在電視上看見女神的身影，趕緊吆喝他：「快來快來，你的偶像在電視上！」屢試不爽，一個原本躲在房間看漫畫打電腦的宅男乒乒乓乓推了門飛竄出來，把臉湊在螢幕前，看得嘴角微微笑，一臉心滿意足的模樣，完全不理會旁邊看好戲偷笑的一幫閒雜人等，彷彿世界只剩他們兩人的存在。

我實在覺得好奇，他究竟喜歡她什麼呢？漂亮嗎？親切嗎？像大姊姊一樣的成熟韻味嗎？他只顧著傻笑，根本說不出所以然。也是，喜歡一個人哪裡需要什麼具體的理由？迷戀一個偶像，自然也不例外。

後來電視連續劇播完下檔了，女神沉寂一段時間之後，聽說另闢疆土打算進軍作家行列。他的消息很靈通，老早從網路搜尋到她即將在市中心的某個便利商店舉辦簽書會的消息。他一邊看電腦一邊知會我，簽書會那天，他一定會去參加。我胡亂應聲，沒認真理會他的追星計畫。

簽書會那一天，他打扮得很帥氣，頭髮用髮膠抓半天，趕早出門。不只他自己，同行的還有一個小跟班，小六的表弟傻不愣登跟著一起去。哥倆好計畫縝密，搭捷運，提前兩三個小時到便利商店搶先卡位，呆呆地站在角落，聽了幾百次的叮咚歡迎光臨，耐心等待女神的翩然降臨。簽書會開始之前，工作人員跟他們解釋必須買書的遊戲潛規則，說是這樣才能具備和女神握手的資格。想當然爾，十五歲的表哥，十三歲的表弟，二話不說，當場翻錢包探褲袋，總算湊足錢，各買了一本價格不菲的新書，如願拔得頭籌，成為與女神握手簽名的前兩名幸運兒。

了遂心願美夢成真，折騰一個下午之後，哥倆好才臉紅紅，笑咪咪，捧著新書和照片回家來。

表兄弟眉開眼笑，興奮的情緒一時半刻下不來。他驕傲地秀給我看女神的簽名書，我翻開來一看，差點沒當場暈過去，新書怎麼會是一本少年不宜的清涼寫真集？

我一頁一頁翻看，看得血脈賁張。女神脫下昔日包粽子似的衣裝，露出魔鬼般的身材，凹凸有致的三圍，嫵媚撩人的姿態與眼神……天哪！對兩個純真少男來說，這麼惹火的偶像會不會太超過？我的驚嚇指數一下子飆到簡直要破表。

令人稍微寬心的是，我發現他對那本寫真集的興趣僅僅停留在簽名的第一頁，其他，乾乾淨淨，絲毫不見摺痕，似乎連翻都還沒翻過。

女神簽過名的寫真集很快被無知少年丟在凌亂書桌上的一個角落，比起書，他更在乎的是他們與她的合照會不會出現在她的專屬網頁？沒多久，照片果然登上版面，他對著畫面再三細看，臉上全是說不完的驕傲。

我不敢想像，他的表弟，小六的年紀，臉上留著與火辣女神合照的一朵紅暈，帶回一本火辣的清涼寫真集，他的媽媽，在小學教書的我老妹，臉上該會是什麼樣的表情？

事情並未就此結束。表兄弟追星追上了癮，才隔一個星期，女神的簽書會移師到中壢，兩人義無反顧，決定繼續追隨。

中壢？一個他聽都沒聽過的地名。我好奇問他：「請問你要怎麼去呢？」他胸有成竹，大氣沒喘一下，說：「我們坐火車去。」

我要很努力才能忍住不要露出一點輕蔑的神情。火車？太好笑了，回來台灣之後，他只搭過高鐵和捷運，火車長什麼樣子，他恐怕都還不知道。

女神巧笑倩兮，正在陌生的火車快飛之後的陌生城市的陌生街道的某家書局，聲聲呼喚著他，那無法抗拒的魅力讓無知的國中生變得所向無敵。他神色堅定從家裡出發，後頭又跟著背著書包的小表弟，裡頭裝著兩本厚重的寫真集，看起來簡直像是苦兒流浪記。他們坐小巴，坐捷運，坐火車，不辭辛勞迢迢去追星。

兩人站在書局的一角，又傻傻等了兩小時，才終於盼到女神再度降臨凡間。工作人員一眼認出兄弟倆，眾人面前大加頌揚他們的精神與毅力，說得他們喜不自勝，像是被簇擁著登上衛冕者寶座那般光榮。這次女神對他們更好更親切了，拍了一張三人大合照，即刻放上網頁，還特別寫了一段小報導，說他們是史上最忠實最年輕的小書迷。

他風塵僕僕回家後，又把寫真集隨便丟在一邊，一刻都不能等待，讓我開車載他去相館沖洗相片。拿到熱騰騰的相片後，他把表弟的大頭剪掉，只剩下他和女神兩人，這才珍重將相片護貝，小心翼翼收藏在皮夾裡。

兩個未成年男生的幼稚行徑由外人看來一定很荒謬，我雖然也覺得誇張，但仍然決定袖手旁觀，也說服小妹隨他們去胡亂翻攪。很有默契，我們都沒打算讓兩邊的歐吉桑老爸知道這些事。

誰沒有年少過？誰沒有為一個偶像神魂顛倒，對著相片癡癡傻笑過？誰敢說他從來沒有幻想過握著偶像的手共同留下一幀幸福的合照？當年的我們缺乏的只是熱情與勇氣，坦白說，我還真是有點佩服他。

後來妹婿無意中知道表弟跟著表哥舟車勞頓參加了兩場寫真集的簽書會，瞪大雙眼，下巴差點掉下來，不能相信他家十三歲的男生什麼時候已經開始轉大人？

還好女神的新書發表會到此結束，沒再繼續繞島一週。懷抱著幸福合影的少年日日成長，身高越來越高，小表弟更勝一籌，一個暑假過後，身高衝破一七五。而女神，奇怪了，塊頭越來越大，沒多久竟然具備了減肥廣告的代言資格。有一回我在雜誌上看見她的漏網小照，已非昔日絕美的模樣，儘管他已經漸漸不再提起她，我還是決定把那一頁偷偷藏起來。永不崩壞的女神形象，就讓她留在純真的青澀少年時，別去為難她與他。

兩年後，十七歲的他，幾乎忘了之前瘋狂追星的那一段，如果有誰提起，他根本抵賴，失憶、裝傻完全不認帳。長成少年的他，為電子音樂的魔幻世界所深深著迷，崇拜的偶像換成了一批酷酷音樂人，他特別喜歡幾個外國電子樂團，不輕易放過一場他們難得在台灣的演唱會。有一回，他和幾個學校的哥兒們結伴去看某一個美國樂團的演唱會，他們事前計畫做得完備周詳，老早從網路上買好ＶＩＰ的票，預先取得與團員合影留念的資格。演唱會結束之後，燈光迅速暗去，樂聲戛然而止，當其他歌迷們意猶未盡地漸次離場，幾個少年的興奮時刻才正要澎湃登場。他們往著與人潮相反的方向走，走向偶像的身側，在後台的某一個角落，面對面，親炙明星耀眼的光彩，握到手，說上幾句話，最後排排站在偶像的後頭，咧著嘴笑，留下了一幀幸福的合照。

對於心儀的偶像，他不再千辛萬苦傻氣追求，只要多費一點心思，輕而易舉，他走進光環裡面，靠近偶像身邊，也更靠近自己的夢想一點點。

後來，在眾多電子樂團中，他尤其迷戀一個美國ＤＪ兼主唱 Skrillex，死心塌地喜歡他的每一首創作，仰慕他的ＤＪ風采，認定他是電音界的超級天才。為了與偶像精神同在，他特別從美國網購了一件印有三條黑線標幟的長袖薄帽Ｔ，連續兩個冬天，不管寒流來襲，幾乎天天穿著它。

青春路上，這回，他是真的遇上讓他衷心臣服的偶像了。

我曾經問過他，對於遙不可及從來沒來過台灣的偶像，Skrillex，你最大的期待是什麼呢？親臨他的現場演唱會，握到他的創作之手，還是跟我一樣，有朝一日，因緣際會和夢寐中的偶像成為凡世間的好朋友？

「如果有一天我也變得有名，可以和他同台ＤＪ，演出我的創作，那應該會是很棒的一件事！」對電音創作與ＤＪ工作始終懷抱著極大熱情的他，氣定神閒這麼說。

如果真有那麼一天，他自己應該也已經成為別人的偶像了吧?!——因為衷心敬慕一個偶像而激發的的雄心大志，雖然有些天馬行空，但我還是不由得對年輕的他產生了極大的敬意。

獨處

我的舊時光

很小很小的時候，妳時常暗自苦思一連串的問題：妳是誰？從哪裡而來？為什麼存在？這些疑惑勢必著實困擾過妳，因為直至數十年後，妳仍然記得某個清晰無比的片段，那是十歲左右的妳，獨自坐在家門口的摩托車上，看著後照鏡裡自己的臉，直直看進瞳孔裡，刨根挖底地追問鏡中人：「妳，到底是誰？」

年紀太小，問題太大；智慧太淺，疑惑太深。妳把自己逼退到鏡子裡最深的一角，恐懼的眼淚都給逼出來了，還是想不出答案。妳如何也不能理解，為什麼身邊有這麼多人來來往往，可只有妳自己聽得見妳心裡的竊竊私語？難道世界因妳而存在而有意義？難道妳是身負某項重任來到地球的外星人？

妳那麼年幼，已經模糊地認知到，妳是「兀自存在」的。人與人之間，可以相依可以共處可以對談，可是無論如何都進不去彼此的內心，聽不見對方內在的聲音。生而為人，在本質上，妳是徹底孤單的了。

想通了這點，也就不再那麼驚慌，反而早早看清妳本來就是一個人的現實，也逐漸認知到，與自己相處是一件再自然不過的事情，甚且，還可以是一件快樂的事情。

在南部念中學時，課業之餘，妳只有極少可以任意支配的時間。那可能是一個難得清閒的週日、某一次暑輔開始及結束的前後幾天，抑或是偶爾一次意外獲得的小放假。這些僅有的榮光，妳沒有和朋友分享的習慣，生活中珍貴無比的一小段空白，妳喜歡一個人安靜地私密地填滿它。

妳曾經擁有一個不曾與他人分享的祕密基地，因為它，妳初嘗到了獨處時才能擁有的幸福滋味。

騎腳踏車，妳從家裡出發，半小時之後，越過鎮界，車輪踩進布滿鹽田的漁鄉，沿著人車稀少的省道，妳彎進一條小路，停在一扇巨大的鏤空鐵門前。鋪陳在眼前的，是一座寬大的院落以及一棟安靜佇立的建築物，那裡頭藏著一間小小的私人圖書館，正在等著妳的到來。

如果沒記錯，那是某個佛教團體的私人產業，鮮少人知道其中設有一間對外開放的小型圖書館。館裡藏書不算豐富，但是對一個十幾歲的少女來說已經非常足夠，尤其吸引妳的是，館內罕有人跡，妳可以獨自一人悠遊在書海之中，盡情享受完全不受干擾的恣意與暢快。

妳在木製書架之間來回走動，有時踮起腳尖拉長脖子努力梭巡書架的最高層，有時蹲下來，下巴頂著膝蓋，把身體捲成一顆圓球，不放過最下一排的最末一本書。除了妳，館裡空無一人，妳仍然躡步，輕呼吸，小心翼翼，生怕驚擾了書香之中散發的肅穆氣息。在那祕密基地裡，妳總總待上很長一段時間，直到夕陽斜斜穿過窗戶灑進來，把書的影子拉得好長，妳看見紙冊間脫落的微塵在暮光裡翻飛打轉，時光好似靜止一般，只有一屋子的書，安靜無聲，與妳為伴。

終於，妳把選好的書放在腳踏車的前籃裡面，再度上路騎向回程。隨著手把輕快轉彎的弧度，幾本書匡噹匡噹在車籃裡左右擺盪，妳的短髮拂過沁汗的鼻端，妳的裙尾在車輪邊飛揚，妳形隻影單，可是內心卻感到無與倫比的富足與飽滿。

一段獨自的騎程加上一間無人的圖書館，無端生出一份意料之外的澄澈心境，妳那時候已經粗略懂得，能夠與自己愉快相處，是一件美妙的事情。

不需要有人相陪，妳也曾經在心緒低落的時候，一心一意想去一個人的海邊。離家更遠的馬沙溝海灘，腳踏車騎不到，必須慢車緩行，搭乘小鎮的興南客運才去得了。妳坐在靠窗的位置，盯著窗外閃過的漁村景致，以及漸次向後退去的木麻黃，車子走得慢，悠悠晃晃，妳有足夠的時間發上一個人長長的呆。

妳享受客運上獨處的時光，不用分心顧慮身邊同行的友伴，不需要因為費神對談而錯過了眼前的景象，可以像個無知的孩童睜大雙眼盯著陌生的世界，用力看，盡情想像。這段一個人的車程，美好得令人無法忘懷，占據妳所有的記憶，以至於妳完全不記得發生在下車之後的所有影像。究竟妳最後下到哪一站？到底去成了海邊沒有？是否得償宿願，一整個下午坐在沙灘看海發呆？接下來的記憶像是被浪潮吞噬了一般，消失不見，成了一樁從此無解的懸案。

上了大學，終於等到可以自己掌控運用時間的時候了，妳逐漸養成獨自看電影的習慣。妳害怕呼朋引伴進電影院，那有極大可能妳必須把內心真實的想法妥善藏好，也許從選擇影片開始妳已經失去自由，勉強迎合對方，買了一張不是最愛的電影票。放映中途，妳得不時分心與鄰座在關鍵時刻相視而笑，彼此反覆確認這一幕你們想的是同一件事情。妳當然不好大口喝可樂珍奶、大口吃滷味鹽酥雞，恣意妄為，要是不小心看不下去了也不能擅自離席，拍拍屁股一走了之。如果旁邊坐的是男友，應該會讓妳自在些吧？並沒有，反而問題要更大一些些。念哲學的他老說自己原本渴望成為一名導演，他對電影的解讀想必別具功力，不需靠著言語費力傳遞。妳懷著崇敬的心和他一起走進電影院，中間，他屢次轉頭問妳：「這是怎麼回事？那人說那樣是什麼意思？這劇情說不通啊根本毫無邏輯！」妳在黑暗之中不可置信轉頭瞪著他，許久許久，確定了這個人太吵，從此會是妳看電影時的拒絕往來戶。

對妳身邊大部分的朋友來說，一個人看電影未免太過孤單，甚或需要一點勇氣，但妳卻視之為理所當然。暗室中的妳，隻身一人，隱沒在黑暗裡，銀幕的光影忽明忽滅打在臉上，妳遊走在明滅之間，穿梭在虛實之際，忙碌不已，哪裡還有容得下寂寞的空隙？

看一個人的電影，走一個人的路，喝一個人的咖啡，妳用不一樣的方式，從群體中短暫出走，來到一個僻靜之處，教自己歇歇腳，鬆鬆心，掙脫喋喋不休的尋常生活模式，靜音，靜念，只剩下妳自己的安然存在。

年輕的妳堅持在生活裡保留一小塊獨處的空間，除了個性使然，其中也不無隱含著浪漫文青特立獨行的刻意成分。那時的妳並沒料想到，往後的人生妳不住地遷徙移動，有許多時候，獨處是一種必需，是妳生活中的標準模式，而不僅僅是偶爾為之或一時興起的浪漫之舉。

那年盛夏，妳終於通過艱難的碩士口考，之後，妳與丈夫飛到英國牛津，人生當中首度的異國生活正要迎面而來。不久之前才在畢業典禮上開心合影的同學們，脫下畢業袍，紛紛進入另一座校園，站上國文課的講台，成為年輕學子們注目的一朵微光。而妳，背著人群走，走到異國一個僻靜的小院落，秋光晚了，冬雪即將成形，妳在小小的屋子裡呵著氣搓著手，努力辨認著獨自與寂寞的模糊分野。

每天清晨，丈夫上學去，妳穿著一席白色蕾絲棉袍，扶靠在二樓的玻璃窗台，目送著他離去的背影。寒霜薄薄一層鋪滿草地，晨曦之中閃著冷冽的光，白花花，延展到路的盡頭。妳看見他的腳印，一左一右，在霜色草地上拉出一條扭曲的黑色虛線，追著他的背影，越來越遠，越來越淡，直至消失在樹叢的那一端。

妳回過頭，接下來，這一天，全是妳一個人的了。

關於獨處，縱使妳並不陌生，不曾少過練習，還一度沾沾自喜妳具有與自己愉快相處的能力，然而，當以往精心揀選的獨處時刻忽然之間變成了無所不在的生活狀態，妳不能不誠實招認，輕而易舉妳還是敗下陣來。

每天每天，妳在空蕩蕩的屋子裡打轉，屋子小，一房一廳一廚一衛，幾步路就走完一圈。妳做完簡單的家事，這裡坐坐那裡躺躺，隨處看書發呆，無論如何總開著電視，維持屋子裡起碼的一點聲響，雖然妳得十分費力才聽得懂其中的幾十分之一。妳被自己的懦弱軟禁，只有在倒垃圾或洗衣服時才勉強出門，外面的世界太陌生太難理解，妳只敢在邊緣怯生生探看徘徊，還沒能說服自己勇敢跨越那條線。

Summer Town House，夏城之家，你們的院落樹草蓊鬱配得上一個浪漫的名字，然而也是在這裡，妳第一次發現與自己單獨相處不只是一件浪漫的事情，一不小心，寂寞便會翻牆而來，神氣地站在妳面前，盡情嘲笑妳原先對人生過於幼稚的想像。妳花了不少時間，獨自關在暖氣充滿的小屋，假裝忘記屋外的嚴寒，與寂寞奮力爭戰，一點一滴試圖贏回昔日獨處的驕傲幸福感。

等到終於敢隻身出門闖蕩的時候，妳已經逐日習慣了異國生活裡龐大的單獨時光。

那時候的妳十分年輕，有足夠的精力四下遊蕩撐持每個落單的白天。妳一個人坐公車出門，買菜，吃飯，逛市集，喝 high tea 下午茶，走踏幾百年的石板路，出沒在古老優雅的建築物之間，就算迷了路失了方向也不覺害怕。後來，膽子更大了，妳一個人坐長程巴士去倫敦看電影、去外城聽音樂會，有一次妳搭乘最末一班夜車回到夏城之家，車門一開，站牌旁久候多時的丈夫站在昏黃的路燈下伸出手迎向妳，暗夜裡細雪無聲落下，很美，美到妳幾乎忘記，不久之前，寂寞它曾經如同大潮一般洶湧來襲過。

與自己長時間獨處，這是妳驛動人生當中的第一道練習題，妳驚險跨過這一關，恐慌之餘努力嘗出歡愉的滋味，但是別高興太早啊，這十個月的小練習，僅僅只是一個開端。

往後，每一段長達數年的旅外生涯都是一次截然不同的考題，難易不一而足。住在洛杉磯那幾年，育兒占據妳所有的時間，每週一晚，丈夫放妳溜班幾小時，一個人看看電影吃吃飯，盡情享受難能可貴的短暫放鬆。這樣的獨處，形同一張送分的考試卷，寫來輕而易舉。而無比困難的一次，多年後，出自於寒涼的比利時。那年初冬，在布魯塞爾落戶三個月之後，丈夫熟悉了辦公室的業務，孩子們漸漸習慣了新學校，妳鬥志高昂完成了安家任務，欣慰每個人都各就定位。可接下來，剩妳一人獨自面對新生活時，妳發現妳精力耗盡，竟然失去了安頓自己的能力。

清晨，開車分別送丈夫孩子去地鐵站去學校，之後，妳一個人回到家門口，熄了車，一眼看見屋裡那盞燈，透過窗，孤寒寒亮著昏黃的光，霎時之間，四十歲的女人突然回到了十歲女生的恐慌，妳趴在方向盤上，放聲大哭，只覺得，無比孤單。

異鄉人的孤單一時之間很難靠外人排解。妳的北非右鄰只是點頭之交，比利時左鄰擺明了不相往來，妳的老朋友散落在千里之外，新朋友還沒熟到可以傾訴衷腸。糟糕的是妳的法文只有幼兒園程度，除了超市結帳時行禮如儀的 Bonjour 和 Merci，妳大有機會三五天沒跟外人說過半句話。比利時的第一個冬天，大雪憋在雲端遲遲不來，妳凝滯在一個寂靜的冰點，形同與世隔絕。

一直等到春暖花開的時候，妳才與自己和解，坦然面對陌生土地上每一個兀自存在的漫長白天。妳在安靜無聲的家裡寫稿，洗衣燒飯，與安靜無聲的兔子大眼瞪小眼。妳走路買菜，開車上法文課，搭地鐵去市中心。有時候一時興起，妳飛車上路，穿過荷蘭邊境直奔德國小鎮，幾百公里的路程一天來回，趕在晚餐前撚起廚房的那盞燈，消失了整整一天，妳不說，也沒人會發現。

再怎麼難寫的試題，牙一咬，還是歡愉地交了卷。至於中間的折騰，那些無眠的夜，無解的淚，無可奉告的崩潰邊緣，只有妳自己走過了，才能理解。

這是妳的宿命了吧，帶著年輕時自以為是的孤傲，一遍又一遍在天涯的某個陌生角落挑戰獨處的極限。妳的內在彷彿有道開關，貼著一張「獨處」的標籤，一邊是寂寞孤單，一邊是輕安自在，妳的人生得花多少時間，輕易地或費勁地，一再撥動那道開關的左右兩端。

只有回到台灣，妳才能卸下心防，重新用少女的天真看待獨處這件事。妳所眷戀的這座島，有親愛的家人、熟悉的朋友以及熱鬧有勁的生活情調，回到它的懷抱，自然而然，妳也變回一個熱鬧的人。妳與家人保持密切往來，時不時與好友相約見面閒話家常，妳找回國中同學高中同學大學室友，集結好幾個群組每天在手機裡互道早安晚安。妳又住回老宿舍，與當年離台前的老鄰居們再度比鄰而居，平日吆喝一聲，一幫阿桑一起做瑜伽寫書法喝咖啡，一起定期出遊，四處踏青，盡情享用睽違多年的群聚好時光。

故鄉的生活熱鬧滾滾幾乎沒有孤單的縫隙，可奇怪了，偶爾妳卻故態復萌，熱絡人群中偏偏想念起幾乎就要遺忘的「妳自己」。有一個寒假，孩子們各自出國去，妳一個人開了車，三天兩夜，馬不停蹄繞了台灣一圈。幾百公里的漫長路程，妳在車子裡跟自己說話，對自己唱歌，笑了幾遍哭了幾回，與自己完全貼近的感覺，充實而美好，一點都不覺孤單。

獨處的那道開關，是孤單還是飽滿，妳想，妳永遠也得不到答案。

你的新世代

九歲以前的童年，她是在美國的洛杉磯度過。

美國果真是孩子的天堂，學習的氛圍自由而開放，她，一株抽芽的幼苗，得以沒攔沒阻向著四方恣意伸展，長成最與生俱來的原始模樣。射手小女生熱情、天真，老喜歡在童群裡當小小的領頭羊，她吆喝著往前跑，玩伴們還沒搞清楚狀況也已經撒開腿跟著跑。她天生有一種吸引力，教人自然而然向她靠攏，年紀雖小可她的群聚性格已經非常明顯，團體中很少有落單的時候。

大無畏的小小大姊頭，回台灣念小學之後，很快踢到鐵板。同樣是小二的年紀，可是班上的女生心思細膩，相對成熟許多，她搞不清楚狀況，猶原帶著美式天真的傻氣來結交新朋友，很快她發現到，咦？怎麼好像哪裡有那麼一點不一樣。

有人喜歡跟她玩，可也有人，遠遠打量她，眼神裡有她讀不出來的深奧密碼。那密碼變成注音符號明白寫在偷偷的紙條裡，課堂上被祕密傳遞，「如果妳跟新同學玩，那我就不跟妳玩！」

紙條傳到她面前時拐了個費力的彎，她被摒棄在共同的祕密之外（其實不需那麼費力的啊，反正新同學大字不識一個，那張紙就算傳到手裡她也看不懂，還會雞婆無比傳給下一個人），完全不知道桌子底下發生了什麼事情。一直到某一堂下課，女生們拉了一隊人馬要去祕密基地，她傻不愣登跟在裡面跑，跑到一半，有人停下來，冷冷指著她，說：「妳，不可以來！」

她愣在原地，青著臉，弄不清楚到底發生什麼事。人生第一次被孤立，她目送友伴們快樂離去的背影，很難理解被留下來的自己，接下來該要怎麼辦？

那天回家她關在房間哭了很久，在那之前，她一直是個快樂的大姊頭，從來沒有為小女生的瑣碎事煩過心，那是破天荒的一次，她發現，原來有些時候，她是徹底的一個人。

除了心碎的眼淚，我其實看不出來不滿十歲的她因此對人生產生了什麼質疑。童年的她和童年的我完全不同性格，如果時空靜止，拉一條直線，遠遠的一端，我還在苦苦思索人生而孤獨的宿命，而近端的她，用一個晚上暢快哭一回，隔天，又若無其事上學去。沒幾天，背離的朋友一個一個再度回到了她的身邊，她與自己的閉門相處，不過是兩三天的光景。

大剌剌不想太多，毋寧是一項幸福的本事。往後的成長過程裡，我沒再看過她為類似的事情困擾過。她愛熱鬧的天性十分強大，足以抵擋多次搬家換學校的驚濤駭浪，每次都可以用很俐落的速度融入新的團體，重新開啟一個截然不同的友朋新網絡。

如果非要我想出某一個她曾經獨外於人群的片段，唯獨小六那一年，比利時法文學校開學的第一天清晨，全校學生集合在遊戲場，人群裡，就像是有隻無形的蠟筆在地上畫出一個圈圈，把完全不具備法文能力的她隻身圈在裡面，她出不去別人進不來，那無疑是徹底孤單的小一段空白。我站在遠遠的地方看著她，刻意撒手不管，再熱鬧的人，也總有只剩下自己的時刻，也總要有安頓自己的能力。十二歲的她倒是很出乎我意料，沉靜地站在圈圈裡，神色自若，似乎內在有支錘，出手撐住了孤單的身影，也穩住了她的心。

那樣的時刻僅只出現一回，曇花一現，我不以為意，認定那只是出於偶然。

橫跨美洲歐洲亞洲，她的求學路上數度環境變遷語言更替，課業的追趕往往是困難的，可融入群體這件事，似乎沒有真的為難過她，無論新的社群包含什麼種族、膚色或背景，她滿腔的熱情只有與之遞增，沒有消滅的時候。

可真不容易啊，中間經歷過許多變化起伏，她順著本性，從不甘寂寞的小小大姊頭，依約長成了一個善群而熱情的大女生。

愛熱鬧的人，在愛熱鬧的台灣無非是相得益彰。她的大學生活十分忙碌，行事曆上密密麻麻星光點點，比我還要緊湊許多倍。她的手機訊息此起彼落，少有停歇的時候，就算她坐在家裡一個人安靜滑著手機，你都不難看出她其實正處在一個龐大的網絡中心，來自四面八方的私語嘈切不休，將她緊密包圍，沒有任何容得下落單的縫隙。

她不是我，不需要複製我的模式過活，我只是很難不提出質疑，她難道不也需要某些安靜的時刻，停下來，和自己聊一聊？

不急。青春的道路彎彎曲曲還沒個定數，有些風景，才要成型，有些端倪，還沒顯露，有些道理，不是旁人一眼就能輕易看透。

她的臉書偶爾有些照片，形單影隻，錯落在與朋友嘻嘻哈哈的合照之間。冬天一個人坐在湖邊看書，陽光大好落在字裡行間；深秋的小樹林落葉繽紛，上頭悉悉窣窣踩著一雙小短靴；課後的樹蔭草地上，彈吉他，大聲唱歌，只給自己聽；或是，咖啡廳，一盞燈，一只杯，一本書，安安靜靜沒人打擾的午後或清晨，也是一個人。

愉快獨處的線索日漸明顯，這些，由虛到實，我從來沒有刻意引導過她，當然，也從沒出手阻攔過。

大一時她貿然闖入一場電視的歌唱比賽，幾番鏖戰後敗下陣來，絢麗的榮光頓時趨於平靜。她對失敗的反應出奇淡然，我們都以為她夠大氣夠想得開，老早把輸贏拋在腦後，重拾平靜的大學生活。

三個星期後，最後一場電視錄影要播出的那天，一大早，她跟我說她要去淺水灣的海邊。

「好啊！我開車載妳去！」我頭也不回這樣回答。

「不用了，我坐車去！」

「妳跟朋友約好了嗎？」

「沒有，我自己一個人。」

我抬頭看了她一眼，時空錯亂，這一眼飛奔到三十年前，落在興南客運開往馬沙溝的車班裡，有個女生，執意自己去看海，她也抬頭看了我一眼，衝著我會心一笑。

我馬上住嘴。

臨要出門時，她老爸看見了，又把之前我們的對話重來一遍，知道她要隻身前往，他無比驚訝，跳針一樣地說：「自己一個人去海邊做什麼呢？不好吧，我們陪妳去嘛，要玩大家一起去玩啊！」

我在旁邊對他拚命擠眉弄眼，試著讓他也能理解，生命裡有些時刻，真的不用人陪。

我挺身解救她，放她出門，讓她一個人坐小巴坐捷運坐客運，一波三折抵達三芝，下車後，沿著柏油路走，走到海邊沙灘，脫下鞋，躺下來，看海看天，看過去半年突如其來的繁華燦爛在眨眼之間如雲影如泡沫無聲幻滅，看自己內在的慾望從無到有再從有到無在空虛與飽滿之間如何安置妥貼，看自己，如何能說得出一套自圓其說的人生大道理，好說服自己從安靜的海邊心甘情願回到熱鬧的凡間。

那天回家後，她在臉書上發表了一篇比賽的畢業感言，言詞懇切，動人心弦，很難讓人相信她僅有小五的中文程度。我有足夠理由去臆測，要不是與自己徹底獨處探觸了內心的最深處，那文字裡絕對顯不出淚水的剔透與情感的深厚，絕無可能。

從此，有點像是上了癮，一個人的海邊，眾聲喧譁裡她所私藏的一枚暫停鍵，必要時隨時叫停，向眾人無聲宣告：我必須與自己獨處，好好想點事情，請，別．來．煩．我。

經營熱情的同時不忘回頭看顧自己，這矛盾其實有跡可循。我想起當年法文學校那個站在圈圈裡的小六女生，突然起了懷疑，或許她那時候已經懂得在孤單裡大力擁抱自己，所以才能夠像那樣，不慌不亂，不覺害怕孤單。是我一直輕忽了吧？經歷多次的隔海大搬家，要是不能夠與自己欣然相處，橫在熟悉與陌生中間的那些空白，她該如何過得去？

不只是她，還有她弟，小她三歲的年紀，多她三分的孤僻，也隨後在少年時期逐漸發展出一套他自己的獨處模式。

剛回台灣念中學的第一年，新學校帶給他極大壓力，週末，每當被功課煩了心，他從電腦前突然起身，迅速打理好自己，換上帥帥的T恤牛仔褲，背了後背包，出門去。

通常不給家人跟，也大抵沒有友伴同行，要是問他去哪裡，他的回答言簡意賅只有一句：「一個人走走。」

十六七歲少年「一個人走走」的行程非常隱私，只能從他偶爾傳來的手機簡訊推知一二。勉強拼湊零碎的線索重組他的遊走路線，大抵是，信義區逛逛，電影院看看，美食街吃吃，超商找 wifi 滑滑手機，最重要的是，一個人，散散心。

跟她完全不同，他從小不熱衷於交際，有時候我忍不住叨念：「找個朋友一起比較好吧？要不約個喜歡的女生去看場電影也好啊！」

「妳不懂啦！我需要一個人想一些事情。」

當文藝少女淪為廚房裡的老媽子，被年輕小夥子一掌打入老世代的冷宮，真真含冤莫名。我不懂？想當年，我懂得可比你早，而且還不比你少！

倚老賣老的浮誇話不宜說得太早太滿。高二的寒假，十七足歲的前幾天，他背一個包，拉一卡行李箱，獨自飛行，開始為期三個星期的歐洲單人旅行。我佩服他的勇氣，就算時光倒流，十七歲的我再怎麼追求獨處的樂趣，也沒有膽量做同樣的事情。

荷蘭阿姆斯特丹，英國倫敦，比利時魯汶，法國巴黎，瑞士洛桑，每個城市隔得老遠站在歐洲地圖上，等著他以火車、TGV、地鐵、巴士各種交通工具，穿山過海，去拉攏去連結，去把幾個遙遠的點變成一張寬闊的大平面。

整個旅程當中他很少跟我聯絡，少數傳來的照片，大多是一人份的簡單餐點相片或是沒有人物的風景畫面，除此之外，什麼都沒有，我連該擔心還是該放心，都找不到憑藉。

一趟與自己緊密為伴的單獨旅行，二十天來，清晨之後深夜之前，上下車之間，行走之際，他跟自己說了多少話，起了多少爭執，達成多少和解，打開多少心結，釐清多少疑惑，這些我都看不見，可我確實看見他的內在被強化了一點，被深化了一點，也成熟了一些些。

有趣的是此後戲劇化的發展。旅行回來，他反倒比以前更加趨近群體生活，與熟絡的朋友過夜出遊，與不熟的朋友吃飯、聊天、討論功課，在群體裡越顯自在開闊。我曾經十分擔心他對群聚生活缺乏參與的熱情，未來，怕是具有成為宅男的相當潛力，沒想到一趟獨自的旅行意外開啟他半掩的心門，至今，我還是不懂其中究竟躲著什麼曲折的道理。

姊弟二人，明明個性相違天南地北，關於獨處這件事，卻有著相當程度的共識。她鬧中取靜，他冷裡尋熱，所選的路徑大不相同，可中間都藏著一處獨屬於自己的幽微祕境，需要時得以閃身進去，把自己安置妥善，不教別人發現。

群我的轉換之間，他們是自由的，這點，人到中年卻還在獨處的哭笑兩端來回擺盪的我，還沒有真正學會。

搭訕

我的舊時光

少女時期的妳，濃眉大眼，高䠷纖瘦，還因為喜歡舞文弄墨帶點文少氣息，在校風純樸保守的私立中學校園當中，妳看起來有那麼一點與眾不同，意外受到了許多男生的矚目。

妳收到一些不同男生的來信，純真的傾慕全部躲藏在閃爍的字裡行間，他們約好似地從不現身親自來跟妳說話，妳根本搞不清楚誰是誰，就算在校園裡碰了面，妳也無法把其中任何一個人的名與信連結在一起。沒人敢過來招惹妳，恐怕是看妳表情向來冷若冰霜，十分高傲，其實少有人知道最大的原因是因為妳有一雙不愛戴眼鏡的大近視眼。

收到的信多，麻煩事也多。許多同年級或高年級，認識不認識的女同學們似乎不太喜歡妳，走在校園裡，妳隱隱約約感覺到敵意，也聽過一些不甚和善的風語流言。妳覺得很冤枉，不明白自己究竟做了什麼不該的事去刻意吸引男生的目光。妳想了很久，如果真有不該，或許是小女生受到注目時不自覺的扭捏作態，換作是妳，恐怕也討厭這樣的女生。

同學們不喜歡妳，訓導主任也對妳頗有意見。據說有一回訓導室外站了一排男生，低著頭，等著輪番進去受審。有好事者經過時狐疑地問：「這些人犯了什麼錯？」另一個好事者回答：「他們都寫信給同一個女生。」

他們不知道的故事發展是，等到男生們被一一訓誡結束，各自回到教室，妳最後一個被擴音器通知也隨後進了訓導室。訓導主任寒著臉，嚴厲地責問妳：「為什麼他們都不寫信給別人，偏偏只寫給妳？」妳忍著一泡委屈的眼淚，回答：「報告，我自己也不知道！」

主任顯然不接受妳的說法，也顯然把受到矚目當成一樁不應該的罪狀，因為接著，他說：「是不是因為妳比較三八？」

這句話跟了妳很多年。雖然直升高中部之後，主任一改態度，對妳疼愛有加，妳漸漸能夠理解他當年對妳的嚴厲其實是來自於恨鐵不成鋼的愛徒心切，但那一句裸露的完全不加修飾的控訴，還是像一支來不及阻擋的利箭，終究深深刺傷過妳的心。

那個保守的年代，「三八」不是一樁太困難的罪名。除了收到仰慕信，一年一度的校慶運動會、烤肉大會，妳多次被四方不知從何而來的閃光燈簇擁著，喀擦喀擦喀擦，那些躲在遠處或暗處搶按快門的少年們應該沒有想過，獵取影像的同時，也為妳多加了一條魅惑人心的嚴厲罪名。

妳不知道該怎麼讓師長以及眾多好事者相信，除了那些不求自來的信與那些流落各方的相片，現實生活裡，沒有再更值得關注的事情發生了。沒有給過誰電話，沒有約過誰見面，沒有跟誰私下說過多餘的話，甚至，沒有誰曾經現身跟妳面對面搭過訕。

有一回，放學途中，妳站在校車靠門邊的位置上，旁邊有個男生一直盯著妳看，眼神直接毫不避諱。妳討厭那樣，還有點害怕，妳把頭別過去面對車門，花了一點時間調整臉上五官的位置，鬥雞眼豬鼻子河馬下巴，各就定位，再轉過來面對他，想這樣嚇跑他臨到嘴邊的搭訕企圖。

這些幼稚的糾結，全部只有發生在妳自己的心裡，沒有人會了解。妳懶得去為自己辯解，不管別人怎麼看待，妳自顧自地維持著某種不為人靠近的高度與距離。

尤其高中時期，妳更加刻意扮醜賣呆。妳極力想擺脫國中的花瓶或花癡形象，磨掉崢嶸突出的既有印記，無稜無角融入新的大家庭。妳戴超厚鏡片，頭髮齊耳中分，往兩邊高高夾起，那模樣超矬，超呆，妳不是不知道，可那是妳樂意製造的反效果。厭煩了既受矚目又遭非議的國中生涯，妳渴望過一種不被看見的平凡生活。結果證明，妳刻意壓低的姿態成效不凡，整個高中時期，以往那些可供別人茶餘飯後閒磕牙的八卦情事全部沒了蹤影，沒有仰慕者，沒有搭訕者，當班上的男女同學接二連三組成甜蜜小班對時，妳置身事外，成為徹底旁觀者。很好，那正是妳想要的完美結局。

只是心裡有某些時刻還是有些過不去。妳曾經聽見有個女生說她晚上偷跑出去約會被父親發現，回家後被狠狠修理了一頓。妳不可置信盯著她看，很久很久。這個女生，看在師長眼裡，單純乖巧成績好，和不堪的流言完全沾不上邊，夜會情人這件事妳連想都沒想過，可為什麼，乖巧的是她，三八的卻是妳呢？

刻意的低調恐怕會成為習慣。上大學之後，可以光明正大揮灑明媚青春的時刻，妳卻不知不覺繼續扮演不起眼的丫鬟角色，持續散發一股「閒人勿近」的冷漠氣息。

新鮮人生活並沒有想像當中新鮮有趣，私立中學六年的嚴謹教育，讓妳對生活缺乏創造與享受趣味的能力。不都說上了大學就可以由妳玩四年嗎？不都說舞會裡會有白馬王子端著一只玻璃鞋癡情等著妳嗎？實際情況是，大一中文系的課程繁瑣沉重讓人屏息不敢絲毫大意，一點都不輕鬆。而那想像當中王子公主的夢幻舞會，妳只去過一回，一整個晚上，因為矜持、害羞以及尷尬，妳只能呆呆站在牆邊成為一朵黯淡的壁花，看著別人翩翩起舞，然後隨著夜深獨自萎謝。

少女時期妳曾經是眾人注目的焦點，沒想到，雷聲大雨點小，當身邊的女孩們青春盛放的時候，妳卻是一朵沒人會特意關注或傾身探看的平凡花蕊。

大二時認識的男友大妳四歲，很快把妳帶領到穩定交往的關係裡。這段感情，妳並不張揚也不高調，可是奇怪的是，那一年，妳二十歲，從此再也沒有過其他追求者，連陌生人搭訕這件事情，妳都再也不曾經歷過。

妳不懂，難道是妳的臉上清楚寫著「我有男朋友」幾個大字嗎？妳研究所班上有個溫婉秀麗的女同學，她老早有了青梅竹馬的男朋友，可是依舊豔遇不斷，走到哪裡都不乏突然冒出的搭訕者。妳的某個男生朋友，曾經在某個場合遇見她，只是遠遠看了一眼，驚為天人，費盡心思輾轉向妳打探她的消息。而那時候，她的無名指已經老早戴上了訂婚戒指。

妳絲毫沒有較勁或嫉妒的意思，只是狐疑，青春的花園裡，嬌媚的豔麗的清新的各領一片天，真是怪了怎麼就是沒人佇足妳身邊，多看妳一眼？

終於，有一年，妳三十七歲，已經是兩個幼兒的媽，青春不知不覺走到了邊緣。那天妳一身穿著隨意，推著購物車，在洛杉磯的大華 99 超市買菜。妳走到一堆玉米小山前停下腳步，埋頭開始專心挑玉米，一支一支扒開葉子仔細檢查，再一支一支放進塑膠袋裡。中間，妳突然感覺到旁邊有個男子，若有似無盯著妳，那眼光好像一盆火，時遠時近一點一點燙紅妳的臉。

都什麼年紀了，妳當然不打算套用十五歲時幼稚的怪招，扮個怪表情給他看回去，可是都什麼年紀了，妳居然害羞，心慌意亂選好玉米只想迅速離開。這時，那男子果然步步向著妳靠近。

「小姐。」他開口說話。

天可憐見，妳總算在青春的尾巴遇上了一個搭訕的陌生人。

「嗯？」妳含羞帶怯等待一句久違的讚美之詞。

「妳，」他用崇拜的眼神看著妳說：

「妳真的好會挑玉米！」

等了半輩子，等到一句好會挑玉米。

妳認了，妳是搭訕者的絕緣體，除了不會挑玉米的超市男子對妳還有那麼一點小意思，想聽點什麼陌生男子天外飛來的甜言蜜語，省省吧，恐怕只有等下輩子。

又過了十年，青春已經走到了極限。在新竹的某個清晨，妳去早餐店，跟老闆說：「請給我一個蔥抓餅加蛋還有一杯冰豆漿。」說完，站在旁邊閒納涼。

老闆是個中壯年的帥帥肌肉男，動作無比熟練，倒油煎餅，單手敲蛋，熱氣蒸騰裡的他滿身大汗，無暇他顧，非常專注。知道他沒時間和妳有眼神的接觸，妳在一邊放膽盯著他看。反正妳也已經是個四十七歲的歐巴桑，不太懂得什麼是害臊。

他把早餐遞給妳，妳把錢放到他手裡，說謝謝。忽然之間，再平凡不過的一瞬間，他看著妳，突然開口說：「有人說過，妳的眼睛會說話嗎？」

意料之外的搭訕，教人毫無防備無法招架的溢美之詞，妳站在那裡，愣了幾秒鐘，一句話都接不上來。

為了保有那驚喜的瞬間，妳沒再光顧過那家早餐店，雖然，妳真的很喜歡那一張熱騰騰的蔥抓餅加蛋，以及那一杯沁涼的冰豆漿。

你的新世代

某一天，某個風光明媚的峇里島度假村，她穿著粉紅色比基尼和弟弟在泳池嬉戲，旁邊有幾個法國小夥子正在打池邊桌球，小白球一來一往戰況激烈，趁著殺球或撿球的空檔，幾個人有意無意輪番偷瞄她一眼。他們一邊打球一邊大聲聊著天，不知情的外國人還以為他們正在討論球局戰情，殊不知池裡有一對聽懂法文的台灣姊弟，正在暗地裡幫他們即時翻譯。

「喔！那個女生好正！」

「對啊對啊！我們要過去跟她說話嗎？」

「可是旁邊的那個恐怖的阿桑很像是她的媽！」

她水裡蛟龍般浮沉在藍天綠波之間，料準了在恐怖阿桑的監督之下，他們一定不敢過來說話，帶著一絲戲謔的快意，她偷偷笑在心裡。
那時候我們住在雅加達，她才十六歲，正值青春年華的起跑點，她的周圍已經出現一些蠢蠢欲動想跟她做朋友的少年阿逗阿。
她常在我們大樓的印尼小超商買電話卡，有一回一個男店員跟她說必須要留手機號碼才能買卡，她傻不愣登給了號碼，從此她的手機常常出現看不懂的印尼語訊息或聽不懂的來電。直到有一回她又在學校接到電話，那印尼男生機哩瓜拉講半天她一句都聽不懂，她的同班男同學接過電話，這才弄清楚，原來根本就是超商店員私心想跟她做朋友，哪裡是買卡還要給手機號碼。
住在國外時，遇到各國阿逗阿想跟她說話交朋友，等到回台灣上大學之後，遇到有人搭訕的經驗更是屢見不鮮，而且中西皆有，老少不拘。她的同學們戲稱她是怪人吸引機，還有人建議她可以出一本怪人怪語的怪怪小文集。
我要求她隨手寫幾個被搭訕的小故事給我做參考，很快，她信手捻來就是一大頁，洋洋灑灑好幾段，居然還可以用地點來分類：
• 在健身房：
有個印度老外問我是不是台灣人，因為他跟另一個老外打賭說我不是台灣人，如果他賭輸他就要給一百萬台幣。我說我不是，他就說那我欠他一百萬，我沒理他，他就走掉了。

過一會他又走回來說：「噢！我叫做×××，我想說妳應該很想知道我名字，只是不敢問，所以我就直接跟妳說囉！」

有個美國老外在健身房外面停腳踏車，我看到他停在違規的地方，就提醒他這裡不可以停車。結果他說他都停這裡，沒問題。我說這樣會被拖走，他就說不可能會被拖，我只好說 fine。算了，不管他了，我直接進去健身。沒多久他忽然出現，說他剛剛是故意的，因為這樣才可以跟我多聊天，然後跟我要電話，還說如果等一下他的車真的被拖走就請我吃飯。

•在捷運上：

「Hey, pretty babe, I think you look exactly like my next girl friend!」

「Yeah sorry, but I don't think mine looks like you!」

•在海邊：

我獨自去海邊想放鬆一下心情，結果旁邊有群很吵的男生，本來在遠方，後來越玩越向我靠近，其中有一個過來坐我旁邊，說他們覺得我很酷，因為一個女生居然會自己來海邊，又說他剛失戀，所以朋友們帶他來散心。（奇怪了，剛失戀還能馬上跑來跟我聊天？）我說我想安靜看海，他如果要留下，也要安靜的看。他說好，但後來就又開始說他失戀的事情，最後才說他朋友跟他打賭要十五分鐘內跟我要到電話或跟我拍照。我就跟他拍一張相片，然後叫他可以回去了。

・在夜市：

我去台南玩，在小吃攤跟表妹吃東西，旁邊兩個男生過來問我是哪一國人，後來我跟表妹離開去逛夜市，他們過不久又找到我們，送我一隻玩具熊，說是剛玩遊戲贏到的，還說：「可以用這個換臉書嗎？」

・在live音樂吧：

我和朋友去聽歌，旁邊的老阿伯說要請我喝酒，我說不用，謝謝，但我的薯條太多了，可以分他吃。他開始跟我聊天，叫我猜他幾歲，還說我們可以當好朋友。最後給我他的名片，說他是台灣最大的××餐廳老闆，叫我去找他，他會請我吃大餐，還跟我要line。離開前一直用力握著我的手，說：「很高興認識妳。」

我回家後上網查，喔，阿伯還真的是個餐廳大老闆。

•在馬路上：

我提著吉他過馬路，一個騎機車的阿公經過時對著我吹口哨大喊：「好有氣質喔！」我假裝沒聽見，他更大聲再喊一次，然後慢慢騎在我旁邊，直到我走到捷運站，他說了句：「平安護送氣質公主到達目的地！」就騎走了。

謝謝怪阿公！

剛從誠品出來，發現雨傘被別人拿走了，我只好冒雨走出去，結果路口遇上一個95秒大紅燈，只能呆呆站著淋雨還被路人側目。突然有一隻手撐著雨傘伸到我身邊，轉頭過去看是個老外，他把雨傘塞到我手裡，然後自己衝進雨裡跑掉了。

謝謝怪老外！

•在咖啡廳：

有個男生跟我說：「欸，妳的香水好香，聞起來像糖果！這裡人多，不然我就會把妳一口吃掉！哈哈哈！」

啊啊啊，誰來救命啊?!

她以一種輕快的口吻，描述一齣齣洋溢著費洛蒙氣息的青春小鬧劇，身為劇中女主角，她的態度輕鬆自若，好像對於這些五花八門的被攀談經驗，不覺得有什麼好驕傲，也沒什麼好感到有負擔。青春路上，被看見，被靠近，被攔下來，聽幾句話，說幾句話，然後分道揚鑣各不相干。像這樣的偶然交會，對她來說，是再自然不過的事情。

她和少女時期的我是兩個星球的人，在相異的軌道按照不同的節奏各自運行。她輕鬆看待自己受到注目這件事情，不能理解我幹嘛那樣躲躲藏藏，甚至刻意逆光而行。中間隔了三十年，世代被推移老遠了，觀念被顛倒更替了，再加上，個性相異，成長背景大異其趣，各據星河遙遠的兩端，我們當然無從靠近。

說真的，以我當年少女的眼光看著永遠無法企及的她的這一端，我還真是有點羨慕她。

為什麼會有這麼多人起心動念想來親近她呢？

她是個道地的「第三文化小孩」，這種小孩因為父母的工作，搬遷到一個全新的異國環境，學習不同的文化、語言，逐漸融入當地的生活，並以原生的文化作為基礎，加入新的元素，發展出一種多元文化的性格。類似的過程她經歷不止一回，因此她的性格發展，也不只轉了一個彎，外人看她，簡直是霧裡看花。

她長得很東方，穿著打扮、說話舉止看起來卻很洋派。如果她不開口說話，很容易被誤會是國外回來的ＡＢＣ，數不清有多少次了，陌生人開口便直接跟她說英文。走在路上老有外國人找她問路不稀奇，有一次我和她在夜市的滷味攤前佇足觀望，老闆問都沒問，開始拿起高麗菜比手畫腳，硬要用有限的英文對她喊：「Hello Hello, this is 高麗菜，ok ok？」

她曾經參加過一次歌唱比賽，被製作單位逕自冠上「×大洋妞」的莫名外號。第一場比賽，對手恰巧是同校的德國交換生，美眉加上帥哥，兩個兩小無猜的化外之民，手牽著手還輕輕前後擺動，笑咪咪等待評審的分數，那畫面天真得理直氣壯，引來評審搖頭發笑。

很多人看了電視，好奇問她：「你們是男女朋友嗎？」她搖頭大笑，不明白眾人的大驚小怪，說：「我們是上星期試歌時才剛認識的好朋友。」

東方的外表住著西方的靈魂，她身上散發著某種既神祕又開放的故事性，我猜，這正是招來眾多搭訕者的一枚引信，在人海裡發著微光，讓人想上前一步一探究竟。

當陌生人向她趨前而來，她的反應通常十分淡定，該說什麼或是不想說什麼，該出手接招或是只想按兵不動，她好像內心有個天平，知道如何拿捏其中的穩定與平衡，拒絕時不給人難看但回應時也不給人期待。換作是我，要不退避三步，要不扭捏作態，更有可能逃之夭夭，她那種和善的堅定，我永遠不可能做得來。

我的青春早過了，她的青春正要來，五年級和八年級，青春路途少有交集，只能偶爾有一點點小靠近。

某個上午，我和她相約去咖啡館，各擁一杯熱騰騰的咖啡，長木桌上我們相對而坐，她念書，準備大三的期中考，我打字，耕耘一畝文字田。中間她去上洗手間，一本密密麻麻的英文筆記敞開攤在桌上。有個老外經過長桌走到角落倒水時，看到她的筆記本，在我面前停下腳步，直直盯著看了半晌。

「那是我女兒的筆記本。」我說。

「她念的是企管喔？」他問。

我微笑點頭，沒再接話，倒是他，又兀自說他自己在學校也是學這個的，不容易喔等等等，然後見我似乎沒有繼續聊天的興致，很識趣地走開。

幾分鐘後，她經過他的位子到櫃台拿了幾張紙巾，又坐回到我對面開始念書。我隱約覺得有一雙目光往我們這裡打量，從咖啡廳遠遠的那一方。

沒多久，老外果然站起來，向長桌再度靠近。他開口問我：「妳喜歡什麼樣的咖啡呢？」

我愣了一下，回頭用眼神向她求救，天哪！他難道是要請歐巴桑喝咖啡嗎？

她畢竟見過世面，輕鬆把話接過去，讓我有幾秒鐘喘口氣，冷靜一下。他順水推舟，改問她：「那妳呢？妳喜歡什麼口味的咖啡？」

「黑咖啡。」她大方地說，他又轉過來等我的答案，「拿鐵。」我只好也大方地說。

他得到答案之後轉身往櫃台的方向走去，我和她瞪大眼睛面面相覷，以為他真的要去點咖啡。他在櫃台前停下腳步，轉了急彎，回到自己的位子，從公事包裡掏出兩包即溶咖啡包。

「我從加拿大來，想試試靈芝即溶咖啡的台灣市場，這是美式，這是拿鐵，請妳們回家喝了給我一點意見！」

我和她飛快地互看一眼，要很努力才能忍住笑，說謝謝，收下咖啡包。她得趕回學校上課，匆忙之間我們留下她的 line 帳號，收拾收拾，隨即離開咖啡廳。

還以為臨老入花叢，遇到搭訕的人，沒想到原來是要喝咖啡填問卷，真是羞羞臉。

下午，她傳手機訊息給我，說她收到他 line 來的訊息。咦？這麼快就來問咖啡心得了嗎？我都還沒喝呢！

「才不是，他問我課上得如何，書念得怎麼樣，要不要哪天出來吃個飯？半句都沒提到咖啡的事，根本就是藉機來搭訕的，沒關係，我已經把他悄悄封鎖啦！」

唉！我是一個想太多的歐巴桑，在自己的青春場域當配角，現在來到她年輕的地盤當丑角，注定一輩子跑龍套。還是乖乖回家，把兩杯老外用來把妹的咖啡全部都喝掉，這樣還比較實在。

夢魘

我的舊時光

妳回父親家，南部小鎮的閒逸午後，妳在門口巧遇三十年前的高中老師，他脫口叫出妳的名字，妳嚇了一大跳，他其實是隔壁班的數學老師，並沒有真正教過妳。妳驚問：「老師，你怎麼記得我？」

「妳當年數學都嘛考零分，我當然記得妳！哈哈哈！」

被數學的夢魘追趕了幾十年之後，妳第一次發現，妳人生當中曾經最大的弱點，竟然在記憶的波濤裡異軍突起，變成旁人記得妳的最大的優勢。

閒聊間，老師提起學校最近正在尋求傑出校友的候選名單，他說也許可以把妳列入考慮。妳往後退一大步，摀著胸口驚呼：「老師，別開玩笑了，全天底下誰不知道我數學永遠考零分？」

他的嘴角揚起一抹寓意深遠的微笑，悠悠回答：「沒關係啊！對學生來說，這是一個很有正向作用的勵志故事！」

妳竟然變成勵志故事的女主角。既然是勵志，那麼情節必定很悲慘。是的，沒錯，妳和數學糾纏一輩子的恩怨情仇，絕非三言兩語可以輕描淡寫，簡單帶過。

妳人生的首次挫敗始自於小學三年級的九九乘法表。在那之前，妳一直是個品學兼優的學生，被公認是未來資優生的極佳潛力股。沒料到，九九乘法表掛牌登上黑板那一天，也正是妳成績崩盤的開端。誰會想到呢？平常伶俐聰慧的副班長，驟然仆倒在這道數字的苦牆，成了扶不起的阿斗。

沒有道理沒有邏輯沒有文字的居中牽線，妳沒法用死背的方式與數學親密為友，無論如何都背不全的九九乘法表，卡在腦袋裡，成為一道過不去的關卡。好幾次，妳因此被老師「關學」。放學後，同學們都背書包回家了，妳被留下來，在老師監督之下現背現考，支支吾吾妳不斷敗下陣來，一回重來又一回。空蕩蕩的教室裡，妳從中午背到黃昏，漸漸聞到窗外夕陽一寸寸下斜的日暮氣息。天都要黑了，妳坐困數字的矩陣裡，硬是回不了家。

一座堅實的牢，一個年幼的囚犯，因為九九乘法，妳第一次嘗到失去自由的滋味。然而，這只是一個開始。

接下來是植樹問題，妳再度迷失在數字的叢林裡。一條路長一公里，每隔二十公尺種一棵樹，兩端不種，共可種幾棵？想在一條長三百公尺的橋一邊，放七十五盆花，一端放，一端不放，花與花之間相隔幾公尺？妳看得一頭霧水，無法理解什麼是間隔長什麼是間隔數，無法理解種樹擺花跟數學有什麼關聯？妳眼前出現的畫面是一片春暖花開的景象，完全沒有數字可以插手涉足的餘地。

妳其實不太敢承認，在更早之前，當時鐘被拿來像青蛙一樣解剖，肢解成時分秒的時候，妳的時間感也隨之支離破碎。從早上八點二十三分到下午五點十七分是幾個小時又幾分鐘呢？過了四十年了，妳還是只能偷偷在桌子底下扳著手指頭，一根一根，慢・慢・數，還不一定數得出來。

考試分數當然是一瀉千里。母親很著急，打探了數學補習班讓妳跟著大家去補習。小小的教室躲在一棟平房的最裡頭，慘白的日光燈下擠滿了一屋子徬徨的小學生。妳完全不記得妳在那教室裡學會了什麼，反而是通過窄窄的長廊之後散發著潮濕氣息的後院中間孤零零站著的一棵小樹，深植在妳的腦海，怎樣都忘不了。

妳害怕去那裡，那也是一座牢，集體的牢，散發著失敗的氣味，壓抑著太早的苦悶，禁錮著再多講解與練習也贖不出來的自由之身。

國中三年是妳與數學從交惡到決裂的關鍵年代。當時的數學老師是一位教學認真又極具權威的年輕女士，她只要杏眼圓睜就可以不怒而威，讓人不寒而慄。隨著課程難度的增加，妳和數學越發陌生了，妳是她棍下常客，別的同學距離她的標準可能只有幾

「仗」之遙，妳落在一百分遠遠的那端，中間遙遠的距離必須用落雨般的棍子填滿，妳乖乖奉上雙手，懷疑這樣的疼痛會不會沒有盡頭。

嚴師出高徒這招在妳身上顯然失效，妳的數學向著不可逆轉的斜坡快速下墜，母親發現事態嚴重了，重金請來一名私人家教，在家裡開設小私塾。家教是一個男老師，一盞昏黃桌燈下，妳拘謹地與他比鄰而坐，小心翼翼，連呼吸都不敢任意妄為。他在白紙上面寫滿數字，想辦法要把它們塞進妳的腦袋裡。妳感覺得出來他極力忍耐地努力著，然而再大的努力都是徒勞啊，師生二人心知肚明，你們之間對牛彈琴根本沒有相通的頻率，唯一共有的默契是勉強維持著努力的假象，只因為不忍心過早戳破母親殷切的期盼。

妳討厭數學，討厭家教，恨不得這兩樣東西攜手消失在妳的生活裡。每次上課前，妳站在樓上窗台眼巴巴向下瞧，不要來不要來今天不要來，妳在心裡大聲吶喊。有時他的摩托車晚了一分鐘出現，妳的人生立即多出一分鐘希望的光輝，要是他還是出現了，希望破滅，妳轉身回到位子，捻開檯燈，聽著他的腳步聲漸漸逼近，妳嘆一口氣，再度墜入黑暗的深淵。

有一回老師果真沒有出現，母親告訴妳，老師都不來了，以後妳自己念吧！妳如獲重生，雀躍不已，像一隻無故被放生的籠中鳥。某日，妳無意間聽見母親與友人的對話：「矮油，可憐喔，老師叫我省省錢，說她的數學救不起來啦！」

被宣告無救的滋味有點教人心酸，但不敢據實以告的母親卻更讓妳心疼，望女成鳳卻又不忍苛責，妳其實覺得她比妳還要可憐。

不只是數學，妳的所有理科全部景況淒涼。有一回學校進行智商測驗，只要涉及數字的題目對妳而言都是無字天書。發成績那天，老師看妳的眼神出奇溫柔，妳接下成績一看，七十九分，遠遠低於平均值。

妳沒有跟任何人說過這個祕密，盡全力假裝忘記這個令人迷惑的數字。不然如何呢？因為被貼上智商七十九的標籤，妳的人生就該認命了栽在這一刻嗎？

高中聯考敗下陣來是理所當然的結局，直升母校高中後，妳選了社會組，從高一開始，妳的仇家只剩一科文組數學了。妳打定主意豁出去，放棄數學，用其他科目的分數來填補數學的空缺。

放棄不是妳一個人說了算，也要老師願意成全。妳高中的數學老師恰好是國中數學老師的先生，夫妻兩人風格迥異，先生是個好好老師，脾氣溫和也不打人。想必他早已從太太那裡風聞妳以前的爛成績，心裡有了三分準備，省去了許多不必要的力氣。他盡力，但不費勁試圖拯救妳，你們維持著一種不為旁人所理解的默契。這份默契讓妳在數學課上空前自在，每當妳努力盯著黑板假裝認真聽課可實際上正神遊在教室外的某一方時，妳並不希望受到揭穿或打擾，與此同時，妳的數學老師，也很努力地假裝他其實什麼都不知道。

妳彷彿得到默許，從此和數學分道揚鑣，進入空前的和平時期，唯獨其代價是，妳的數學成績幾乎再也突破不了個位數字的極限，更多的時候，妳乾脆一分都沒猜中。妳很淡定，老師也不驚慌，他習慣了班上有個女生，笨笨的，乖乖的，不搗蛋，只是考卷很容易抱鴨蛋。

厲害的是，憑著五科的分數，一年一年妳還能順利升級。妳努力了，數學零分在校園裡似乎被漸漸當成是愚公移山的傳奇，而不是一個被放棄的恥辱或笑柄。

妳以為數學應該會是也無風雨也無晴一路零分下去，結果沒想到妳在高二下學期的排列組合單元突然莫名其妙開了竅，妳發現這有趣的單元竟然在妳智商七十九的理解範圍。妳人生第一次嘗試進入數學的世界，努力不懈準備下一回的小考。隔天發考卷時，老師臉上藏著奇異的光，一直忍耐到最後才大聲唸出妳的分數，妳居然破天荒考了八十九分，老師一定受到不小的驚嚇，一不小心還流露出引以為傲的神情。

那天下課後司令台下安安靜靜站著一群高二的學生，旁人好奇他們為了什麼被罰站呢？有人哀怨地回答：「因為我們的數學考輸班上的鴨蛋大王。」

沒料到老師會用如此另類的方式激勵一隻迷途多年的孤羊，受罰的同學們簡直是含冤莫名。那是妳第一次可以在數學面前抬頭挺胸，不必再畏畏縮縮，原來，數學考好的感覺是那麼爽快！不過很遺憾，美好光景有如曇花一現，稍縱即逝，下一個新單元開始，妳迅速退回最後一名的寶座，從此沒再回過頭。戲劇性的大起大落，老師好像一點也不意外，在妳的考卷分數欄上重新畫個大圈圈，動作俐落爽快再熟練不過。

身為妳的數學老師，教得好是次要，心臟夠強才是必要。遇到數學這麼爛的學生，能夠不生氣，不搖頭，不口出惡言，不有意無意露出睥睨的眼光，還要在她莫名奮起的時候拍拍手，在她退回原點的時候假裝一切都沒發生過，很難，而妳，何其幸運遇到這樣的老師。

大學聯考第二天中午休息時間結束前，妳沒跟上同學的隊伍，一個人在茫茫人海裡失了群落了單。考試時間就要到了，妳努力辨識著考場的方向，隨著人潮走，不確定走的是不是正確的來時路。這時，妳的數學老師不知打哪裡冒出來，沒多說什麼，領了妳快步往考場走。那路蜿蜒曲折沒有盡頭似的，他無聲走在前頭，為妳撥開人群，好讓迷途的妳有路可行。這一小段路，高中生涯的最後幾步，在很多很多年以後，還沉默但沉穩地走在妳的青春記憶裡。

妳的數學課到此告一段落，但妳的數學夢魘在妳的下半輩子始終不放過妳，偶爾，數學考試還在暗夜裡追著妳，要妳給個正確的答案。

三十年後妳應邀回到母校演講，妳的國中數學老師，當年那位教學認真而嚴謹的女士，聽到消息，趕在演講開始前跑過來看妳。她的笑容溫煦如和風，張開雙臂把妳緊緊抱住，妳在她的懷抱裡嗅到慈母般的溫暖氣息，妳一點都記不起來當年她拿著棍子時嚴厲的模樣。

她說妳的高中數學老師才剛剛退休，賦閒在家，真可惜不知道妳要來。她當場撥了電話給他，妳接過手機，喂了一聲，過往的記憶全部湧上胸口，鎖住了喉嚨。妳聽到久違三十年的老師激動地說：「哎呀！這麼多年來，我一直在想，這個孩子後來怎麼了？」

演講中途，妳發現四百個學生席當中異軍突起出現一位老先生，拿著相機，走這裡走那裡，彎著腰，左拍拍右拍拍，妳分神遠遠地從舞台上看了他一眼，看不清他的臉，但隱約看見他照相時的神態透露著一絲驕傲。那神情妳記得，它曾經出現在三十年前妳高二那年，拿到八十九數學考卷的那一天。

七十幾歲的老師掛了電話飛車趕過來看妳，一分鐘都沒有遲疑。演講結束後，他緊緊握住妳的手，說：「我一定要來跟妳道歉，很抱歉，當年沒把妳教好。」

妳傻笑，笑裡藏著淚。

沒有誰可以把妳的數學課教得更好了，沒有誰可以把妳年少的人生當中最大的軟弱安置得更好了，沒有誰可以在妳步入中年的時候握著妳的手肯定地告訴妳，妳被赦免了，妳其實早已經自由了。

從此，很長一段時間，妳不再與數學在夢魘裡狹路相逢，短兵相接。

你的新世代

小學三年級，正是當年我與數學感情破裂元年，她似乎打定主意追隨我的腳步，也選在這一年和數學打壞交情。

她從學校拿回一張七十幾分的考卷，紅色叉叉標示出來許多不可思議的錯誤。這麼簡單的東西怎麼會出錯呢？我穿著圍裙彎著腰站在她身邊快速解釋給她聽，以為三分鐘後便可大功告成回到廚房。結果是，三分鐘變成三十分鐘，站著變成坐著，耐心變成生氣，奇怪了還是怎麼教都教不會。她眼淚撲簌撲簌流了滿面，無辜地抬頭望著我，既委屈又傷心，不能理解數學怎麼這麼難會？而慈愛的媽咪怎麼會突然變成齜牙咧嘴的虎姑婆？

我也被自己嚇到。

我向來自詡是一個不體罰甚至不大聲斥責小小孩的媽，也自傲對孩子的分數總是能夠淡然以對，沒想到，這一切因為一張紅咚咚的數學考卷瀕臨瓦解。時空錯亂的這一刻，對數學的舊恨新仇一股腦全部湧上心頭，我搖身一變變成一個連自己都不認識的虎媽，披頭散髮，面露凶光，口不擇言，再差一步就要全面崩潰。

幸好懸崖勒馬，趕在兩敗俱傷之前縮了手，我跟孩子的爹懺悔，鄭重把教數學的重責大任全數交託給他，從此袖手旁觀，離書房三尺遠，絕不越雷池一步。

我哪有資格哪來本事教她呢？時光倒退幾十年，我不也正是那一個既委屈又傷心的數學小敗將嗎？怎麼會過了那河拆了那橋呢？真糟糕。

她的數學總算止跌回升，險險守住基本盤。就算是這樣，她在心裡恐怕已經和數學劃清界線。有一天我看見她的作文寫著：「我最爛的科目是數學。」心頭一驚，天哪！要怎麼才能讓她繞道而行，勉強和數學維持著禮貌關係，而不要重蹈我的悲慘覆轍呢？

很難，她跟我很像，討厭數學。

小六那年她從台北轉學到布魯塞爾的公立法語小學，她的法文一竅不通，還看得懂數字的數學反而變成她唯一的救贖。歐洲孩子們的數學程度要比亞州孩子慢了好幾拍，她莫名其妙成了班上的數學資優生，被尊敬被仰望被崇拜以欽羨的眼神。

一貫她習於低頭認輸的領域，換了塊土地，變成她獨領風騷的勝利戰場，屢戰屢勝，所向無敵。勝利的滋味無比甜美，挾帶著常勝軍的恢宏氣勢，她從此有了巨大的信心，可以和數字周旋到底從此沒有畏懼。

比利時的小學數學教育與台灣有著天壤之別，他們著重在生活的實際運用，淺顯易懂，也絕不在考試上為難孩子，老師想從考卷上知道的是孩子會了什麼，而不是以扳倒孩子為樂。當數學和生活有了真實的連結，當考試與努力得以相提並論彼此效力，她難掩喜色地說：「數學，真是一門有趣的科目。」

我忍不住要想，會不會，當年的我也有可能在另一個國度變成一個不被數學禁錮的快樂小孩呢？

後來幾年她陸續換了幾所新學校，從比利時到印尼的轉學過程還通過考試，跳了一級，從國二直接升到高一。國三一整年的數學課憑空消失了，奇妙的是，接下來的高中三年課程裡，她如魚得水，數學始終維持在很好的水準。

我看過她的數學筆記，整齊清朗，那些我曾經視為畏途的數字與符號，在那紙上一點都不猙獰，姿態輕鬆而慵懶地對她招著手。

從數學弱兵變成數學猛將，這對她來說真的是一個奇蹟。坦白說，私底下，我還是替她感到一絲絲心虛。在國外被數學輕饒的那些年，以及中間跳過的國三那一年，都像是一個總有一天被挖掘出來的模糊地帶，其中的真相勢必被發現。這樣的憂心不是沒有道理，回到台灣念大學的第一年，一科必修的微積分瞬間把她打回原形。聽不懂的課，看不懂的筆記，答不出來的考試卷，事隔多年，我又看見當年說「我的數學很爛」的那個女生，長大了，又一次無辜地站在我面前。

她身邊的同學，叫得出名字叫不出名字的，哀鴻遍野無一倖免，及格的試卷屈指可數。究竟是孩子們太混還是老師太嚴？我無法以我停留在小三之前的數學能力去辨別誰錯誰對，我只知道，那遙遠的數學夢魘，繞了地球一大圈，無聲無息捲土重來，在她的青春歲月裡再來一遍。

還好她還可以中場喊停，選擇暫時休兵，不與它纏鬥到底。一直到升大三的暑假，她才決心和微積分重新對決。暑修的代價不小，假期裡的所有計畫被迫打亂，旅行去不了，打工打不成，連想趁放假睡個好覺的微薄願望都做不到。一週五天的早八微積分是個折磨，每天六點起床趕車，她的暑假過得比平日還要勤苦操勞。

這樣整整六個星期，她每天苦著一張臉，無奈趕赴微積分的清晨之約。我不敢問她上課的情況，從她的表情來猜測，應該還是有聽沒有懂。我站得老遠，事不關己，完全不想看到她的課本、筆記，或是任何與數學有關的蛛絲馬跡，很抱歉，她得自尋生路，這件事我可是一點忙都幫不上。

事隔很久，學期都過了一半，我突然想起她的微積分考試，小心謹慎地問她：「請問妳的微積分過關了嗎？」

她理都不理我，嘟囔著說：「不知道，沒去看！」

這點她比我厲害，考都考完了，丟它一邊，何必為它牽腸掛肚？哪像我笨蛋一個，幾十年後還可憐巴拉小媳婦一樣做著噩夢，夢裡考試時間到了找不到考場，找不到筆尺，找不到會寫的題目，找不到透著光的出口離開數學的巨大魔咒。

與此同時，她弟，那個在國外念書時數學從來不是問題的大男生，回到台灣念書的第二年，終於拿回一張數學成績很完蛋的高二成績單。他沒告訴我實際分數，只說，他這年的GPA全毀在一次極難的數學期末考。極難的意思是，老師拿超出教學範圍的題目來刁難他們。

我不知道該怎麼跟他解釋，在台灣數學老師的眼裡，考題沒教過這再正常不過，一點都不稀奇。稀奇的是，他念的明明是雙語班，用美國的教材，用英語上課，用英語考試，可偏偏台灣老師出的是台式邏輯的題目，最後他們拿到的是台式的極低分數，這非常合理。

有的家長氣瘋了，趕去學校和主任理論，有的家長淚漣漣，擔憂孩子以後申請不到長春藤的好大學。我家那個男生，悠哉悠哉，只說完蛋了，得加倍努力把分數拚回來！

幸好，他沒說：「完蛋了，我的數學很爛！」

他的成績單放在信封裡，我始終沒想去打開它，就像他姐的微積分補考結果，我也沒打算追根究底，問出答案。

這麼多年後，對於數學，我想我終於學會了睜一隻眼，閉一隻眼，不再教它成為她或他或我們大家的一場夢魘。

文字

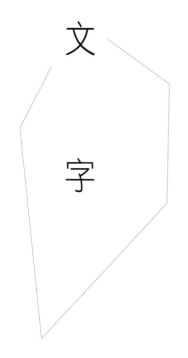

我的舊時光

我和兩名同伴把自己埋葬在溪水中，浪裡白條。你真該試試那在煙雨迷濛的幻境中，赤著身在水波間翻滾，然後探出頭來：你在溪水中前進，想像自己是一艘船，這時你會發覺自己是多麼了不起，這愉快的心情使你對眼前這片由許多神秘擁簇而成的美麗產生一股莊嚴而和諧的感情，彷彿你已和它連成一體，甚至以為自己也是溪水的一部分了。雨點，好大的雨點擊在水面，激出一股煙霧來，於是兩岸的青草也漸漸模糊，然而就在這一景煙花水霧的迷境中，你仍和它同體，你仍然繼續前進。說來有趣，如果這時候我們需要躲雨，那麼我們所缺乏的並不是雨傘，而是再入溪中的勇氣。這時候我想起一個人。

朋友，關懷是忍耐不住的。

一九八二年七月

這是一封三十三年前的情書。

那時，網路還沒占領世界，手機還沒綁架生活，e-mail 還貼著郵票擠在郵局裡等待遞送，而 facebook 呢？當然只是一則光世代的異想天開。那時候的通訊世界混沌蠻荒，寫信是時空兩端之間最珍貴的憑藉。

中學整整六年的時間，妳從年少走到年輕，文字，是妳青春途中的重要引路人。

這個故事，得從一封，一封，又一封的手寫情書說起。

初中一年級下學期，一封信輾轉交託到妳手上。那信寫得極好，字體端正，文采橫溢，寄件人是傳說當中高一屆的才子學長。妳把信紙捏在手裡，有點小驚愕，有點小歡喜，還有點渾沌不明的不知所措不知該向誰去說。

很多年之後，妳才知道，寫信的少年第一次在禮堂講台上看見妳，伸手直直指向妳，轉過頭去跟身邊的同學說：「就是她，我以後要娶她為妻。」

唯有站在青春起跑點上的狂妄少年才看不見未來人生的艱險，才有足夠的膽氣許下無需辯證的堅貞誓言。十四歲的少年，筆端蘸著著飽足的情感與滿溢的才情，開始寫信給十三歲的少女。而那少女，幼稚單純一如初昇的一顆黯淡星辰，要經過很長一段時間才漸漸看見自己身上原來散發著隱約的光芒。

書信一封接著一封到來，並且石沉大海。那時的妳完全不打算回應，不只是因為少女的矜持讓妳必須保持冷漠的觀望，也是因為，信裡文字的重量遠遠超出妳的負擔。字跡太美，文筆太好，意境太遠，早慧的男孩在人生的路上走得太快太急，妳茅塞未開完全無法企及。

書包裡藏著嘈切不休的青春話語，妳背著它們上課下課，外表鎮定但內心起伏不寧。緊緊摀住書包，妳害怕一不留心洩露了蛛絲馬跡，讓誰窺探了妳的文字祕密花園。

祕密，不僅躲在字裡行間，還藏在校園中不期的偶遇。妳知道妳總是被看見。一天會有那麼幾個時刻，根本不需要抬頭張望，妳感受到有一股眼光正穿過中間的人群，定定落在妳身上。妳甚至還沒弄清那人的長相，然而敵暗我明，並且無所不在。少年的注視遙遠而安靜，跟他的文字一樣，模糊卻又無比清晰。

對一個少女來說，被戀慕以精采的文字，被注視以凝定的眼神，應該是件愉悅的事情，最起碼，必定也有些莫名的虛榮。當時妳漸漸在校園的語文競賽展露頭角，才女的虛名隱約成型。才子與才女，儘管妳年歲小小，也懂得了從這兩者的微妙連結裡嘗到一點微妙的竊喜。

信，一日一日不著痕跡地躺在清晨的教室抽屜裡，展信讀信，成了妳每天的晨間私密小儀式，彷彿只有這樣才能開始一天的學校生活。可也一日一日，妳終究承受不起隨著私藏祕密而來的巨大壓力。很快，校園裡漸漸有了許多耳語，不知道為什麼，安靜躺在抽屜裡的信件成了一則公開的祕密。妳隱約感受到旁人拿側目的眼神，有意無意遠遠近近竊竊私語議論著妳。謠言如流水，周旋於眾人之間又繞回妳面前，「流言可畏」是妳邁向成人世界所學習到殘忍的第一課。

某日清晨，晴空朗朗，妳從抽屜裡拿出剛收到的信，頭也不回走到訓導室，親手把熱騰騰還透著筆墨餘溫的情書交給教官。妳累了，疲於保守祕密也懶於應付流言了，妳以為把信交託出去妳便潔淨了輕安了，也便重獲自由了。

老教官姓厲，操著一口濃厚的外省鄉音，平日看來嚴厲無比，這樣的時刻卻荏而不厲，反而溫柔慈愛宛如父輩。他稱讚妳乖，還切切叮嚀：「別理他，要好好念書喔！」

每日清晨安穩妥貼躺在抽屜裡的信件從此失了蹤影。

被教官嚴厲責備過的少年很安靜，不曾追問過為什麼，他似乎花了一點時間為這些文字找尋新的定位，除了替少女辯駁也試圖說服他自己。他有著天生精準鋒利的辯才，多年後他的名字出現在法律系的榜單上一點都不奇怪。

某一天，妳上學，在抽屜的最深處發現一坨詭異的紙團，皺巴巴垃圾一樣。攤開來一看，那筆跡縱使扭曲難辨卻仍舊無比熟悉。暌違多日的文字改頭換面，以掩人耳目的方式，重新回到妳的世界。

似乎什麼也沒發生過。他沒問妳沒答，從此以後，信件如同雪花，落在每個不可預知的角落。抽屜裡，腳踏車籃裡，或者乾脆堂而皇之貼了郵票寄到家裡。妳不動聲色收信、展開、閱讀，仍舊紋風不動，不回信不對話甚至不正眼看他，但也從此沒再與慈愛的厲教官打過任何交道。

妳默許，妳不抗拒，好吧妳接受，讓美好的文字從此和妳逐日盛放的美好青春，並進而行。

當初的妳，懵懵懂懂，並沒有意料到，儘管中間經歷許多波折起伏，這段收信歲月竟然勉力維持了整整六年。

六年，那是一個無知少女從幼稚走向熟成的漫長路程。

這些書信，在外人看來，或許根本不該被歸類為情書。每一封信，少年恆常花去大半篇幅描寫他生活的寫真，傾訴他遠大的志向，以及論述他對人生過早的觀想與立斷。妳曾經懷疑，其實，他需要的不是一個女朋友，而是一個聽眾。這個聽眾，最好安靜乖巧而不多言。她必須具有靈慧的潛質，但還沒發現自己的聰明；她必須能理解但不能辯駁，明明折服卻偏偏不認輸。他過於富麗的才情必須被看見，而他瀕臨崩潰邊緣的少年心事必須有個出口。他必須寫下這些文字。

唯一的不必需是，他似乎並不需要回應。而妳，恰恰符合一切他所尋求的聽眾特質。妳不回信，大半時候冷若冰霜，不可親近。可是妳私心裡一天一天把這些文字消化吸收，變成養分並且納為己有。妳自己都沒發現，無意之間妳已經變成了最了解他的人。妳和他，漸漸發展出一種奇妙的青春革命情感。

革命友伴從沒私下約會過，除了曾經一起代表學校參加縣級的演說比賽，同時參加一回學校營隊，之外，你們幾乎沒有過真實世界的真實接觸。僅僅，以文字為梯，一階挨著一階，由他耐心引領著妳，往青春的路上慢慢走去。儘管六年之中，周遭好事者的流言蜚語從未間斷，然而，純潔而莊嚴，那是妳對這段感情所能夠下的，全部注解。

純潔而莊嚴的文字是最有力的證據。它們被泛黃地保存著，證明少年對少女曾有的懵懂情懷，證明少年對生命曾有的熱烈期待，也證明，那青春時光啊，悠悠過去，再也不會回來。

收到第一封情書的六年之後，少年已經是個大二的學生，那個夏天，妳換下高中制服，終於擠進了大學的窄門。放榜之後，他約妳在小鎮公園見面，筆談六年，你們終於要拆掉文字的橋樑，第一次，走向彼此，面對面直接交談。

印象裡，氣氛自然而愉悅，沒有太多贅詞，他很快切入主題，他說：「妳長大了，我該放妳自由了！」

妳立刻明白這原來是一場儀式，由執筆的那個人正式宣告，六年來，由文字堆疊起來的青春之路，該是走到盡頭的時候了。

妳沒有太大的意外或是傷感，也許你們之間早有默契，妳考上大學這一天，也就是妳收信的榮寵臨將結束的那一天。妳內心充滿感激，多麼幸福啊，過去六年妳平白無故受到他的萬般珍視，妳只是一個資質平庸的幼稚少女，何德何能被呵護被寵愛被安置在一座堅固的文字城堡裡，一年成長過一年。

走漫長的路，從青澀變熟成，他護送妳至此，在青春的起跑點，終於必須說再見。第一次近距離直直看著這個最熟悉的陌生人，妳清楚看見他臉上有了卸下重任的無比輕鬆。妳純真，但不愚騃，妳隱約知道早早有個美麗聰慧的女子，正在他的大學校園裡等著他。

到台北上大學的最初幾個月，思鄉與脆弱曾經如同一把槍頂著妳的胸口，脅迫著妳打了一通電話向他求援。電話那頭的他很淡然，不，其實是漠然地敷衍了幾句，匆匆掛上電話。幾天之後，妳收到他寫來的最後一封信，當然，已經不是情書。

最後也是最短的一封信，他說：

余無奢求，但求知心之交而已。世道多險，人心難測，唯知音可貴。聰明如妳，當知自求多福！

從文字開始以文字結束，自此，妳才算是從他的影子裡真正獨立出來，變成一個完整而自由的人。

妳保留了少部分的書信。往後的人生裡，妳偶爾拿出信來展讀，泛黃的老信紙上俊美的字跡，讀起來彷彿昨日那般情真意切。妳不曾忘記那段美好的情書歲月，那些文字，一字一句一行一段一篇，明滅閃爍在妳後來的人生裡，用很難察覺的輕，暗中帶領著妳。

三十年了，妳持續不斷地與文字相恃相依。妳再也沒有他的消息。

你的新世代

有一種自信，
讓我們不因褒而自得意滿，
不因貶而垂頭喪氣。
只有明白自己的輕重，
才能清醒的接受別人的讚美與批評。
我們很容易在乎，
一些是非、一些對錯、一些得失，
因為人的心太容易害怕。
我們必須告訴它一切都好。

不因別人的唇舌起舞，
而是和人生的目標賽跑。

她認識了一個外校的男生，長得高大帥氣，文質彬彬，因為擁有許多曝光的經歷而小有名氣。他的臉書有數不清的隱藏版死忠粉絲，鐵粉們潛水在高漲的按讚人數裡，其中想必女生比男生多。難得的是，他的動態裡有許多忠實的哥兒們青春結伴，一起打球、工作、出遊，彼此砥礪，相互打氣，與時下流行的粉面美男並不完全相同。

在我這個阿姨眼中看來，最難得的都不是這些。我所看見的他，是放眼所及，我周圍所認識的年輕人裡面，唯一一個認真使用文字來描述生活的人。

自從部落格式微以後，我是一個抗拒沉溺臉書的老派文字人。字短意長，我始終沒學會怎麼用少少的文字傳遞複雜的想法，我也沒太大耐心面對螢幕研讀經歷好幾手的轉貼文章。我習於把珍貴的文字當成過冬的柴，藏起來，一綑一綑，不在臉書上打開它，只在覺著寂寞時，慢慢點燃，然後稍稍取暖。

久了，覺得自己好像自外於世界中心的一座荒島。

他的臉書是少數引起我興趣的其中一個。

他寫在臉書動態上的文字和普遍年輕人很不相同，儘管篇幅不長，每段文字都經過仔細的琢磨與淬鍊，不華美不精緻，很誠懇很真切。讀起來，不似小短文，更像一則散文詩，其中有韻律的聲響，還有思想的亮光。更奇妙的是，年輕的書寫者筆下，不時醞釀著一股向上與向善的正面力量。

我感到非常好奇，也覺得有趣，這個年輕孩子的文字裡居然住著一個冷靜的老靈魂。他究竟是一個怎樣的男生呢？有點早熟，有點憂鬱，同時又要隨時提醒自己站穩，往上提，向前振作。畢竟他太年輕，而我太熟成，我一眼看出了他文字裡所透露的矛盾與故作鎮定。

她和他變成好朋友有些出乎我的意料之外。她對一個人的外在具備審美的敏感度這無庸置疑，可長年受外國教育的她對中文的理解能力我則心存懷疑。縱使她盡全力在字面上勉力推敲，應該還是摸不清走不透他所精心鋪設的文字迷宮。

我沒問過她怎麼看待他的人與他的文。十九歲了，她未必會對我如實回答，事實上，她完全迴避這個非常私密的問題。青春的情感領域，我是一個徹底的局外人，懷著澎湃但不聲張的好奇心，只能暗暗觀察他們之間的友誼與文字的關係。

好吧，坦白說，我其實存在著小小的私心，打算藉著他的文字，找個機會重溫一回年少時光的文字奇幻之旅。

時間拉長了，他們更熟了，幾次的長假，他倆與友伴們成群結隊一起出城去旅行。明媚的春光，暢朗的青春，夾雜在幾對情侶之間，他與她，兩個非情侶的好朋友，面對鏡頭有點親暱有點客氣還有點猜不透的些微曖昧。

這些，都不會出現在他的文字裡。我漸漸明白，他的私人情感並不打算藉著文字而清楚見光。

有一回，他的臉書上放了一張很隨意的人物街拍。照片裡的他有著難得顯露的輕鬆自在，自然的舉止動作，完全沒有平時面對眾人的武裝與防備。他在照片底下附上的短文，雲淡風輕，說人生，說友情，說夢想，可是偏偏不說那照片裡呼之欲出的真實自己，以及其中伏筆躲著的若有似無的青春故事。

她無意間透露：「那張照片是我拍的喔！」

這句話引發我小小的警覺，這個年輕孩子是刻意還是無意呢？他用光明的文字築起隱晦的牆，阻隔眾人的眼光，徹底保有自己的私密世界。

然而這有什麼錯呢？

有誰規定文字的國度裡非得我手寫我心呢？文字從未被賦予取悅眾人的職責，可明說可迂迴可直述可隱晦，好比積木，你可以堆疊，可以橫放，用以建造任何你想像的城堡。對普羅大眾來說，不把真心給你看當然不犯法，只不過當我從另一個角度切入，從她，一個隱形陪伴者與幕後拍照者的眼光來看，文字在他手裡，成了一張隱蔽的紗，一堵穿不過的牆。

他的文字世界裡遲遲沒有她的影跡。

年輕時的情感是一首流動的曲子，誰都拿不準下一拍會是哪一個音符闖進來，誰也不確定下一節出現的又該是升記號、降記號，還是休止符。旁人，尤其是上一個世代的旁人，切記遵守一個優質聽眾的遊戲規則，別急著在中場瞎攪和，切忌在不該的時候咳嗽或拍手，乖乖地，乖乖地順著節奏走，等到曲子完整告一段落，再決定，是該忘情喊安可還是默默離席什麼都不要再多說。

我謹記規則，當然不至於白目無比要她把話說清楚，以解我滿肚子的疑惑。想當年，收到學長的情書整整六年的時間，打死我都沒想過要從長輩那裡得到什麼支持或意見。但終究，好奇會殺死一隻貓，也會悶壞一個歐巴桑，偶爾，我還是壓抑不了滿肚子好奇，忍不住問她：「你們兩個究竟算是怎麼一回事呢？」

她不懷好氣嘟囔著：「不知道啦！」

過一陣子問一次，每次的答案都一樣。我不明白，她究竟是鐵了心不跟我分享，還是她千真萬確真的真的不知道？

他們偶爾見面，有幾次我送她去搭捷運，赴一場不知道的約會。她去時神采奕奕，晚點去接她時卻又靜默不語。我暗中忖度，這回，恐怕她的答案還是「不知道」。

隔代如隔山，好奇的歐巴桑只好繼續從文字的線索找答案。陽光男孩的臉書裡，說天說地，說夢想說未來，無論如何還是不說他自己。這一道文字的防線，看似柔軟，實則堅固不摧，始終如一地守護著他的內心世界。

雖然看不透他的人，猜不通他們之間的關係，但這並不妨礙我確實喜歡他所寫的短短小文章。

有一天我在書局，一眼看見新版的《先知》這本小書，當下買了一本，請她轉交給他。這麼久以來，讀他的臉書總覺得有那麼一點似曾相識，此刻才懂，原來年輕孩子的行文走字之間，沒有自覺地追隨著紀伯倫淡薄的影子。

他也沒有任何回應。

後來有很長一段時間，她絕口不提與他相關的任何事情，原本還可以尋索可以拼猜的微小線索一日少過一日，他們似乎漸漸疏遠了，又或許，她是決心阻絕我的越界了。我偶爾點入他的臉書，讀起他的文字，滋味越發淡了，薄了，像是一只陰天底下的影子，一寸一寸在雨中模糊直到消失無蹤。

最終，我還是沒等到她出現在他的文字世界裡。

不關我的事，可是我無端覺得可惜。

我所可惜的倒不全是感情這件事，兩個年輕人之間的有情或無意全憑機緣，不是外人可以隨便評斷置喙，我真正覺得可惜的是，她錯失一種被文字帶領著，去放慢速度，去緩慢思考，去細細咀嚼，去更深刻看見自己也更廣闊看見世界的美好機會。

這個世代速度太急太快太草率，我們的眼睛我們的耳朵我們的心，漸漸習慣被快速但簡單地餵養著，輕易取得的即時訊息，不經思索的人云亦云，愚昧的對立，氾濫的善意，幸福變成一種拾手可得的小確幸，我們幾乎就要失去與自己對話的能力。

我扛著老文字走在新世界的邊緣，想要慢慢行走，慢慢琢磨，花很長的時間推敲幾個字，思考其中或其外的深意，想著如何釐清許多懂或不懂的道理。因為想要堅持一種老派的生活邏輯，走在這個瞬息萬變的高速世界，我常常覺得孤單。

我還常常覺得氣憤。放眼這個島，我們所共同經營出來的溫暖小世界，逐日變得膚淺。我不懂狗屁倒灶的小事為甚麼會被拿著放大鏡一再檢視，不懂用常理可以簡單判斷的事情為什麼繞了一大圈會變成一個沒人懂的難題？不懂為什麼轟然一頭炒熱的話題可以在很短的時間瞬間急凍變成沒人記得的過眼雲煙？我生氣我們新的世代會被帶到哪一個不思考不質疑不判斷的我所不認識的遠方？

難得看到一個年輕的孩子有意識地走在常世的軌道之外，還在認真思索著生活遇到的課題，還在使用老文字一字一句寫下誠懇的話語，如果她可以再靠近一些他的文字世界，因而更懂得去慢思去體會生活裡的各種幽微，或者成為他文字世界裡的一勾一撇一段行雲流水，來寫就一篇美好的青春故事，那都是我樂見的事情。

而當然，這些，都只是一個迷戀文字老時代慢時光的歐巴桑，站在光世代以外一廂情願的喃喃自語。至於她與他的青春故事究竟真相如何又到底該怎樣書寫下去呢？帶著我的陳年老情書站遠一點吧，因為，那其中情節，或曲折或順遂，都已經不在我的管轄範圍。

舞台

我的舊時光

年輕的時候，妳曾經對舞台充滿遐想。

大學妳念了中文系，但其實妳更想要念的是大傳系，從小站在台上對著麥克風說話的熱切初衷，妳始終未能忘情。

這是一件十分矛盾的事情，妳根本不是一個享受熱鬧的人，在人群中總是恨不得躲到角落沒人看見妳。可妳又喜歡立在舞台正中央，在眾人的注目之下侃侃而談。當燈光從高處打下來，聚集在妳頭頂上，看出去，舞台前方一片霧茫茫，妳開口說話，眼裡一個旁人都沒有。或許，這令人目炫神迷的時刻，與眾人無關，只是妳自己一個人的。

大二時妳在報紙上看到某電視台招考主持人的廣告。主考人之一是該台的當家主持人，她年輕、知性、端莊又有內涵，妳把她當成典範，希望有朝一日也能像她一樣，拿著麥克風對著攝影機說話，成為一個優質的主持人。妳毫不猶豫報名參加面試。

那時候的妳還不懂得化妝，從朋友那裡借來一件正式洋裝，素淨著一張學生的臉來到電視台。攝影棚裡塞滿了妝容細膩的年輕女孩，著套裝，梳包頭，踩高跟鞋，看起來每個都比妳厲害，妳強作鎮定，其實內心膽怯不已。未比先輸，沒等到上場妳已經老早在心中判定自己出局。

工作人員在攝影棚搭起一座長形舞台，有點像是模特兒走秀的伸展台，叫到名字的考生，起身，上階梯，抬頭挺胸走一小段台步，站定舞台，然後，面對著一排評審和考生，開始自我介紹。

妳手腳冰冷等在台下，呼吸急促，完全亂了方寸。夢想當中的舞台好不容易臨到了眼前，機會來了，妳發現妳竟然沒有一點能力去掌控它。

輪到妳的時候，妳危危顫顫走到定位，準備開口說話，卻感覺喉嚨發乾，發出的聲音乾癟塌陷毫無潤澤。妳瞬間失憶，完全不記得該說些什麼，突然之間，莫名其妙，妳用自己的名字開了一個莫名其妙的玩笑。

妳說：「大家好，我的名字很好記，杜昭瑩，肚子招蒼蠅……」

整個攝影棚裡沒人發笑，眾人因為過度驚訝而鴉雀無聲，妳看見台下，妳心目中的女神主持人錯愕地停下筆，抬頭看了妳一眼，那一眼，地老天荒，過了三十年，妳怎樣都忘不了那裡面的萬般不解。

別說她了，連妳自己打死也不理解，是哪根筋打了結，錯了位？昭瑩昭瑩，明明可以想像成一閃一閃亮晶晶，妳何苦硬要把它形容得俗氣又粗鄙？

當然是鎩羽而歸。沒有誰會放心把麥克風交給妳吧，誰能保證下回妳又會在電視機前說出什麼驚人之語？妳太有可能把美貌如花的受訪者形容成一隻青蛙，這未免太可怕。

過了很長一段時間，妳才能從驚嚇當中回神過來，坦然面對自己愚蠢的紀錄。妳放棄，再也不曾懷抱過主持夢，對舞台曾經擁有的熱切想望，妳打算留在塵封的記憶裡，鎖起來，死都不要去打開它。

沒料到僅僅過了一兩年，故態復萌，妳竟然膽敢挑戰另一座更大的舞台。妳一定是瘋了，才會披帶掛綵，報名參加當時年輕女孩最大的競賽舞台〈××小姐〉的選拔。

妳偷偷去報名，男友是唯一知情的共犯。偷偷，那是因為妳很難跟家人或朋友解釋妳參賽的動機。那時候妳的母親才剛剛病逝幾個月，照常理，妳的心，缺了一大塊，妳的人生，剛死過一回，正在緩慢地重新開機，妳怎麼會有多餘心思把自己打扮得花枝招展，還要笑顏逐開站在舞台上，跟人爭奇鬥豔，讓人品頭論足？

沒錯妳正是瘋了。要不是妳的一顆心沉甸甸，像掛著鉛錘落在海的最底端，要不是妳魂不守舍，像一顆迷途星子流落在軌道之外，要不是妳有話說不出來有力使不上來有淚掉不下來，妳不會異想天開，想試試看一場刺激的比賽能不能讓麻痺的感覺重新再回來。

應該沒人能理解能接受這荒謬的理由吧？妳的男友是異數，他支持妳，不分青紅皂白，力挺妳到底，他的行動力十足，甚至比妳還要興奮還要積極。

莫名其妙被牽扯進來的還有男友多年的拜把兄弟C，他的女友S高眺美麗，兩人都是和你們同校的學生。她從C那裡聽到妳要參賽的馬路消息，躍躍欲試，也決定和妳一起報名。

報名表註明要附上一組沙龍照，你們，四個大學生，兩對情侶，傻傻地闖進中正紀念堂旁邊的一家婚紗禮服攝影店，不知哪裡湊來的錢，兩個女生各挑了一套禮服，煞有其事拍了兩組華麗的沙龍照。拍攝過程，妳的男友前前後後細心照護妳，一下子撥頭髮一下子拉衣服，生怕哪裡拍得不夠美麗，簡直像是經紀人。而旁邊的那對，氣氛很詭異，女生選禮服時百般挑剔，對著鏡頭擺姿勢時認真而專注，很有志在必得的氣勢，可她的男友，悶著一張苦瓜臉，事不關己站得老遠。

沙龍照拍得老氣無比，禮服太過華麗，妝髮太過俗豔，妳都快要認不出妳自己。看著放大的照片裡那個搔首弄姿的小女人，妳有點意識到，眼前妳想爬上去的那座大舞台，陌生遙遠，恐怕超乎妳的想像。

初選那天妳拜託朋友幫妳化妝，她是一個上班族，擅長美工繪畫，把妳的臉當成畫布，憑著想像勾勒出一張選美的舞台妝。妳穿了一件米白色窄裙套裝，滾著咖啡色的細邊，蹬著一雙白色高跟鞋，長髮梳攏披在肩上，雖然身高不突出，身材不傲人，但看起來竟然還有幾分清麗。妳出現在會場時，意外惹來不少攝影師的青睞，好多閃光燈對著妳啪嗒啪嗒閃個不停。妳覺得受寵若驚，胡亂擺了幾個姿勢，笑容僵硬，感覺像是被攝影師群體綁架的無辜少女。

混亂之間妳眼角餘光瞅見身旁的S，站在光圈焦點之外，不知為何，她臉上露出不悅的表情，交叉著雙手，嘟著嘴生悶氣。C的臉比女友更臭，顧不得女友不開心，刻意閃躲鏡頭，遮遮掩掩，生怕被發現，彷彿參加的是一個見不得光的非法集會。倒是妳的男友，一整個興奮過了頭，在閃光燈此起彼落之際，到處找光，見縫就鑽，出沒在妳四周，還拚命踮起腳尖，探個頭，露出半張臉，試圖擠進鏡頭裡，比任何參賽者都還認真還入戲。妳站在熱區當中冷眼看著他，只覺得啼笑皆非。

初選結果當場公布，妳和S雙雙入圍，順利取得正式賽程的入門券，同時附帶而來的是為期一週的選前集訓，之後，才是躍上舞台的最後競逐。

妳的男友喜不自勝，等不及要規劃下一步。C和S大吵一架，一個想勸退，一個想繼續，兩人在入圍名單前僵持不下。

翻騰的會場裡，妳退後一步，遠遠看著雀躍的那人，生氣的那人，以及委屈的那人，突然湧上一股事不關己的漠然。刺激過後的冷靜，麻痺之後的清醒，妳想藉著競賽甩掉的空虛如常到來。原本的目的不見了，這座舞台，妳沒有非上不可的衝動。

然而回頭無路，被情勢推著走，妳和S拎著簡單的行李進駐集訓中心，在那裡妳們堂而皇之變成佳麗。混身佳麗群中，妳完全有醜小鴨的自覺。第一張入圍大合照，佳麗們爭先恐後卡位入鏡，妳往後退好幾步，自動站到了最後一排。那張合照後來出現在當期的某家週刊，妳的臉半遮半掩出現在後排一個小小的空隙之間，居然還有人眼尖把妳認出來。

很快妳明白，妳走錯了場子，選美舞台美則美矣，並不屬於妳。

集訓期間有許多名師來授課，美姿美儀化妝髮型，全部是妳所陌生的東西。尤其化妝一項，妳對粉底眼影腮紅毫無概念，妳根本連生平第一罐化妝水乳液都還沒買過，唯一有的只是一支陳年口紅。第一堂化妝課，講師走進來，厲聲問道：「誰沒化妝？站起來！」她一雙鷹眼銳利地環顧四周，最後定定看著只擦了口紅的妳。

沒化妝是一件必須被當眾責罰的罪過嗎？妳理直氣壯沒站起來，但感覺到無法控制的兩隻腳已經跨到了門檻邊邊，差一點就要奪門而出。

妳與這場賽事格格不入，妳不想扭腰擺臀，不想濃妝豔抹，不想強顏歡笑，不想爭奇鬥豔，妳更不想聽人安排參加無聊的飯局，妳打從心底抗拒妳的青春要如何美麗由不得自己決定。

第三天，工作人員當眾發下個別尺寸的泳衣，佳麗們竊竊私語暗地打量著彼此的二圍。回到宿舍，換上泳衣，妳對著鏡子裡那個光溜著臂膀與大腿的女生看了好久，不斷自問，真的，妳真的要這樣走上舞台嗎？

換掉泳衣，妳找到工作人員，語氣堅定，說：「很抱歉，我必須退出比賽！」

妳扯了謊，理由是學校不允許學生參加選美，真相是，妳不允許自己被物化對待，妳太孤高，太難搞，太追不上潮流新時代，根本不屬於這座光鮮亮麗的選美舞台。

工作人員不無遺憾也應該是不無客套地說：「好可惜啊！我們都猜妳應該可以進入前幾名呢！」

妳謝謝她的照顧，頭也不回離開集訓中心。男友騎著摩托車來門口等妳，接過行李，他憐惜地摸摸妳的頭，對妳任性的決定完全支持。妳暗地鬆一口氣，想必這男人日後應當不至於賣妻求榮！

隔天報紙上刊出了妳退選的消息，小小幾行字，完全沒引起注意。倒是另一位佳麗也隨即離開，記者對她著墨甚多，因為據說那位佳麗不滿她的號碼是三十八號，三八的諧音讓她很不滿意，故憤而退賽。

仔細一看，這位三八佳麗不是別人，正是那高䠷美麗、自信飽滿，極有可能奪取后冠卻被男友百般阻攔的S小姐。

哈哈哈，妳一邊看報紙一邊大笑，不論她緊接著妳的腳步退賽的真正理由是什麼，那三八的藉口，未免也太扯！

這青春舞台，妳熱，妳冷，妳靠近，妳離開，終究只是荒謬的綺夢一場。

你的新世代

十六歲以前，她已經是一個舞台老手。

從四歲開始拜師學藝的古典芭蕾，她一路持續了十多年。這中間我們搬過好幾次家，在幾個不同國家的城市各有幾年的居留，每次的遷徙，換了學校換了朋友換了語言，難得沒被汰換掉的是她的芭蕾課。周折之中，她的芭蕾舞台始終還在順利或困難地存在著。洛杉磯的安貞舞團，台北的雲門教室，布魯塞爾的 École de Ballet Jeanine Slabbaert，雅加達的 Namarina Dance Academy，她踮著腳尖在不同的舞台上跳芭蕾，一年一年，成就了一部少女舞伶的小小記錄片。

見慣了大場面，她不怕上舞台。對一個芭蕾小女伶來說，一場演出的成敗，真正的關鍵並不是妳在舞台上轉了幾個完美無瑕的圈，一個飛躍之後有沒有精準地落在某個定點，而是，上舞台之前少則半年多則一年的不間斷的辛苦排練。身為舞者，她們很早明白，唯有汗水與淚水，才能成就耀眼的光芒。一旦站上了舞台，她們必須已經準備好，已經有把握有信心把觀眾的目光留在舞台上。

她享受舞台。可惜的是，芭蕾的舞台從來不是她一個人的，頭上的聚光燈從來不曾專屬於她。十幾年來，她從群舞跳到雙人舞，身邊的人越變越少，但這舞台的光，她終究還是必須與人分享。

她想必覺得不過癮。

回台灣念大學的前一年，她在雅加達近郊的一所國際學校念高三，和一個愛唱歌的台灣學弟變成好朋友，有一回，學弟的個人演唱需要一個陪襯的女聲，臨時找她救急，在這之前，她幾乎沒有想過唱歌這件事與自己有什麼關聯。

萬萬沒料到，一開口，唱上了癮，她意外發現了自己對唱歌的巨大熱情。她的世界從此開了另一扇窗，看見了芭蕾之外的另一座新舞台。

接下來的高三校園時光，唱歌變成一個指標，標示著生活行進的方向。秋天，中文老師邀請她在中秋節晚會獨唱，明月當空，夜涼如水，她的歌聲溫軟好似晚風。初春，她登上學校展演廳，在結業式上獨自獻唱。到了夏天，隆重肅穆的畢業典禮上，校方別出心裁，安插她在典禮進行中間代表畢業生演唱。她穿著一襲畢業長袍，頭上戴著垂穗畢業帽，用低沉的嗓音唱起〈Drop in the ocean〉，這時，她身後階梯式高台上的數十位畢業生，自動退成一片黑色的布景，頭上的聚光燈打在她一個人的身上，全場的目光齊齊投向她，她終於獨享了舞台給予的最高榮寵。

一直到這個時候，站在舞台上，拿起麥克風，她唯一的憑藉，只是一股純粹的熱情。她愛唱，她愛有人愛聽她唱，就這麼簡單。至於自己到底算不算會唱歌，她似乎沒有認真想過這個問題。

這期間，她不只一次有意無意地說，她想回台灣參加歌唱比賽的海選。我們都沒當真，以為她只是一時興起隨口說說。寒假我們回台灣小住，她偷偷在巷口打公共電話到電視台，詢問下一回海選的時間。我隔著柱子看到她，她的身影閃爍，似乎有個巨大的想望躲在她身後，探頭探腦，正在摩拳擦掌，準備伺機而動。

大一，當同學們忙著跑社團活動時，她置身事外，一個社團都沒參加。她有她自己的打算，偷偷盯著歌唱選秀的比賽公告，第一時間報名了北部的海選。雖然明明知道機會不大，我鼓勵她勇敢去試試看，青春的夢想彷彿曖昧微光，一旦被點著，將如星火燎原，我如何能夠阻攔？

海選那天她抓了一把吉他，輕裝素顏，前往某大學的臨時考場，大剌剌，不知道要害怕。她班上的兩個同學，一男一女，在教室外頭陪考，從下午到晚上，打打鬧鬧，兀自忙著兩小無猜。而她的老媽和一個阿姨也來湊熱鬧，坐得老遠，忙著喝咖啡聊是非，幾度忘了她的存在。風平浪靜，天下承平，沒有誰特別把這場海選當成一回事。似乎，大家，包括她自己，都覺得勝算不大，這應該只是一場沒有結果的好玩遊戲而已。

幾個星期之後的某一天，我突然想起這件事，登入節目網站，海選結果正好揭曉，往下看，她的名字居然跳進眼簾。怎麼回事？她居然從幾千人中脫穎而出，進入百餘人的入圍名單。

下一回合的複賽在電視台舉辦，將選出最後進棚的選手。我們開車送她去電視台，在門口放了人，沒想過進去陪她，心裡盤算著，這回玩完，遊戲應該到此為止了。沒想到，竟然再次過關。她在電話那頭不可置信地說：「天哪！我居然被選上了！」

連闖兩關，我們感到一頭霧水，這才開始認真思索，她真的會唱歌嗎？她的歌聲究竟有什麼特出之處足以贏得評審的青睞呢？

左思右想想不出來。她沒有受過歌唱訓練，從未拜師學藝，沒有超高音域，沒有純熟技巧，大家有的她都沒有，唯獨具備的只是天生的好音感，以及乾淨厚實帶點沙啞的嗓音也許還有點小小的辨識度。

條件微薄若此，真有辦法登上電視舞台跟人家一較高下嗎？她才不理會這些大人們的杞人憂天，一心一意盤算著要穿什麼樣的衣服，配哪一雙鞋，梳哪一種髮型。要上台了，可以上台了，她的興奮遠遠多於緊張，快樂大大超過恐懼，這些，全部源自於她無畏的天真！

比賽當天，我一個歐巴桑，像老班長，領著她的一票青春啦啦隊進入攝影棚，占據觀眾席的一條長板凳。漫長的等待過程完全不影響我們亢奮的情緒，大人小孩嘰嘰喳喳好像去郊遊。她從後台走出來時，門從兩邊拉開，燈光啪一聲打下來，我的心臟砰砰跳，緊張得快要不能呼吸，她立在舞台正中央，毫無懼色開口唱歌。

因為不害怕，她的歌聲理直氣壯，折服了評審的耳朵，她幸運地過了第一關。我們在觀眾席間忘情大叫。勝利的滋味甜美芬芳，有鎮靜效果，舒緩了旁觀者的緊繃心情，也有迷幻效果，讓唱歌的人在迷茫之中，誤以為接下來的戰役都能如此輕而易舉長驅直入。

於是，當其他人在兩次比賽空檔加緊練習時，她仍悠哉悠哉處在神遊狀態，絲毫不以為意。第二次上台，她輕易被對手扳倒，落入暫時淘汰區。中場休息放飯時，我們遲遲不見她的人影，一直到錄影又要開始了，她才姍姍然出現。

她故作鎮定，一副處之泰然的從容淡定，可是我看見了她眼裡原有的光彩黯淡了，不一樣了，她終於看見了這光鮮舞台殘酷的另一面。整個下半場，她坐在燈光冷淡的淘汰席，看著勝利者帶著笑容朝著相反的方向走去，任憑舞台絢爛的光影或遠或近一再魅惑著她的心。

比賽最後將會由評審選出唯一的一名復活者，講評老師開口前瞄了她一眼，隨即叫出她的名字。這一瞬間，她忍了很久的眼淚應聲落下，又哭又笑，激動地重新回到舞台。

驚險中撿回的桂冠美好而沉重，這一次，她的心情明顯沉靜了許多。我發現她用很快的速度失去了以往唱歌時單純的快樂，連同對舞台的熱情也一併逐漸消失。受限於賽制，也受限於收視考量，選手們不能盡情選擇自己喜愛或擅長的歌曲，不為愛唱而唱，這大大違背了她唱歌的初衷。

更大的原因是，強敵環伺，她在舞台上清楚看見自己的劣勢。她身邊的每個競爭者，高亢清亮的嗓音，百轉千迴的技巧，自信的手勢姿態，全都不是憑空而來，他們身後都有良師教導，有長年的專業訓練，還有經年豐富的比賽資歷。她看看他們再看看自己，在歌唱的世界裡，單薄如白紙，無知如草民，她拿什麼去跟人家比？

了無心緒的她還在下一次進棚前感冒了，開不了的心加上開不了的嗓，很快，她又再一次坐上淘汰區。我從後台透過層層布幔看見她疲累的神情，感到十分不捨。比賽結束前，所有失敗者被集合在舞台上，由現場觀眾投票選出一名復活者。她立在舞台中央，勉強笑著，交叉著雙臂，絲毫沒有一點取悅投票者的意思。我在心裡喊著：夠了，讓她離開吧，讓她離開這個三番兩次的失敗者擂台吧！

一點也不意外，開票結果，那名重新取得資格的幸運兒並不是她。她迅速收拾了東西，穿過勝利的選手們，默默離開熱鬧的攝影棚。途間遇到一位熟識的工作人員，那可愛的女生瞬間紅了眼眶，直呼：「怎麼可能是妳？怎麼可能？」

離開無緣的舞台，外頭陽光一片大好，她整個人鬆懈下來，站在路口隨口哼了一段歌，她的歌聲又像是一陣自由的風了，沁涼而潤澤。遠遠角落一個正在抽煙的男子，熄了菸，靠過來，直直地對著她說：「欸，妳唱歌真好聽！」

這時，她的眼淚才沒遮沒攔整個湧上來。

這座歌唱擂台，她成功她失敗，在極短時間之內，曲折走在甜蜜與痛苦之間，年輕的歲月因此翻過了扎實而寶貴的一頁樂章。

她沒多說些什麼，隔天，繼續拿起吉他唱她愛唱的歌。三個星期後，節目播出的那一天，她要說的話才出現在臉書當中：

當初去海選單純是想看看自己的歌聲有沒有辦法進到這種大型比賽，畢竟我只是個兩年前才開始唱歌，沒比賽過沒任何經驗的愛唱歌女生。我從來就都沒有抱太大的希望，一直到進了複賽，我才開始慢慢相信自己好像有那麼點可能有機會唱歌給更多人聽。

每次彩排聽其他選手練歌都好有壓力，所以都自己坐在旁邊練盡量不要聽到他們。每次比賽看他們在台上發光就覺得我跟他們也差太多，我下次有機會的話一定要跟他們一樣。可是沒辦法，我並不是會唱歌，我只是愛唱歌。不過這樣其實就很夠了，因為我覺得喜歡真的最重要：如果比到後來我變得不喜歡唱歌，只是為了比賽為了晉級而唱，那我也寧願不要比了。

中間她用很大的篇幅謝謝身邊所有支持著她完成比賽的親友，之後她說：

最後，要謝謝我自己。謝謝我兩年前開始喜歡上唱歌。謝謝我當初呆呆的就自己拿著把吉他跑去海選。謝謝我比賽中沒有因為遇到困難而放棄。謝謝我比賽完了還是一樣愛唱歌。

我在這個舞台的故事就到這裡了，不過我在其他舞台的故事，還沒開始呢。三班二十五強選手，我，一個愛唱歌的女生，下台一鞠躬。

心酸又欣喜，我的眼淚莫名其妙敗給一個只有小五中文程度的大女生。

屬於她的唱歌舞台，就這樣結束了嗎？沒有。她找到老師認真上課，每天抱著吉他練唱歌，積極參加校園裡的大小比賽。一年多後她捲土重來，挑戰另一項電視歌唱比賽。這回，她有了更充足的準備，懂得了怎麼放開自己享受舞台上的每一個時刻。一關闖過一關，不論成功或失敗，她的快樂無法取代。

義無反顧，她又站上了屬於她自己的青春舞台。而台下，曾經相同年紀曾經不同勇氣的我，除了欽羨與祝福，還能多說什麼？

安頓

我的舊時光

大一新鮮人生活結束當天，妳搬出女生宿舍，那股揉合了洗衣粉、香皂、被褥、衣物以及書本的特殊清香，在大門闔上的那一霎那，瞬間成為往事。

妳頭也不回地離開。

這是妳第一次離家住宿。其他三個室友也都和妳一樣來自遙遠的南方。一個是妳中文系隔壁班的台南同鄉，認真嚴謹、樸實無華。另外兩個大傳系的女生，一個纖細敏感，一個圓潤爽朗，同樣來自高雄。妳們相安無事，或大事化小、小事化無地度過一年的共宿生活。

整整一年，妳極為壓抑地過完它。妳骨子裡不合群，可又沒有足夠的膽量敢光明正大要孤僻，唯一的方法是說服自己，暫時偽裝成為一個還算可親的室友，溫和而無害。

還好妳的室友們都是不難相處的人，或者，她們也和妳一樣，正努力把自己的本性妥善藏好，把身上原有的尖尖角角小心摺起來，不去傷了別人，也平安了自己。

是因為埋著頭，蝦著性子過活嗎？回頭去看，女一舍的印象十分微薄，蛋膜一樣略略透著光，瞇著眼，努力瞧，能夠模糊看見的，僅僅是一些浮光掠影的片段。

那個總是安坐書桌前專心說文解字四書五經的台南女生，平常不多話，唯獨聊起她的偶像鳳飛飛時，換了一個人似地口若懸河神采飛揚。在往後的人生裡，妳選擇牢牢記住她超級鳳迷的甜美身份，刻意忘記她緊著臉、揪著心，夜夜熬出來的第一名光環。

高雄的瘦弱室友，她的身上藏不住一股富家女兒的嬌貴。妳再不諳世事也看出來了她背後呼之欲出的富裕家境。奇怪的是，妳記住她的唯一線索反倒異常廉價，是一個塑膠臉盆和一只鋼杯。妳腦海裡有一幅清晰的影像：她推開門，面無表情走進房間，濕著髮，穿著粉紅色連身睡衣，手裡拿著臉盆和鋼杯，匡噹匡噹走到床邊，連盆帶杯，一把將它們扔到床底下。那鋼杯冷冽閃著光，好像妳們之間生不生熟不熟從未真正熱絡過的淡漠互動。

而圓潤的那個眷村女生，一路被外省老爸當小男生養大，雖然有著俏麗的短髮以及蘋果肌的可愛臉蛋，可她私密裡只愛穿男生的寬寬四角褲，她堅持那比蕾絲小褲褲更輕鬆更自在。很多年以後，她成了資深的地方記者，有幾次妳在新聞上偶然聽見她SNG現場轉播的聲音，四平八穩頗有架勢。可怎麼辦呢，妳很難集中精神聽進去她說了些什麼，只是恍惚看見她手上拎著一條男生的四角褲，開了門正哼著歌往浴室走過去。

記憶如此貧乏，如此散漫無稽，那證明妳曾經很努力地和室友們經營一段平靜的共宿時光，其間無大起亦無大落。然而，這並不意味著妳曾經積極地培養過住宿的熱情，這點，妳始終缺乏，妳喜歡不了被約束被規範的團體住宿生活。

妳不喜歡端著塑膠臉盆趿著塑膠拖鞋站在濕答答的浴室排隊等洗澡間，妳不喜歡一早披頭散髮睡眼惺忪和一群認識不認識的人並肩刷牙洗臉。妳不愛晚上這間寢室那間寢室串門子閒聊天，那耗心費神，也讓妳對許多校園女神的幻想過早破滅。班上有個活脫搪瓷娃娃的女生，水汪汪大眼黑白分明，皮膚吹彈可破透著奇異的光。在她的寢室，妳親眼看見她凌亂不堪的床鋪風捲雲湧藏著各種雜物，其中包括一把亮晃晃的利剪莫名其妙裹在棉被裡。還有一個名字脫俗如詩的別系女生，妳後悔和她隔鄰而居。住得太近，妳輕而易舉識破原來她講話鴨子嗓門，舉止大剌剌，其實是個豪邁的大姊頭。

夠了，一年已經夠了，妳完全沒有繼續申請大二宿舍的打算。

暑假回家之後，妳跟母親表明想搬出學校宿舍的意願。母親想必有點遲疑，他鄉異地的，一個年輕女生隻身住到學校外面去，安全嗎？妥當嗎？

一向疼愛妳的姨母家住五股，離學校路程不算遠。她跟母親說：「要不住到我家對門來吧！人家剛好有間空房要分租，來啦來啦，我每天煮好料，保證把阿妹丫餵得白白胖胖！」

自己姊姊這樣殷勤這樣盛情難卻，母親沒多想，爽快敲定了妳下學期的落腳處。

開學前一天，妳拎著行李獨自北上，下了遊覽車之後，找了客運輾轉來到五股。五股，一個瀰漫著工業氣息的小鄉落，妳經過幾家工廠，循著灰撲撲的巷弄拐過幾個彎，找到地址上那棟舊公寓。妳站在門口直直瞅著它，啊！雪上添霜，這無非是他鄉異地裡的另一個異地他鄉。

妳被屋主安排住在客廳底端的和室裡。其實妳始終不確定它算不算是一個房間。兩扇對開的紙窗木門單薄隔開一個半隱私的空間，儘管有棉被有小桌，妳仍然有著睡在客廳的小小錯覺。夜半，妳躺在托高的木地板上，透過窗紙，隱約看見客廳神明桌上的兩盞小燈徹夜亮著微弱的紅光，靜靜盯著妳。輾轉之間，妳側耳警覺著客廳裡所有的細微動靜，隨時準備在來不及穿好衣服的時候捲被躲藏。

妳每晚走到對門和姨母姨丈一起吃飯。姨母果然信守她對母親的承諾，晚餐桌上魚蝦肉蔬一字排開，氣勢澎湃，豪華規格直逼過年過節。「吃啊吃啊，這些都是專門為妳煮的喔！」姨母慈愛地說，「要不是妳，我們平常可不會這樣吃！」她接著說，眼睛笑成一條縫。

妳察覺到這兩句話的中間拐了個小小的彎，曲折藏著妳懂不來的人情世故，等著妳該說些什麼甜言蜜語去扯平。妳臉皮薄又嘴巴拙，感激或諂媚的話半句都說不出口，一雙筷子舉也不是落也不是，一頓頓晚餐吃得無所適從，不識美味，只覺惶恐。

睡不好，是壓力，吃太好，也是壓力。每天的回家路上，妳無來由感到腳步沉重。妳不想回那個家，妳其實根本沒有認定那是一個家。如願從團體生活的束縛中掙脫開來，沒料到，妳又做了一個小而結實的繭，把自己綁得更緊捆得更牢。

妳打電話跟母親描述妳的新居生活，語氣遲疑，透露著無奈與徬徨。母親掛了電話，二話不說，和父親連夜北上，把妳簡單的行李迅速打包，搬離僅僅住了兩個星期的客廳和室。

妳當時太年輕，太不經世事，不能完全理解母親因為疼惜妳而近乎激烈的反應。她沒明說，可從她看到房間時的複雜表情，妳知道她後悔沒問清楚，便讓女兒草率住進陌生人家的客廳和室。姨母再三重申對妳的好，母親也一再表達謝意。離開姨母家之後，妳聽見她壓低聲音和父親說：「明明是好心煮好料，一面又講東講西，憨囝仔聽得霧煞煞，按尼怎樣吃得下？」語氣裡分不清是對姊姊大大的感激還是小小的埋怨。

母親是個行動力十足的人，當天妳被送進泰山鄉一家修女院宿舍。修女院也是幼稚園，園區占地廣闊，小樹集結成蔭，綠地鋪排似錦。修女舍監們和藹可親，可也門禁森嚴，每晚十點準時鎖大門放大狗，貪玩的女孩兒們可造次不得，必須乖乖遵守遊戲規則。宿舍房間不多，窗明几淨，兩人一房（沒多久全部改成單人房），房裡有洗手檯可以梳洗，外頭有足夠的浴室，不用端著塑膠臉盆苦苦排隊，電熱器的熱水暖呼呼沒有時間限制，隨時可用。兩排房間盡頭處有一間大客廳，舒適的沙發前還有一台電視機，像一個溫馨的大家庭。母親裡裡外外走一圈，滿意極了，隨即付清比學校宿舍貴上幾倍的住宿費用，讓父親從卡車上卸下妳小小的家當，以及南部運上來的一輛腳踏車。一切安置妥當，最後她說：「按尼，我就放心了！」這個時候，妳看見一朵笑容在她臉上，向著妳綻放開來。

母親臉上的那抹笑容，妳至今無法忘懷。

妳怎能忘懷？那笑容背後，藏著一個天真軟弱的女兒被俐落的母親全然打理與安頓的龐大幸福感。

一如母親所料，接下來三年的時光，妳在世外桃源一般的修女院平安度日。妳受到修女們妥善的看顧，結交了幾個樸實良善的室友，一起在寬闊寧靜的園子裡，共度單純平和的大學生活。這是一個溫馨的家庭，提供妳真摯的陪伴，但也容許妳自在地獨處，幾乎是為妳量身打造。大學畢業前，這是妳安身立命的唯一所在。

然而，母親沒料到的是，那居然是她為妳妥當安排的最後一樁人生大事。那天，母親帶著笑容離去的背影，一點一點從妳的人生裡越走越遠，越來越模糊，終至完全消失。

當時，她與父親一起送妳住進修女院，把妳從原本的窘境裡一把拎出來，安置在一個紮實的巢，讓妳有所歸依，不再驚慌失措。三年後，妳搬出宿舍時，父親一樣開著卡車前來，把陪伴三年的腳踏車再次搬上車，固定在後車斗，開長長的路，領著妳回到南部的家鄉。一切依舊，唯獨駕駛座旁的母親，已經離開。

很多年後，有一天妳在百貨公司裡看見一對母女挽著手一起選購小禮服，那女兒愛嬌的模樣與小鳥一般的姿態讓妳直覺猜想著，或許她們正在挑選訂婚的衣服吧。妳一眼認出那母親臉上有著一抹似曾相識的笑容。

那笑容，本來應該出現在妳後來的人生當中論文口考那一天，結婚那一天，生孩子那一天，和老公吵架離家出走那一天，孩子惹妳煩惱生氣把妳弄哭那一天，某個天涯海角特別想家的那一天，或是，被世界被朋友背棄的那一天。可惜，都沒有。

如果可以化成語言，那笑容將只是簡單一句：「沒問題，有我在。」

妳從她們身邊走過，邊走邊抹淚，怎麼樣都停不住莫名而來的淚水。

在往後的人生裡，妳再也得不到像那樣的笑容，以及，像那樣被打理被安頓的幸福榮寵。

你的新世代

大一開學之前，我爽快乾脆地對她說：「小姐，妳去申請學校宿舍啦！上大學了，去過自己的生活，賴在家裡幹什麼？」

她不置可否，沒說好，也沒說不好。每天趕早出門，搭門口小巴到捷運站，從北投一路搖搖晃晃到公館。下午或晚上，同樣路線倒過來再來一遍，個把小時之後，疲累地返回家門。

路程雖不算遠，可也不近，往返至少得耗掉兩個小時。大一上學期快結束時，她終於鬆口說：「那我去申請宿舍好了！」

她和我是兩個星球的人，她活潑、樂群，結交新朋友對她來說易如反掌。當年我的孤僻我的不群我的對學校宿舍敬而遠之，肯定不會在她身上重來一回。如果有一天她住到宿舍裡，我完全不懷疑，她一定，一定會如魚得水，甘之如飴。而如果到時候，有人在她的床鋪亂七八糟的某個角落裡，找到一把莫名其妙的剪刀，那也是一點，一點都不奇怪的事情。

計畫趕不上變化，下學期，她弟轉學到新竹，我在新竹另覓住處，成了高中生的專屬書僮與台傭，週末才打包行李回到台北。她心腸軟，自己決定暫緩宿舍的申請，她說：「那我還是先住在家裡陪老爸好了！」

這是一條偏離軌道的生活新航線，完全超出原本的規畫。她上大學了，結果離巢的是我，不是她。我本來還盤算著，該是讓大一女生出門學習獨立，接受歷練的時候了，沒想到，這會兒倒變成我出門去另起爐灶，挑戰一個陌生城市的全新生活。

一邊安家新竹，一邊回頭關照台北，我的生活變得有些四分五裂。張開雙臂，我來不及擁抱新生活，反倒被兩邊人馬使勁拉扯，不知道究竟要成全哪一邊。好不容易撐過混亂的第一個月，勉強穩下了新城市的生活節奏，之後，我回過神來，驚覺台北的一對父女儼然已經另創品牌，把「我們的家」改頭換面變成了「他們的家」。

父女二人性格迥異，龜毛處女男遇上隨興射手女，意見分歧的時候多，合拍的情況少。沒料到的是，當我把一整個家放給他們共同打理之後，我欣慰，同時悲哀地發現，他們兩人總算有了共通之處，那就是，他們的持家能力之可議，非常雷同。

他們輕鬆當家的那個家，是我所不認識也不認同的模樣。

中年的歐吉桑積習多年，要想重新教育他，恐怕是自找麻煩。年輕的美眉可塑性高，或許還有機會調教成為家務達人，我決定把希望寄託在她身上。她成天和朋友 line 來 line 去，我乾脆投其所好，也跟她 line 來 line 去，密集發送一連串的理家清單，內容詳細清楚，簡單明瞭，長長一大落：

妳要記得每晚睡前把洗碗槽清空，更換新的濾網，把抹布擰乾攤平，垃圾袋要綁緊，記得拖地，洗衣服，曬衣服，倒空除濕機儲水槽，每晚開運轉，白天離家前關閉，馬桶要刷，洗臉槽要清，浴缸頭髮要撿乾淨……

清單很長，可早出晚歸的的大一新鮮人永遠很忙，少有令人滿意的工作成效，也看不出有任何貫徹執行的熱誠。我合理懷疑，手機訊息旁邊出現的已讀記號根本只是打發老媽子的障眼法。每個週五晚上我回到家，打開門一看，唉！又不及格。忍不住一把火衝上腦門，無法控制地開始碎碎念。

碎碎念有用嗎？沒有。效果當然非常零碎。

我拉一下，她動一下，我再拉一下，她再動一下，拔河變成我和她的新遊戲，始終分不出誰輸誰贏。過了半年，她應該是受不了我的疲勞轟炸了，又開始著手申請學校宿舍，打算把家務管理員的職責全盤移交給更加狀況外的老爸。計謀尚未得逞，她老爸的職務調令倒是先一步下來了，這一次，他被調到高雄，一個比新竹更南更陌生的城市。

我想不通，還有比這更荒謬的事情嗎？浪跡天涯那麼多年，我們有點像是一個四人成員的移動馬戲團，不論換到哪個陌生的地方紮營搭棚，不管是走鋼索、跳火圈，還是高空彈跳，都是四個人攜手合力演出。現在終於回到自己的土地安了家，向來堅固的班底反而一拍而散。小小的島，四個人竟然分住北竹南三個不同的角落。

她自己作主取消已經申請到的宿舍，這回，她說：「那我還是留在臺北看家好了！」從今爾後，老爸在高雄，老媽老弟在新竹，家裡沒大人也沒小廝了，四十坪大的房子全憑她一人當家作主。

原本可以分擔一些責任的共犯拍拍屁股去了高雄，倘若持家不力的罪名一旦成立，她將會是唯一主嫌，逃都逃不掉。我本來猜想這處境對她應該多少有點警醒作用，但是並沒有。熬過一段艱難的適應期之後，一人當家的孤單寂寞漸漸昇華變成沒人管束的輕鬆自在，她自顧自地經營出一種生存哲學，一種自得其樂的生活新節奏。

自得其樂的意思是，她選擇按照自己的方式當家作主。以前她有一搭沒一搭尾隨我的指令，有點像是玩拼圖，拿到哪塊拼哪塊，拼了這塊忘了那塊，所有的家務沒有真正完成的時候。現在她獨撐大局了，她終於可以自己決定怎麼來玩這個遊戲。

不用我提醒，她會在我週五回家以前清空垃圾桶（她在星期四晚上提著大袋垃圾追著最後一班垃圾車跑的模樣並不難想像），可是，她會忘記放進新的垃圾袋。她會洗好衣服曬好衣服，可是，她不會費心把衣服甩平拉整，當然，她也不會跟她媽一樣神經質地將衣架同一個方向乖乖排好。她會掃地拖地，可是絕對不會教地板光可鑑人。她會洗碗，可是絕對不會在最後的時候記得刷洗水槽。

她都會，可是她也都不會達到我的標準。

無論如何，她起碼堵住了我一半的嘴。坦白說，像老太婆一樣叨念了半年，我其實也懶了，只是總還是不免有實在看不下去的時候。有一次，我站在她房間門口，說：「小姐，妳這房間也太亂了吧？」她想都沒想，回答我說：「我所有的朋友裡面，這算整齊清潔了！」

她弟很仗義，背著她對我曉以大義。他說：「我不懂欸，這房子是她在住的，如果她自己覺得這樣很OK，也沒礙著妳，妳為什麼要一直管她呢？」

就好像有人在我的腦袋裡用力擰了一把，某個很繃很緊的區塊就這樣大大當了機，我整個人突然像喝醉酒那樣散掉了，鬆開了。

我們的標準完全不同，她覺得做到了，我覺得沒有。原來是「覺得」這樣東西讓我們之間的角力永遠沒有結果。想通了，也看開了，我決定放棄這場沒有相同目標的競逐。與其花氣力花時間要求她達到我的目標，我乾脆花氣力花時間，自己來。

從此之後，我會挑週末某一天的某個時段，來一次小規模的大掃除。

這段時間通常沒人在家，整個家都是我一個人的了，少了旁人幫忙（或干擾），我可以肆意地按照自己的方式與步驟來灑掃庭除，重整舊山河。繫上圍裙，我用不快不慢的速度，用溼了又乾乾了又濕的雙手，把四十坪的房子給從頭到尾翻整了一回。一個早上或一個下午之後，乾淨明亮的廚房、客廳、浴室、臥房甚至是冰箱、衣櫃、儲藏室，便會陸陸續續回到我的眼前。

汗，濕了一回又一回。工作是繁瑣的，身體是疲累的，照理說，我應該要有一點抱怨，一點氣憤，還應該有一點點的心不甘情不願。但怪異的是，每次當我脫掉圍裙環顧四周的那一霎那，我的心情卻是出奇地輕鬆愉快。

打理一個乾淨明亮的家，在離開家之前交給她，這勞苦差事竟然令我感到十分安心。

她是否感受到了房子之前之後的極大差異呢？以及，她是否會在未來的幾天繼續勤勉保持現狀呢？坦白說，我非常懷疑。但這些並不是我最在意的事情，我更在乎的事情，出乎我自己原先意料的，竟然是，她是否在這窗明几淨的屋子裡感受到了一份被安頓的幸福感。

雖然角色易位，我從女兒變成老媽，場景從修女院變成自己的家，但這種幸福感事隔三十年還是如此熟悉，如此甜蜜，如此沒道理地，你情我願。

為她安頓一個乾淨整潔的窩變成了我每個週末的例行工作。是的，我承認這已經是一個母親對女兒的寵溺，不夠理智，沒有原則，缺乏遠見，態度軟弱，還應該把書架上一本又一本關於如何培養孩子生活技能，如何放手讓孩子學習的教養書全部藏起來，免得自己看到時臉紅心虛。

「那又如何呢？」我聽見自己的聲音理直氣壯這樣說。

遠遠地，我彷彿看見母親當年遠去的俐落身影，漸漸清晰，明亮，靠近。

那正是我自己現在的模樣。

風格

我的舊時光

北上念大學以前，妳幾乎沒有打扮的機會。

髮型數年如一日，耳下一公分的清湯掛麵，中分，兩根黑色髮夾是頂多的裝飾。一週上課六天，有時週日也要到校自習，身上的制服同樣數年如一日，便服對妳而言可有可無。令人慶幸的是，你們高中的女生制服頗具特色，四季都有不一樣的搭配，多少還有一點變化上的小趣味。夏天是紅白相襯的水手領上衣與及膝百褶裙，秋天換上白色長袖襯衫打上暗紅色領帶，冬天則換上黑長褲配上合腰黑西裝，不論哪一款，看起來都端莊文雅。唯一始終令人難以接受的是軍訓課時穿的那一套窄裙卡其裝，妳穿起來，好似一隻瘦版黃蟾蜍，頭上還有一頂醜極的卡其帽，形狀像一艘小朋友摺壞的紙船，歪七扭八航行在西瓜皮的正中央。

更別說什麼保養妝化了，那簡直是天方夜譚。被聯考綁架的鄉下少女，裸肌素顏，渾然不知青春也可以有光澤有色彩。在學校，妳們完全沒有這方面的常識，本該有的美術課家政課工藝課音樂課全部被挪來上數學上英文，對藝術缺乏概念，視風格為無用長物，妳們的美感經驗貧瘠匱乏一如長年旱田。

整個高中時期，妳只有很少數制服以外的打扮經驗。有一回，不知道為了什麼特定的場合需要，善裁縫的母親，曾經親手為妳縫製一件夏天的洋裝。那洋裝，水藍色涼薄布料，上面漂著淡色花蕊，盛開在三層相疊的裙尾，極美。有一張相片，妳拿下頭髮上的黑色髮夾，穿上水藍色洋裝，坐在學校的荷花池畔，一陣風吹來，頭髮與裙擺翻飛如浪，妳身後一棵菩提樹，心型的葉子在陽光下海潮一般沙沙作響。純淨如水清淡如風敞亮如光的少年時期，妳最美的時刻，都在那張相片停格的瞬間裡了。

第一回有意識地打扮自己是在上大學前的那個暑假。妳和通信多年不曾見面的小學同學約在台南的成大校園見面，這是妳第一次單獨和男生出去約會，母親慎重其事地幫妳仔細打點，一件質感細密的白色無袖上衣，大大的蝴蝶結打在領口胸前，配上一條牛仔長裙，一雙平底白皮鞋，輕步走在大學校園，出現在那人面前，妳宛如一朵含苞待放的出水白蓮。

一朵開在南部盛夏的出水白蓮，並沒有繼續綻放在陌生的台北校園。都說輔大出美女，妳的台北同學們果然一個一個粉雕玉琢，白皮膚，細妝容，還有合宜的衣著，連剛剛離開高中校園沒幾個月的的髮型都已經波浪起伏，韻律有致。她們好比天鵝，引頸頷首，三三兩兩在校園優雅移動，自然是眾人矚目的焦點，妳落在遠遠的旁邊，分明一隻不起眼的鄉下醜小鴨。

絲毫都不覺得自嘆弗如，妳不起眼得理直氣壯，沒有美感經驗也沒有美感自覺，妳開始全無章法的自我打點。衣服未經揀擇照單全收，搭配混亂無序，色彩斑斕錯亂，完全一株妝點過度的失敗聖誕樹。妳的髮型也很恐怖，把兩側前髮向兩邊拉高梳攏，各自紮上一束小馬尾，綁上粉紅色緞帶，再打個誇張蝴蝶結，嚇死人，根本是災難一場。

冬天更甚。妳謹記母親的殷勤叮嚀，以保暖為最高原則。每天，妳先是把自己五顏六色、厚薄交替地掛滿一身，外面再套上母親為妳精心挑選的黑色毛料大衣。那件大衣，質料細緻，價格不菲，但樣式保守，也沒有合身的線條，更像一件實用的行動暖罩。妳天天穿它上學，渾然不覺它已經成了妳的正字標籤。

過了一整個冬天之後，妳無意間聽見有人這樣形容妳：「喔，就是那個永遠穿同一件黑色大衣的女生。」妳這才終於有點小警醒，喔，原來「永遠穿同一件黑色大衣」這件事好像有哪裡不太對勁。

大二時認識的男友，大妳整整四歲，像個大哥一樣呵護帶領妳。交往到可以拋開客套的虛偽坦白說真話時，他終於忍不住直言：「妳不會打扮不懂穿著，完全沒有自己的風格，應該把妳送去眼光訓練班重新調教一番。」

仗著他寵愛妳，妳也無所謂，繼續我行我素，胡亂穿搭。妳最愛的打扮是一件粉紅條紋長版襯衫，胸前兩個小口袋；一條白色踩腳韻律褲，起了一堆小毛球；一雙白色運動鞋，胡亂綁著髒鞋帶。妳這身裝扮無比輕鬆自在，可是借別人眼光一看，只會顯得妳格外平胸扁臀還有一雙內八腿，弱點完全暴露無遺。有一回，住在修院宿舍的一個學姊看不下去了，把妳堵在走廊，循循善勸：「我說妳，穿成這樣，是怕人家不知道妳身材不好嗎？」

妳害羞傻笑，全然不懂她話中的深意與好意。

沒有風格是小問題，對沒有風格完全缺乏自覺，這才是妳最大的問題。

那段醜小鴨時期，如果硬要擠出一點稍具個人特色的靈光乍現，從男朋友的眼光來看，恐怕還是有一些值得紀念的影像片段。那時你們兩人住得不遠，只隔幾條街，妳老愛穿著一件白色連身寬洋裝，在兩個住處之間飄逸來回。他喜歡看妳從對街輕快走來，一身白，晨曦裡的剔透，暮光中的柔和，世間的塵埃通通自動閃退，和這個單純的小女生完全無關。數十年後，小女生已經變成大嬸，他還捨不得忘卻那個畫面。如果純淨而無邪可以是一種得來全不費工夫的風格，那恐怕是妳彼時唯一有過的短暫風華。

大四那年，與母親感情甚篤的小阿姨心疼妳們姊妹失去母親的照拂，領著妳們到熟識的裁縫那裡，花了一大筆錢，用上好的衣料、簡潔的設計以及精細的手工，量身訂做了好幾套摩登冬衣。短版合身毛料小外套搭配同一塊布料的迷你窄裙，藍色毛海長版背心裙，以及米白滾咖啡邊的長袖短裙套裝，這些日系風格強烈的新衣，讓妳在一夕之間變成一個截然不同的人。妳把教室當作伸展台，每隔幾天換穿一套新衣，裝模作樣用來武裝脆弱的心，妳還燙了頭髮，恐怕連眼神與說話的口氣都因此被外型拉著一併大改造。

畢業在即，妳變成一個擁有都會俐落風格的大四女生，或許是因為差別實在太大，引起了身邊朋友的深深不解。班上有一個年紀較長的男同學，妳暱稱為老大，妳覺得他世故成熟，一向特別敬重他，還始終以為你們之間有種不言可喻的小默契。他私下對妳的改變有意見，想不通妳這小老妹怎麼才失去至親竟然反而打扮得花枝招展？妳那時年輕而任性，不懂辯駁，也不想解釋，認定自己錯看了一個老大哥，從此失去了一個好朋友。

妳的審美能力自此開竅了嗎？其實也沒有，妳不過是仗恃著長輩的寵愛，意外得了幾件新衣裳，用華麗的武裝，撐持過一個低潮的冬天，等春天一到，還不是自顧自回到了沒品味沒長進的村姑世界裡。

要是妳大學畢業之後從此進入職場，情況很可能會大為改觀，妳應該會經歷一段快速學習的歷程，迅速學會合宜的化妝打扮，很快摸索出屬於自己的ＯＬ風格。然而繞了一小圈，妳再度回到校園，重新披上學生身份的天然保護色，繼續理直氣壯看待舒服的素顏與隨興不羈的外表。

妳讀的中文研究所，少少十來個同班同學，大家感情出奇地好，幾個女生都很符合中文系的氣質底蘊，質樸、溫和，還有點長年浸潤在古典文學裡自然而然的小保守。有一回，大家一時興起，約好某天全體穿中國風的衣服上課，妳也因此難得上百貨公司專櫃買了一件改良式絲質小洋裝，斜襟，盤釦，水袖，裙擺大片潑墨荷花，連中間的腰帶都是仿古設計。妳穿上它，飄飄然站在幾位古典美女的中間，依然有幾分特出的脫俗雅緻。從此，妳隱隱約約找到了自己的定位，念了七年的中國文學，妳起碼撐得起些許古典文藝的韻味，樸拙與優雅並存，女文青的風格在妳身上隱約成型。

二十幾年後，妳應邀在台南某大學演講，與兩個當年的古典美女再度重逢。如同其他的同學，她們後來都執起教鞭在大學裡任教，教中文，繼續在古典文學的懷抱裡安身立命。她們身上不約而同散發出濃郁的書生氣息，溫良恭儉，那是歷經半輩子都沒有改變過的樸拙與優雅，那也是妳，中文界的逃兵早早失去的學院風格。

妳是一個學術界的逃兵，走完全不一樣的路，一逃逃到天涯海角。大家忙著到各學校任教的時候，妳忙著辦簽證，打包行囊，與新婚丈夫飛到英國，開始異國生活的第一站。

歐洲，陌生的歐洲，妳用很快的速度滅頂在人生首次遭遇的文化衝突裡。不論穿什麼來武裝自己，西方的、東方的，妳都覺得不對勁，都完全沒自信。妳那時候的照片，長直髮在頸後紮一束低馬尾，一件寬大彆扭的西裝外套方便把自己藏起來，一雙休閒帆布鞋伺機而動隨時準備要落跑，歪著頭對著鏡頭傻笑，笑裡藏著極大的勉強。妳的破英文在市井街巷完全派不上用場，妳躲在牛津的黑井書店裡環顧四面浩大無邊的書牆，想起自己才剛高分過關的碩士論文，宛如渺小幽微的舊夢一場。妳走在人海裡，一顆無端投入的小石子，激起突兀怪異的小漣漪，妳老是感到自己是那樣地多餘。

一個月後，妳獨自飛回台灣，用一張來回機票換取喘息的空間，調整錯亂的節奏，想清楚該用什麼架勢再度站在別人家的舞台慎重出場。重新回到牛津時，妳頂著一頭波浪大捲髮，自然垂在肩上，妳收起平底休閒鞋，改穿高跟鞋，叩叩叩，一聲一聲清脆地響在石板路上，妳抬頭挺胸，左顧右盼，妳找到異鄉生存的遊子風格，不中不西，時而衝突時而融合，在矛盾之中尋求和諧美好的那一個立足點。

妳站穩了，妳變成一個自信充滿的人。

自信是，不論在哪一個國，面對哪一種人，當妳把自己穩定下來，不管妳怎麼打扮怎麼穿著都能淡定從容，都能自成一格。這是妳數十寒暑流轉於各國之間，好不容易學會的一門課。

以自信為基本元素，妳邊走邊學，接下來的每隔幾年，妳的風格就要隨著環境不變一回。

後來，洛杉磯七年，妳一個年輕媽咪，成天餵奶，換尿布，追著小娃跑，棉T短褲球鞋加上永遠睡不飽的素顏與黑眼圈，那是理直氣壯的慈母風格。台灣四年，開著車載著兩個小學生城裡城外趴趴跑，芭蕾課鋼琴課畫畫課小提琴課，沒有停歇的時候。永備電池般的電力無窮，俐落明快的裝扮，是妳的台式新風格。比利時三年，入境隨俗，妳向來只穿深色或單色衣服，花色衣物全數壓箱底沒見過天日，簡潔歐風讓妳看起來添了幾分質感，可也殘忍添了北國風霜，那時的妳看起來特別老氣而熟成。印尼三年，色彩繽紛設計華麗的熱帶風華，妳淡妝、洋裝、項鍊耳環、真皮包包，在高級場合裡細步款款，小心分辨貴氣與俗氣的危險分野，努力學習從繁飾裡找到簡約。天外飛來的每一筆急轉彎，妳順著往下走，總會看見不一樣的收穫。

現在的妳，打開衣櫥，顏色不多，款式簡單，妳不排拒擁有少少的昂貴精品，享受精細的質感與高明的設計，可妳也戒不了逛傳統市場的極大樂趣，相信物美價廉也可以是一種舒服的選擇。妳參加正式場合時盛裝打扮，淡掃娥眉，穿上素雅旗袍或是簡潔洋裝，把自己放在合宜的高度裡。平常的時候妳喜歡舒適簡單，不施脂粉，球鞋牛仔褲，些許休閒些許文藝，還有眼睛裡的些許孩子氣，妳喜歡這樣看待妳自己。

年近半百，妳終於敢說，妳擁有一種特殊的個人風格，無法一言以名之，像是細川匯成河流，磊石堆成山丘，不知出處，不能歸類，而且還沒能看見終點。

妳無法預估人生的下一站將在哪裡停留，妳又將得到哪些不同的滋養，風格這件事，對妳來說，還是一樁非常值得期待的驚喜。

你的新世代

她大一時，有一回我陪她去師大夜市逛街，看了好幾家服飾店，發現所賣的衣服樣式大同小異，幾乎都朝著當季的流行走。再仔細留意一下身邊來往的人潮，真有趣，約定好似的，許多女生穿的衣服與搭配的方式，也都十分相似。

這些流行元素穿在某些女生身上，很好看，可有些則適得其反，反倒更加曝露出自己本身的缺點。沒有誰買一件漂亮衣服的目的是想讓自己看起來不漂亮的吧？沒有誰想在兩朵袖子上方各挖一個洞讓手臂顯得更粗壯，或是穿迷你裙配短馬靴讓腿看起來更肥短。我猜，女孩兒們並沒有意識到這樣的反效果。

坐捷運時，我也注意到，許多女生的妝化十分雷同，戴超長假睫毛，兩把黑扇子搧阿搧把臉都遮掉了一半。戴放大效果的隱形眼鏡，又圓又大的瞳孔讓眼睛看起來更小，讓眼神看起來充滿無來由的驚慌。並不是每個人這樣打扮都很好看，而她們自己可能也完全沒想到。

我無端覺得悵然。時代不一樣了，我們那個老青春舊世代的故步自封與無所適從應該老早被淘汰了，關於美感，新世代的孩子們有更多訊息得以揀選，有更多機會可以練習，照理說，他們應該會更容易形塑出最美的自己，更早試著去定位自己的風格。可是，許多時候，我還是不難從一些年輕孩子們身上看見多年前無所適從的我自己。

青春的花蕊，有的明媚張揚，有的含羞帶怯，各有不同的嬌美，怎麼了解自己的特色，伸展最合適的姿態，綻放最亮眼的色彩，應該是孩子們要及早學習的一門人生必修課。

及早，才有足夠的時間在青春綻放之前，看清楚，什麼樣的自己最美麗最帥氣。

我和她沿著兩側商家來回走了一趟，略過那些流行的當季款式，她在小巷子裡一家不起眼的小店找到喜歡的衣服，她試穿，在鏡子前左顧右盼，臉上露出滿意的微笑，那個意思是，很好，這就是我。

這就是我。能在青春的起點便已經懂得經營自己的風格，是一件幸運的事情。

而這幸運，有點另類，有點曲折，而且得來不易。她的成長過程經歷過好幾次巨大的文化衝擊，從美國到台灣到比利時再到印尼，每一種文化都是那麼截然不同，兩相碰撞之下所產生的，有時是衝突裡的煙硝，有時是激盪後的火花，一邊拆解一邊重建，在矛盾之間，她的美感經驗也因此才能顯得比較豐富而多元。

她的童年時期非常迪士尼。當時我們在洛杉磯東郊的家離迪士尼樂園只有數十分鐘的車程，有好幾年的時間，我們辦家庭年卡，利用尖峰以外的時間，把迪士尼當成夢幻的後花園。那時候的她，鵝蛋的圓臉，斜飛的鳳眼，在多數金髮公主的行列裡，一張花木蘭的東方臉孔讓她看來特別顯眼。西方的熱情裡躲著東方的古典，她年紀小小，可是整個人已經具有相當的辨識度。

離開美國的時候，她看起來就是一個道地的ＡＢＣ小女生，全身上下充滿一種浪漫的天真，我曾經以為她就要這樣一路迪士尼下去。那時沒料到，後來的歐洲三年，對她的美感養成，才是一段至為關鍵的時光。

歐洲的文化蘊含著迷人的深度，教人探不到底；廣泛浸潤在日常生活裡，讓人摸不到邊。你隨處可見保存完好的百年建築、庭院深深的美麗城堡，以及為數眾多的博物館美術館，提供你精采的美學課程。甚至，有時候只是一座街頭轉角不小心撞見的雕像、一幅隨意掛在餐廳的油畫、一場拾手可得的音樂會、一株從陌生人家的前庭後院不意探頭出來的紅玫瑰，或者僅僅是一個穿著得宜與你擦肩而過的美麗妙齡女子，都不時提醒你，這，就是美。

美感是一種無形當中的潛移默化，不動聲色地，暗暗在她身上起了作用。我的腦海裡有一個畫面，她穿著一件合身黑大衣，腰後隨意綁上一個結，才要成型的青春線條隱約可見，大衣裡面一件套頭素色毛衣，長髮自然披攏，再搭配上一條緊身馬褲與一雙高筒貼腿小馬靴。她在地鐵站門口的花圃矮牆上併腿斜坐，膝蓋上放著一本書，緩緩抬頭看向我。那一瞬間，我覺得這個女生，真教人過眼難忘。

置身在一個美感天成的世界裡，她的心中已然存有一套審美的定見。儘管後來我們又搬回到亞洲的世界，持續堆疊著不同的文化經驗，吸收著不同的生活養分，她依舊保有對美麗事物的揀擇敏銳度，隨著年紀漸長，逐日發展出一套非常複雜多元的自我風格。

她回台灣上大學，明明長著一張比別人還要東方的臉，走到哪裡總被當成外國人。有趣的是，外人猜測的範圍非常廣泛，從法國人到印尼人，五花八門，說不準該把她歸類在世界的哪一塊異國版圖。我借外人的眼光打量她，一件剪裁俐落顏色單一的上衣，一條破爛牛仔褲，搭上捲起袖子的長襯衫和一雙半筒球鞋，跟一般的大學生沒有什麼不同。再細細打量，她臉上脂粉未施，只描著一雙黑色眼線，她把太陽眼鏡隨意箍在頭上，角度落得剛剛好，她的手腕腳踝綁著五顏六色彩線手環，每一個都有它自己的小故事，都在它自己該在的位置。她走起路來抬頭挺胸，踮著腳尖像是芭蕾女伶，好似隨時走在舞台上。看起來，她的確又有那麼一些與眾不同。

我想起曾經有個朋友跟我說：「她走在人群裡，不是最美的那一個，可你很難不會一眼看見她。」

低調不張揚的與眾不同，我想，這就是她獨一無二的青春風格。

一路上跟著結伴同行走過各種文化洗禮的她弟，小她三歲，關於美感的定見，他一點都不輸給她。打從少年十四十五時，那麼早，他已經清楚知道，什麼才是他所追求的風格。

他很堅持他的「知道」，不給其他閒雜人等置疑的任何空間。經過幾次擅自幫他採買衣物卻遭打槍的不愉快經驗之後，我不得不識趣地也把自己歸類在閒雜人等這個區塊，乖乖靠邊站，不吭聲，只有在他需要有人掏錢付帳時，才能理直氣壯現身。

他只穿黑色灰色白色的T恤，樣式與圖案自有他自己一套外人參不透的邏輯。只穿黑色的褲子，一條黑色牛仔褲包辦冷熱四季，夏天時的短褲則必須膝下兩公分。一回他老爸擅自作主幫他買回一條膝蓋以上的短褲，他拎著褲子哼著鼻子說：「你們不覺得這長度很娘嗎？」兩老瞻前顧後研究半天，看不出不過是兩公分上下的差別，究竟娘在哪裡又帥在哪裡？他也自己挑帽挑鞋挑襪，每每都有著他堅定的理由，怎麼搭配，什麼用途，他全都自有主見。

而且，他信服某些特定的品牌。一分錢一分貨，他相信價格與設計、品質之間一定有它某些相關的硬道理。這一點和他老媽很不同，我對品牌的覺醒非常非常晚，住在歐洲那三年從沒湊過熱鬧買過哪一種名牌包。有一次在雅加達的百貨公司，他流連在某個品牌服飾店，看中一條價格不便宜的短褲，我當時有些猶豫，不太明白為什麼要用雙倍的價錢買一條看起來相去不遠的褲子。可五年過去，那短褲經過無數次洗滌還是完好如初地掛在衣櫥裡，也依然是他夏天的最愛。

他看重設計，把品質放在第一考慮，隨意穿搭都顯得簡單率性。然而他畢竟只是一個中學生，相信品牌的行徑，不免引來一些爭議。有一次剛過完年，他和年紀相當的表兄弟一起去逛街，他用他的壓歲錢買下一件國外品牌的外套。這件事經由旁觀者的繪聲繪影在家族間引起一股小騷動。尤其他的小阿姨，兩個表弟的媽，非常不以為然，不只一次用警告的口吻警告我：「小屁孩才幾歲就懂得追隨品牌，此風不可長，妳可得好好看緊他！」

他的老姊聽了也很不以為然，同仇敵愾站在弟弟這一邊，幫腔反駁：「他買的這件衣服是比較貴，可是他很久才買一次，而且每一件都可以穿很久。」

這依舊沒有說服小阿姨，久久就要再一回舊調重提。這也難怪她不能理解，她不曾站在近距離親眼看見他的成長背景，那些歐洲生活中充沛的美感經驗，那些法國同儕簡約與質感的穿著，那些印尼富家子弟習以為常的名牌世界，全部加總在一起，一樣一樣堆疊，一樁一樁融合，造就了他今天所形塑所追求的自我風格。這其中的蜿蜒曲折，很難去跟旁人一一解釋說明。

一直到，她自己家的小帥哥，高一那年暑假到紐約遊學，從此，事情有了戲劇化的轉變。那一百八十公分的帥哥，置身在陌生的廣闊新世界，對打扮自己這件事，突然開了竅，變成一個完全不一樣的大男生。以前的他對穿衣沒概念沒主張，有時候要他費點心打扮還嫌麻煩。現在的他，一件粉色襯衫配上白色中長褲，頭上歪歪一頂棒球帽，胸前掛上一條簡單長鍊子，腳上一雙夾腳拖，奇怪了，明明簡單卻很有型。而這身打扮，來自紐約街頭的店家，當然已經不在他老媽原先預設的菜市場平價範圍。

老媽站在帥哥身旁，仰頭癡癡看著他，完全忘了先前跟我說過的話，只顧著說：「兒子啊！你真帥！」

反倒是始作俑者的我家少年，在價格與美感之間，自顧自地琢磨出一套維持風格的生存法則，他從網路上找到合適自己的服飾平台，以更符合自己年齡的價位，試圖打造一個不打折的青春新風格。

新世紀年輕人的想法很難去用老世代的眼光去評斷，他們所堅持用來面對世界的方式，或許你喜歡或許你不愛，起碼，他們都理直氣壯，以自己獨特的風格，認真地證明著青春的真實存在。

容我為新世代的固執與堅持再辯解一回吧：

能在青春的起點便已經懂得經營自己的風格，何嘗不是一件幸運的事情！

閨密

我的舊時光

閨密，現下流行的名詞，當年你們所說的閨中密友。這樣的朋友，年輕的妳遲遲沒有真正擁有過。

年少的時候，每個女生的身邊總有一兩個貼心手帕交，妳也有。妳和J高中同班三年，妳們身高相仿，身形相近，長相還有三分神似，在學校時孿生姊妹般老是形影不離。每天，妳們一起吃便當，相偕上廁所，結伴換體育服裝，回家後時不時還會打電話聊上半天，話，彷彿沒有說完的時候。

大家都說妳們姊妹淘感情真好，看起來妳們的確也是。別人感情再好也總有鬧彆扭的時候，妳們之間風平浪靜幾乎不曾有過什麼不愉快。能夠這樣，關鍵是她。她的個性平穩溫和，不計較，不說嘴，有時候還有一點傻大姊，能把牛角尖傻傻看穿過去，看出好一片海闊天空。要不是她有大肚能容的特質，放眼班上那麼多女生，還有誰能與妳這樣心眼肚臍小的文青少女長相左右？

別人看見的親密裡頭，與事實有點出入，妳明白但沒說穿過。事實是，有條溝橫在妳們之間。這條溝的距離是妳們存心保有的，兩個人很有默契都沒有努力跨越的打算。妳們的親密，有邊有際，不到掏心挖肺的地步，也沒有地老天荒的決心。

那時候的妳對自己的認識很混沌，隱約知道到自己個性裡的孤僻，但沒察覺到這種孤僻其實已經深化成為一種潛意識。妳沒辦法在友情裡肆無忌憚將自己赤裸裸交託出去，當生命最底處的堅硬或柔軟就快被對方完全看見的時候，妳心底有一個聲音會自動喊停。停！那是妳堅持保有的禁區，除了妳自己，閒人勿近。

就算親密如J，也一樣。

她對妳也有所保留，不過與妳的情況並不相同。她從國中時期開始有一個好朋友，真正的好朋友，好到閨密的那一種。那個女生妳也認識，臉型有稜有角，丹鳳眼斜斜飛上天，薄薄嘴唇似笑非笑，一股和年齡不相稱的嫵媚在她身上過早被看見。她們之間無話不說，她們之間沒有底線，當她們站在一起的時候，妳會不自主往後退一步，自動變成局外人。妳服氣，從來沒有過較量的念頭。那麼年輕時妳便已經了解，感情，不是可以勉強的東西。更何況，妳並沒有想要她們那種打自生命最裡層的如膠似漆。

大學聯考考完那個下午，妳和她一起走出考場，走著走著，盛夏的傾盆大雨當空落下，妳們都沒撐傘，故意讓雨淋濕全身，任由雨水順著頭髮小溪流一般爬滿整張臉，以便於在笑聲裡能夠順利隱藏淚水。百味雜陳的青春，笑與哭都來得那樣輕易，靠近與分離也只是一線之隔。妳透過雨水還是淚水遠遠看著她，預感到還沒變成閨密而妳們的故事已經寫到了尾聲。

那年她考得不理想，妳先她一年進入大學，她留在台南的補習班苦讀準備重考，與妳維持著不算頻繁的魚雁往返。距離遠了，環境變了，妳們自然而然生疏了。一年之後她終於來到台北念書，和妳同一所大學，同一座文學院，同一棟教學大樓，再度離妳這麼近，只是不令人意外的，妳們以往的親暱與熟悉再也沒有真正回來過。

當年，妳已經隱約明白，其實妳們都是寡情之人。

上了大學，妳很快結交一票新朋友。一票，那是因為你們成群結黨，拉著一小隊人馬在校園裡四下出沒。當時班上小圈圈的歸類方式通常是：男女各一邊，北部的一夥，中南部的一撮，僑生則自動匯集到角落。唯獨你們這團跟人家不同，六個人分別來自北中南各方，涵蓋了外省人、客家人、閩南人各個族群，而且還因為其中兩人是班對的原因而夾帶了一個大男生。

一個宛如拼盤的新鮮人小團體，是妳大一的人生新風景。妳其實沒有料想過妳的大學生活會是用這種特別的方式開展。六人小隊在校園之間拉來拉去，一塊兒上課、換教室、吃飯、下課，終日集體移動，很少有落單的時候。你們聲勢浩大，陣仗驚人，走到哪裡都很顯眼，尤其吃飯的時候，六個人在餐廳一字排開，要費好一番工夫才能全員開動。

相互取暖並且彼此牽制，這不像妳以往的風格。是什麼將妳自然而然推到了如此緊密無間的小圈圈裡呢？第一次離家在陌生的環境獨立生活，一份被群體接納的歸屬感確實充滿了誘惑。妳猜想，那時候不論是誰向妳張開雙臂，妳應該都會感激，都會欣然應允。單飛的青春初來乍到，時期非常，要簽下一張無形的團體契約，老實說，並不難。

更何況他們也都是和善溫暖的人，當妳心虛而惶恐地探索新鮮人生活時，他們慷慨給予一份無縫的陪伴與幫贊，免除了妳生活上許多的麻煩和困難。你們共渡了一段青春結伴好時光，剛剛上場的大學生活因此過得熱鬧非凡。但是，時間久了，漸漸地，妳覺得有負擔。

六人小隊同進共退的生活很快走到了妳的極限，妳心知肚明，你們終究要是完全不同路上的人。妳這個人自我太過突出，好惡太過分明，該轉彎的時候還是執意前行，不受約束的個性在任何團體裡都不討喜。妳和親密夥伴們分道揚鑣只不過是早晚的問題。

生活上的緊密不代表心理上的親暱，妳再度是個無情的人了，身邊的五個親密友伴，終究都沒真正進入妳心中最底的那一關。

這其中曾經有個女生與妳走得特別近，或許妳們彼此都曾經有過遐想，會不會眼前這個人正是青春閨密的好人選呢？來自外省軍教家庭的她嫻靜端莊，舉手投足間不難窺見家教甚嚴的成長背景。一開始，妳也沉靜，也不多話，不過那是因為妳溫火慢熱，一但混熟了，妳很可能是最聒噪的那一個。等到日子走遠了，真性情逐漸被發現，妳們之間的差距一天比一天還要明顯。

有一回在餐廳等候時，妳因無聊而左顧右盼，她在一旁，忽然眼神嚴峻語氣肅穆地跟妳說：「女孩子不應該像妳這樣四下張望，這•非•常•輕•佻！」

妳愣了一下，呆呆望著她。當時妳的牡羊火爆性格尚未發展成熟，只覺氣憤委屈，還不懂得該怎麼去出言反駁。沉默裡，妳聽見一個清脆的嗶啵聲響，有條細微的裂縫出現在妳們之間。

放長假的時候，妳造訪她位於中部的家。那個家，一棟上了年紀的透天公職宿舍，內外上下一塵不染，空氣裡漂浮著嚴肅而冷峻的氣息，妳連呼吸都忍不住要小心翼翼。那天下午要離開時，正好在附近卸完貨的父親開著卡車順道來接妳。父親進門之後邊整衣擦汗邊走上樓梯，臉上堆滿帶著歉意的笑容。她斜睇著大汗淋漓的父親，皺著眉壓著頭湊在妳耳邊，面露嫌惡地說：「妳應該叫他換件衣服，弄弄乾淨再進來。」

妳因為震驚而說不出話，心裡的細微撕裂聲音變成一個轟天巨響。她憑什麼自以為尊貴呢？又憑什麼看輕一位勤苦的勞動者？這樣的她，怎麼會是妳一年來的親密友伴？

就從這裡開始，妳再也不認她，愛恨只在一線之隔，妳不只把她從閨密的候選名單上剔除，恐怕妳們連普通朋友都做不成了。妳的大學歲月裡，不需要一個站在自己的制高點上對他人品頭論足的青春糾察員。

自此而始，小圈圈的大學生活對妳而言已經形同結束，接下來，你們就算還是同進同出，妳的心已經悄悄拐了彎，換了方向。

大二，妳認識了同樣在文學院的男友，開始認真修習戀愛學分。男友大妳好幾歲，騎著一台破舊的速克達，領著妳去闖小圈圈以外的另一個新世界。眼界寬了，重心改變了，妳和革命夥伴們於是遠了，淡了。沒多久，妳聽到他們私下的不滿變成耳語輾轉傳來，他們埋怨妳見色忘友，有了新人忘舊人。妳一點都不在乎，世界那樣大，那樣精采，妳不想再小朋友一般玩親親愛愛或吵吵鬧鬧的辦家家酒。妳感謝之前你們共享的溫暖時光，多希望你們就算散了夥也能相互祝福。

沒有，什麼都沒有被坦承說開來，彼此懷抱著模糊的怨懟漸行漸遠。接下來三年，你們許多時候甚至比普通朋友還要疏遠。大學畢業直到二十幾年後的今天，妳完全沒有了他們任何一人的消息。過去親密相依的一段少年時光，鏡花水月，輕輕撥弄之後立即消散無蹤，像是從來都不曾存在過。

妳果真，果真是個寡情的人哪！

終於趨近閨中密友的世界，是在修女院的宿舍裡。

大二之後妳住在修女院宿舍，結識了幾個年齡相近性格也相似的女孩們。她們很巧都是夜間部的學生，與妳的作息恰恰顛倒，妳出門時她們還在睡覺，妳下課時她們才準備去學校。各執日夜兩端的女孩們可以湊在一起的時間並不多，通常是夜深了才能聚在客廳吃吃夜宵閒聊天。這個時候的妳們都在最放鬆最舒懶的狀態，穿睡衣趿拖鞋，頭髮半濕裹著毛巾將乾而未乾，身上有著剛洗完澡的淡淡肥皂香，各自窩占沙發的某一角，以最慵懶的姿態，本色相待，閒話家常。

本色與家常，那意謂妳得以在那樣的情境裡全然放鬆。有時候妳覺得，比起朋友來，妳們其實更接近家人的關係。

如果是家人，無需刻意用力，妳們自然親密；如果是家人，許多話不必非得說出口，妳們心知肚明；如果是家人，妳連隱藏祕密都覺得費力，反正彼此看在眼裡，就算不說破，祕密老早攤開在各自的心底，明白白，亮晃晃，一點也沒什麼好稀奇。

沒有負擔也無需武裝的相處模式，讓妳覺得輕鬆。有更多時候妳不再害怕被一眼看穿，以前打死不會被發現的私密之事，回到修女院的領空裡，一樁一樁，不知不覺曝了光。

那時，男友住在三條街之外，妳成天穿著一件白色連身洋裝，兩邊之間來回晃蕩，有幾次夜裡真的趕不回來，留宿男友的住處，女孩兒們明明知道也絕不會嘴碎多問。妳手拙，高中從沒上過家事課，為了男友生日，竟然發想親手織條圍巾送給他。妳在女孩兒們的眼皮底下，一日一日，將幾團毛線努力變成一條圍巾，最後還用透明包裝紙捲成一大顆糖果形狀，鄭重送給他。這件事對一點都不浪漫的妳來說太過不可思議，數十年後妳堅決否認，打死不認帳，連當年那個收禮的男主角也完全失憶，唯獨見證整個過程的女伴把它牢牢記在心底，成了一枚失而復得的青春印記。

妳自己牢牢記住的是另一個片段。有個晚上，是誰失戀誰心情不好或者誰只是覺得無聊，妳們躲在某個寢室偷偷喝掉一瓶玫瑰紅。加了冰塊的粉紅色飲料好喝極了，妳們一杯接著一杯很快喝個精光，完全沒料到強烈的酒精後勁就要尾隨追上來。沒多久，妳們一個一個紅著臉摀著嘴，躡手躡腳彎著腰跑過修女的寢室，擠到廁所喔喔喔吐了半天，又東倒西歪逃回寢室。那模樣狼狽好笑至極，現在想起來還是忍不住要笑出聲來。

這樣還不算是閨密嗎？還沒，年輕的妳心中藏有很深很深的事，就算是她們，妳也不打算說出口。

其間，母親生病來台北開刀，妳有一段時間趕公車在醫院與學校之間來回，大四那年，母親在家鄉病重，妳搭長途遊覽車在台北與台南之間奔走。女孩們約略知道妳家裡有事，但都不明所以。妳沒說太多，是因為憂慮太重，妳連說出口都覺得痛。直到有一天，處理完母親的後事妳重新回到宿舍，她們才發現多日不見的妳，衣袖上已經別了一只紗。

她們沒驚惶追問，只是任由妳在她們溫暖的注視下紅了眼眶。

其中有個女生，沒多說什麼，到了夜裡，悄悄來到妳的寢室，她掀開蚊帳，擠上小小的單人床，叫妳把位子挪一挪，睡到妳的身旁。她側著身與妳相對而眠，伸出手，輕輕拍著妳的背，「乖乖，別怕，好好睡。」她像個母親一樣，溫柔地輕聲說。

閉著眼，妳在暗夜中不停流淚。終於有人，看見妳隱藏多時的害怕，注意到妳面對死亡時說不出來的巨大驚懼。終於有人，當她伸手拉住妳，妳不至於慌張後退。

青春一直走到這個當口，妳才終於懂得了，什麼叫做閨中密友。

懂了，可惜也散了。

四分之一個世紀以後，妳們四個修女院的老室友在台北重逢。見面的那一霎那，昔日的女孩兒們飛速轉身消失無蹤，取而代之的大嬸們，身材大了一個尺寸，頭髮白了幾分之幾，唯獨那笑容，還是溫暖熟悉一如往昔。

當年攬著妳要妳別怕的女生，走上來，給了妳一個大大的擁抱。

好像只是各自回房睡了一大覺，醒來，妳們又聚到了一塊。妳們持續相約見面，喝咖啡聊是非，吃久久的飯走長長的路。某個黃昏妳們一時興起，四個大嬸沿著捷運高架，不知不覺從中山站走到了士林站，就好像不知不覺，妳們已經從青春一腳跨到了熟年。

人生的下半場正要開始，歡迎歸隊啊，妳親愛的老閨密們！

你的新世代

她十八歲的生日前夕，收到一份來自比利時的神祕包裹。打開一看，是個紙盒，裝著許多張小卡片，裡頭密密麻麻寫滿筆跡各異的法文字。她一張一張細細展讀，每讀一張，她的臉上就增添一分驚喜與感動。

壓在紙盒最底處有一張相片，背景是布魯塞爾 Émile Jacqmain 中學校園裡一棟古老的建築，幾個高中生站在草地上一字排開，咧著嘴對著鏡頭傻笑。他們每個人手上都拿著一大張自製的字母字卡，從左讀到右，首先出現的是她的名字，然後依序拼出的是法文的「生日快樂」幾個大字。

不干我的事，可是為什麼我覺得鼻酸？

這幾個孩子是她在布魯塞爾念中學時的同班同學。那時候他們才十四歲，四年不見，男孩和女孩全部迅速變了模樣。唯一的那個捲髮小男生，身形抽高了，成熟了，變成了捲髮大帥哥。而英國的雙胞胎姊妹花、中比混血兒、美國嬌嬌女，還有她從小六一路同班上來的好姊妹M，一個一個從含苞待放的小蓓蕾綻放成嬌媚的青春花蕊。

是如何真摯的友情，能讓這些彆扭的青春期孩子們開開心心在大庭廣眾之前，做這些原本應是傻氣十足的事情？

他們其實僅僅同班過兩年，他們共同度過的秋冬春夏只有那麼兩回，共同留下的記憶也只有少少一些些，可是他們依舊變成了一輩子的好朋友。儘管往後的人生裡，海角天涯各據一方，但是在彼此的心底，永遠都保留了一個老位置給年少的回憶，暖呼呼，不會隨著時間地點的更替而逐漸失去美好的溫度。

她究竟是如何擄獲他們的真心呢？

如果每個人都有某種與生俱來的特殊能力，屬於她的那一項，應該是落在結交朋友的領域。不論遇上的是什麼種族個性來歷的朋友，她的心態既開闊又平等，總是溫和可親，誠懇而且熱情。這些特質，不知憑空打哪兒來，爹媽的身上一樣都沒有。同樣的年紀時，她已然知交滿天下，而我還在討人厭地孤芳自賞著。

收到神祕禮物之後沒多久，M給她寫了信，說她的父母親打算在她十八歲這一年，送給她一份成年大禮，這個無比珍貴的生日禮物，將由她自己來決定。從來沒單獨出過遠門，對亞洲全無概念的歐洲女孩毫不猶豫地說：「我要一張布魯塞爾到台北的來回機票！」

當年在比利時她們是最貼心最親近的閨中小密友。小六開學第一天，老師把一句法文都不會聽說讀寫的台灣小女生鄭重交託給耐心甜美的比利時小女生，她坐在她位子旁邊，牽著她的手一點一點走進法文的新世界，三個月之後，有了共通的語言，終於可以變成無話不說的好朋友。後來，小學畢業，她們一起進入市中心的 Émile Jacqmain 中學，在優美的湖畔校園當中彼此依恃，一直到國二結束她搬離比利時的那一個夏天。

就算當年小姊妹倆感情再好，中間已經相隔了四年。我不能想像，那張歐洲來回亞洲的長程機票，如何能飛越中間漫長廣闊的時間與空間，依舊被堅決兌現？

那天清晨，我開車載她去機場接機。入境大門開啟的時候，十八歲的M推著行李跨越時空走出來，她快步迎上前，兩個長高了變美了的大女生，來不及說話，緊緊擁抱在一起。這一抱，中間橫隔的四年寒暑以及數萬英哩，全部被拋到腦後，消失無蹤。

等她們終於鬆開手，轉頭面對鏡頭的那一刻，我看見她們的眼中有光，那是我從沒見過的晶瑩剔透。

激動是一時的，可相處肯定不是。那個晚上，兩個女生在閨房裡徹夜談心，我站在門外，心中忽然有點小小的懷疑。多年未見的一對知心姊妹，怎麼在接下的三個星期裡朝夕相處又能日日天晴呢？

三個星期之後，M即將離開的前一夜，整理好行囊，一切就緒之後，她走過來給了我一個充滿謝意的大擁抱，然後後退一步，悠悠地說：「我想了很久很久，想不出什麼理由我要回去比利時。」

我聽了忍俊不禁笑出聲來，這趟旅程對來自寒冷北國的她來說，想必是一場溫暖的震撼之旅。她不只愛上台灣，姊妹倆的感情也更形親密。我打從心底由衷地佩服她們，二十幾天的時間兩人幾乎沒有距離地生活著，一起夜寢晨起，一起吃飯逛街，一起無聊發呆，一起去花蓮看山看海，一起一起這麼多的一起，時間過去了她們依然是親密如昔。這，並不是一件容易的事情，她卻絲毫不以為稀奇。

禁得起親暱相處的感情，是她拓展並維持友誼版圖的絕佳優勢。

這不是她閨密史上的第一樁。前幾年我們還住在印尼雅加達，她在台灣念小學時的同班同學Ｌ也曾經飛來小住兩個星期。異曲同工的妙趣是，一張台北來回雅加達的機票，也恰恰是剛考完高中基測的Ｌ唯一想要的畢業大禮。

單飛的女生出現在雅加達機場的時候臉色慘白，從來沒有過長途飛行經驗的她在航程當中嚴重暈機，虛弱到下機時腳步踉蹌。看著她那麼瘦弱卻那麼勇敢的身影，我不免感到十分欣羨，當我在這樣年輕的時候，會有這等勇氣飛行千里尋訪知己嗎？又有這等福份值得知己千里迢迢奔來相會嗎？

那同樣也是愉快溫暖的兩個星期，兩個女生成天關在閨房裡嘰嘰喳喳說個不停。幾年過去了，她們兩小無猜的友情至今還毫無疑義地持續著，我們搬回台北之後，在兩個不同大學念書的資深閨密仍會不時相約見見面談談心。有時候她會把她們出遊的合照即時傳給我分享，我看見的不只是兩個二十歲的大女生，還有記憶裡兩個八歲的小女娃背著水壺戴著小企鵝的帽子正在校外教學的路上，咧開缺了門牙的嘴，一起衝著我笑。

老閨密們不全然是女生的專利，她在台灣的小學同學H，在印尼法文學校的國中同學T以及英文學校的高中同學J，每個男孩都是她長年的 buddy-buddy。他們有的遠在天邊，視訊通話時可以聊上老半天，有的近在眼前，但是路上偶遇時依舊免不了大叫一聲飛奔擁抱，像是久別重逢。這些男閨密，像兄弟像姊妹，沒有性別的差異，以我三十年前的眼光看來，簡直是天方夜譚。

她的閨密名冊洋洋灑灑，除了舊人，當然還有新人。

回到台北念大學之後，我一度合理懷疑，以她非常ABC的外表配上奇特的就學經歷，極有可能會被同學們歸類為僑生的那一圈。僑生，我的記憶當中，他們上課時苦追進度，下課後形單影隻，拖著很淡卻很重的身影，無聲出沒在課堂之間。她會不會從此開始一段史無前例的，寂寞的學校生涯呢？

完全不是這麼回事，她很快，超快，火速快地又結交了一批本地好朋友。捲髮眼鏡男，細眉高䠷女，賢慧甜點妹，可愛大眼妞，性格迥異的大一新鮮人，一個一個入了她的閨密新版圖。幾年過去了，中間經歷了許多波折，她與他們的友誼隨著年紀增長越加醇熟。眼下，大四的畢旅機票已經買齊了，即將結伴而行的依舊是最初親親愛愛的那一夥。

我甘拜下風，我羨慕她始終有人真心相伴的青春時光，二十歲的她，肆意地愛人與被愛，一定不懂得當年我在友誼路上的的青春孤寂。

然而，熱絡的表象之下躲著一個安靜的祕密。

前幾天她興奮地打電話給我，說她無意間在淡水河邊遇到一個會看手相的陌生阿姨，阿姨看完她的掌紋，抬起頭，意味深長地說：「妳這個人啊，凡事都藏在心裡，絕對不會把心裡的話輕易告訴別人。這樣不好喔，要學會把心事說出來。」

「超準的欸！」她驚訝地對我喊。

我在電話這端張大嘴巴，久久說不出一句話。

這到底怎麼一回事？她不是知交滿天下嗎？她不是有一拖拉庫的超級閨密嗎？她不是一向輕而易舉擄獲朋友的心，也同時輕而易舉交換了自己的心嗎？

想都沒想過，她骨子裡跟我會是同一國的人。我竟然錯看了她整整年二十年！她的熱情隨和，我的孤高冷漠，青春路上絕無交集的兩條歧路，誰料得到，繞了整整一大圈，目的地居然是同一個。

說到底，青春閨密這道牆，或高或矮，原來我們都是無法輕易翻越的人啊！

父女

我的舊時光

二十二歲之前，妳與父親很不熟。

父親與母親是自由戀愛，父親家貧而母親出自大戶人家，父親甚至還比母親小一歲。兩人的共結連理在當時保守的農村社會應該算是一件時髦的事，可是妳印象裡的母親是非常傳統的賢內助，無論何時，永遠把父親放在第一位。

她珍愛父親，竭盡所能照顧為家計勞頓奔波的一家之主。從妳年幼的眼光看出去，妳看見一杯燉蔘湯，好似永遠站在電鍋裡，溫熱地等待著半夜出門上工的父親。妳看見一碗熱騰騰的糖蛋白粥湯，香噴噴立在桌上，那是父親早餐的獨享，誰都碰不得。妳看見母親與父親說話時，總是和顏悅色，還有一絲隱約的尊敬。妳不懂事，但妳已經看懂了，父親，是家裡的一片天，必須謙卑仰望，還必須全心尊崇。

父親白手起家，一家六口的沉重生計壓得他喘不過氣。他日以繼夜開著一輛小貨車，南北奔波，形影匆匆難得在家，你們小孩兒們根本沒有太多機會與他相處。母親俐落而全能，一手打理浩繁家務，把你們四個小孩照顧得安穩妥貼，不需父親多費心。標準的男主外女主內，妳透過母親來遠遠打量父親的形象，近在眼前卻又遠在天邊，是一個模糊的巨人形象，高大偉岸難以親近。

回想起來，童年時期的妳跟父親有過什麼獨處的機會，或是有過什麼特別深刻的對話嗎？敬畏產生距離，距離又製造了空白，這樣親密的回憶，很少很少。

有一回，父親領著妳去附近市場的三角窗文具店買蠟筆，妳小小個子頭低低站在父親身邊，大氣不敢吭一聲。玻璃櫥窗裡各式彩色蠟筆盒在妳眼前乖乖排著隊，色彩繽紛魅惑著妳小小的一顆心。父親轉頭問妳：「要買哪一種呢？」妳紅著臉囁嚅半天，最後指著最短的那一盒，安分說：「十二色的就好。」同時，妳眼巴巴盯望著旁邊長嚕嚕的四十八色蠟筆盒，偷偷嚥下渴望的口水，真心的話卡在喉頭無論如何說不出嘴。父親是天，妳是一株小草，只敢低頭頷首，不敢大聲說出自己真正的想望。

明明住在同一個屋簷下，妳與父親熟悉卻陌生，親近但又疏離，妳跟他不熟，只能在心裡胡亂揣摩他的真實形象。有一回，妳在衣櫥裡看見他一件薄到透光的白色汗衫，上頭已經布滿大大小小的破洞，卻還捨不得丟棄。妳心裡升起一股莫名的歉疚與淡淡的哀傷，寫了一篇作文投遞到××人壽參加父親節的國小組徵文比賽，因此獲獎。幾天之後，獎品連同文章影本被寄回家裡，順水推舟成了父親節的賀禮。那個深夜，四個小孩睡了以後，父親母親並肩而坐，就著燈下細讀妳寫的文章，竊竊私語不知說些什麼，妳躲在被窩，臉紅到發燙，想傾耳偷聽，又想掩耳假寐，弄得左右為難，分不清用什麼態度來坦然正視欲說還休的父女情緣。

欲說還休，完全印證在一次父女獨處的長途車程當中。一回父親受託載運了一卡車的花鹿，從台南開到台東。那是一個公路尚未完善開發的年代，從台南到台東，何其遙遠又曲折的一段長路。不知道為了什麼，母親讓念小學的妳陪著父親，坐在駕駛座旁的位置，一起上路。

卡車載著你們父女二人以及一群花鹿，群山眾壑之中來回穿梭，迂迴閃現在晨光與夕照之間。山，彷彿是看不盡的背景，走不出的迷宮，翻過一座還有另外一座。妳暈車，下車吐了好幾回。父親教妳用順著山壁流下的山泉洗臉，那泉水捧在掌心沁涼如冰，潑在臉上冰花四散，稍稍緩和了長途走山的暈眩不適。之後，你們上了車，繼續未竟的漫漫長路。

妳記得那些細微的動作，栩栩如生好像昨天才剛發生過，可除了淙淙的山泉流動聲，妳不記得你們之間有過任何多餘的聲響。長達終日的路途，引擎轟轟作響，你們幾乎沒有對話，妳不敢開口，他也不知道該跟妳說些什麼，一路靜默。奇怪的是，妳甚至也沒聽見那群在後車斗上顛躓晃動的鹿群發出任何嘶鳴。一部沒有背景音效的久遠老默片，在妳未來的人生裡，偶爾被記起，被放映，畫面沒有一絲聲音，卻嘈切紀錄著一股無法形諸語言訴諸聲響的溫暖與安心。

靜默的父女關係一路延續到妳的少女時期，妳敏感察覺到，你們之間有了一些微妙的變化。父親出身貧寒，少時沒有機會接受高等教育，成家後為了一家溫飽，只好捨棄得心應手的業務工作，選擇憑藉勞力來換取較高的收入。他對於日漸成長的子女，坦然顯示出一種對於知識的尊敬。國中時，有一回在校車上，有人問妳是不是某某小學校長的女兒，因為妳看起來很有氣質，想必是出身書香世家。妳回家後喜孜孜把這件事說給母親聽，當成趣事隨意說笑。父親在一旁聽見，悠悠說：「妳沒跟她說妳爸只是一個做工的嗎？」母親一刻都沒遲疑，馬上接話，義正詞嚴地反駁：「做工的，正正當當賺錢，有什麼不好？」

妳還年輕，不懂得深究這一小段對話其中鶼鰈情深的夫妻感情，唯獨清楚看見母親捍衛父親尊嚴的態度，堅定而自信，甚且是驕傲。妳是勞工之女，正大光明，一點兒也不需要覺得自卑羞慚。母親站在妳與父親的中間，做你們靜默兩端的一座橋，不允許你們任何一方搖擺墜落，更提醒妳這輩子都要抬頭挺胸，尊敬妳的父親。

似懂非懂的青春年代，父親的事業有了長足的發展。家裡的卡車數量累積增加，司機與捆工人數眾多，加起來可以在尾牙時圍成兩張大圓桌。父親多年的勞苦有了代價，晉身老闆階級，忙碌的程度有增無減，你們猶原保持著安靜寡言的父女模式。妳念國中時，成績日漸退步，數學爛到爆，男生寫情書來家裡被他接到，甚至高中聯考失利考得奇糟，父親從來沒有一句責備的重話。也許他把教養的發言權全數讓給了母親，也許他全然信任青春期的女兒，也或許，其實他根本是沒空沒心思涉足妳的成長。無論是什麼理由，都無所謂，都不是壞事一樁，妳因此得到一個沒有負數只有正數，放妳自我約束任妳隨意闖蕩的懵懂少年時。

你們不熟，你們沒有交流的習慣，沒有相處的實質，可是妳知道他確實存在，從來不覺得他曾經缺席。

一直到妳二十二歲那年，母親病逝，妳與父親的關係因為中間橋梁的崩塌，不得不重新建立，另尋生機。

幾個月後妳大學畢業，執意回到台南覓職，當時男友還在學校念大四，難捨難分送妳到車站坐車返鄉南下，結束長達三年朝夕相依的校園情侶生活。為什麼不像大部分同學一樣留在台北工作呢？原因只有一個，妳從來沒有明說過，妳想回老家陪陪中年喪妻的父親。

妳並不懷疑向來生疏的父女關係或許會使得這場特意的陪伴失去意義，妳堅信，留在身邊就是最好的陪伴。妳推辭離家太遠的工作機會，在鄰鎮的軍屬電台成為一名播音員。每天妳騎摩托車在純樸寧靜的鄉間奔馳，上班下班，在父親眼皮子底下規律生活，台北的繁華過往模糊而遙遠，彷彿大夢一場。

妳變回一個乖巧的女兒，除了上班，妳也學習操持家務，洗手作羹湯。每當電台值夜班的隔天清早，妳早早下班離開電台，騎車到市場，和一群歐巴桑老阿嬤擠在菜攤買始終搞不懂的菜，然後騎車噗噗噗回家為父親準備午餐。妳是個廚房白癡，硬著頭皮變出三菜一湯，常常為了一盤炒老的青菜或一條煎爛的魚，蹲在垃圾桶邊欲哭無淚。

混亂的這一年，妳總算學會如何放掉拘束拋開敬畏，與父親自在說話，而父親眼中的二女兒也已經是一個可以交託可以商議的成年人，你們父女兩人演了多年的默劇終於添了熱鬧的旁白。妳陪他喝茶、聊天，到處串門子，鼓勵著幫襯著他建立起一個熱鬧的朋友圈，邀集一票老友定期在家中聚會，喝酒喝茶閒聊天，陪他度過難熬的鰥夫元年。

一年之後，妳辭掉電台的工作，在父親的祝福之下又回到台北的校園，繼續妳的研究所課程。這回離開家，妳的心篤定了不少，妳無比清楚地知道，家裡有座山，在任何妳需要的時候，儘管說出來，他隨時給妳靠。

父親從一片天變成一座山，這中間你們走了多久繞了多遠的路程。令人慶幸的是，妳還年輕，他還沒老，你們應該還有足夠的時間可以在人生的下半場相互依恃，彼此陪伴。

沒多久，父親結束他經營多年的貨運行，離開失去伴侶的傷心地，與朋友合夥到對岸發展，成為第一代最早的台商，在陌生又熟悉的中國南方身先士卒開疆闢土。妳聽說那裡窮鄉僻壤，生活無比清苦，下一個暑假，妳打理好行囊，趕去探望他。

在廈門機場第一眼看到睽違七個月的父親時，妳險險認不出他。他兩頰削瘦，皮膚黝黑，整個人憑空丟掉七公斤，瘦了整整一大圈。坐上車，長程跋涉之後，妳被帶到漳州南靖的一個小鄉落，妳下車，看見興建中的破落場域以及清貧克難的生活環境，妳不忍極了，要很努力才能克制不在父親面前像個小孩一樣哭泣。好幾次，妳偷偷躲在隱蔽的地方大把大把抹眼淚，想不通為什麼妳把打拼半生的父親留在這裡遭更大的累受更大的苦。

妳花了幾天的時間才穩住浮亂的心情，盡力去適應落後破敗的農村生活。妳白天在工廠晃來晃去，布衣粗食，晚上與幾個父執輩的叔伯們睡在同一個老舊的大房間，上下鋪，一床挨著一床，一人一頂蚊帳，就著昏黃的小燈泡，因為日間的極度疲憊而呼呼大睡。夜半，妳得喚醒父親才能去屋外樹林野地上廁所，夜色悄悄蟲聲唧唧，父親小心領著妳，星光裡月色下兩人各據遠遠的一方，在草叢裡各自就地解決。

洗澡也是一個大問題。工廠沒有浴室，父親為妳燒熱水，把大浴盆抬到臥室裡，妳只能用毛巾克難擦澡。每隔幾天，夜裡，父親忙完活，開車載妳去附近農家借用澡間。妳蹲在浴盆旁，舀水潑澡，舒爽無比，才不管共處一室的大豬小豬正吸著豬鼻子瞪著小眼睛，在一旁直直看著妳。

洗完澡，父親開車載妳回工廠，小車在暗夜田埂之間摸黑奔馳，一方微弱車燈下，兩旁稻浪一波波翻開，再一波波合起來。車行幾里杳無人跡，父女兩人說說話，聊聊天，彷彿被世界孤立在某個無人發現的角落，獨自亮著光，兀自地歲月靜好著。

妳無緣無故想起多年以前從台南開往台東路途中的那對無言父女，忍不住莞爾一笑。

那一個月，是妳與父親最親近的一段時光。用一整個無所事事的暑假去換，用一身奇癢無比的昆蟲咬痕去換，用妳很爛的數學，怎麼算，都覺得無比划算。

二十幾年後，妳已然靠近父親當年的年紀了。他是一個依然堅持繼續在異鄉打拼的老父親，妳是一個天涯奔走後暫時回家落腳的老女兒。某一個長假，妳整理行囊，一個人從台北坐飛機，搭船，緣著小三通輾轉再度來到父親的領地，探望他。

妳只有短短五天的暫時停留。正值寒流來襲的嚴冬裡，妳又變回當年的那個小女生，鎮日在工廠無所事事閒晃蕩，要不就當個橡皮糖，被父親到處載著走，去送貨，去銀行，去這裡那裡順便串門子。

當然不是「順便」串門子。妳自己都是當媽的人了，哪裡不懂其中的曲折奧義。父親載著妳，不厭其煩地找這朋友見那朋友，妳乖乖跟在身後走，乖乖坐在旁邊喝茶，乖乖聽著他一次一次驕傲地跟人家說：「這是我家二女兒，她最貼心了，特別從台灣來陪我。」

臨走前一天，妳隨著父親開車四處送貨，行到中途，父親把車停在某家銀行的ATM門口，進去一下下，出來後，他把幾張百元人民幣塞到妳手心。

妳大笑，笑他把妳當成小女孩，可不知道為什麼，妳的臉紅通通，靦腆收下錢，笑裡偷偷躲著淚。

妳想妳終於懂了，不管你們父女是生分是熟稔，是來往淡薄或是情深意厚，是什麼都不敢說，或是什麼通通說，都一樣，始終都一樣，妳永遠是他所疼愛的二女兒，任憑妳是幼稚小八，青春十八還是即將到來的中年四十八。

你的新世代

我的大姪女，芳齡二十二，在台中念大學，久久才回家一回，尤其交了男朋友之後，回家的頻率也就更低了，爹媽平常只能靠打電話打探她的行蹤。

有一次我在她家，無意間聽見她老爸正和她通電話，兩人相談甚歡。她的聲音吱吱喳喳響在話筒裡，輕快的高分貝，連坐在一旁的我都可以隱約聽見。她正和男友在外地小旅行，應該是遇上了什麼有趣的事情，急著和老爸分享。她老爸，臉上都是笑，說話的音調也不自覺提高，多了三分青春七分輕快，「真的喔？」「怎麼那麼好啊？」不知情的人還以為他正和女朋友情意綿綿講電話。

我有一點被嚇到，他們之間怎麼可以這麼沒有距離感，簡直像是好朋友一般般。

她的父親和當年我的父親一樣，是個勤懇的貨車司機，不過他們光是外表已經截然不同。我的父親從少年時期開始勞碌的人生，早期騎著摩托車環島跑業務，後來開貨車當司機當捆工，做的全是勞力的活。奇怪的是，父親文質彬彬，永遠一身長袖襯衫配上西裝長褲，清瘦斯文，好比是一介文弱書生誤闖勞工界。而她的司機老爸不一樣，因為長年搬貨練就一身結實的肌肉，再加上一張永遠不老的娃娃臉，精壯的熟年型男，像是健身教練跨界坐到了貨車駕駛座。

曾經讓我敬畏的父親形象完全無法轉貼在他身上，當年我與父親之間的相敬如賓也被她完全顛覆。她可以跟老爸撒嬌、耍賴，說東家長道西家短，一整個沒大沒小。小三歲的她妹妹功力更甚於她，有一次我親眼看見她癟著嘴反駁她老爸，說著說著還斜眼覷著他，一副受不了了簡直要昏倒的表情。反觀那被吐槽的勞工界型男絲毫不以為意，尚且樂呵呵自我解嘲，一點都不動氣。

我看在眼裡，不免有些小喟嘆。時代不一樣了，看看他們，輕快的父女關係，像是一首無拘無束的音樂小品，可以隨意哼唱，可以嬉笑看待，多輕鬆多自在，哪裡是我們那個老年代的老女兒可以想像？

與此同時，我自己的家，也有一對新世代的父女，他們之間的曲子節奏強烈，錯落起伏，更接近於搖滾。

二十歲的她是一個熱情的人，對朋友來說，她永遠像是一盆火，溫暖可親，讓人一靠近便無法抗拒。然而，在她老爸跟前，她是個很酷的女兒，不會撒嬌，沒說過溫言軟語，像是一湖水，寒意逼人，讓人拿不準該怎麼靠近。

朋友之間與父女之間，兩者的差別待遇有如天壤之別。

她小時候才不是這樣，胖胖的雙手死勁環抱著他的脖子，成天「爸比！爸比！」叫個不停，還老愛騎在他的肩膀上，馬伕一樣頤指氣使，去這裡去那裡，他也乖乖就範沒有二話，樂得當一匹勞苦卻幸福的私家爸比馬。

哪裡預料得到，小女生變成大女孩的過程裡，父女之間的相處模式逐漸換了一個調。年齡是一個問題，日漸熟成的女兒與父親產生肢體上的距離是很自然的事情，不像以往任他摟摟肩捏捏臉再正常不過。可情感上的距離，恐怕還是跟性格有絕大的關係。她與他，越來越明顯，性格的差異把父女之間曾經的親暱遠遠拋在後頭，任由彆扭獨占了上風。

長成少女的射手女兒瀟灑如風，不拘小節，不喜束縛只愛自由飛翔。步入中年的處女老爸越顯老成細碎，喜歡正襟危坐長篇大論講道理。他們之間路數迥異，道不同自然不相為謀，對於他所下達的指令，她不激烈反抗，可也別冀望她會乖乖順從。

她的老爸有點小失落，眼看著與他互動日漸冷淡的青少女，他深深懷念當年那個可愛撒嬌的小女兒。我好整以暇在一旁納涼旁觀，並不著急。我了解她，冷眼底下不代表沒有暗藏熱心腸，她不認同他的行事風格，不遵守他的遊戲規則，並不意味著她輕看他們之間的父女情分。

有一回，在雅加達的炎熱午後，他說要去樓下的游泳池游泳，拎了簡單的小包包兀自推門出去，幾個小時過去還不見回家的人影。她原本在房間，中間幾度出來客廳張望，終於忍不住開口說：「老爸怎麼還不回來？」

我正在忙，順口回答：「對喔！我都忘了他還不會換氣，會不會正在等人去救他？」

明明一句無心的玩笑話，沒料到很酷的高中女生立馬轉身，回房間快快換好衣服，拿了鑰匙直接往外走。

來不及喊住她，我驚訝地看著她果決的背影迅速消失在門口，才過一下下，門又被打開，她風一樣走進來，若無其事折回房間去。原來她才走到電梯前，恰巧碰見跟人家聊天聊到忘了時間的旱鴨子她老爸，剛好要回家。

她刀子嘴豆腐心，從頭到尾沒說一句好聽話，假裝什麼都沒發生過。反倒是他，知道女兒這麼關心他，喜孜孜，樂呵呵，眼中霹啪閃爍著慈父的光輝。我忍不住搖頭，這人，從爸比到老爸，在女兒面前，恐怕注定一輩子屈居下風，難有反敗為勝的機會。

念大學以後，生活版圖大大擴張，她的世界豐富而精采，上課一天後回家總像只洩氣的皮球，跟他說的話變得更少更精簡。話，不只說得少，有時還可能說得不好，要是兩人話不投機，老爸沉不住氣，免不了要擦槍走火，追著她要她為冷淡的態度給個說法。她從來都不是會吵架的人，速速回防，就地找掩護，走避戰火的攻擊。看起來他好像贏了這一局，實際上父女的爭戰裡，贏了面子難保不會輸了裡子，勝負完全沒道理。

他納悶，怎麼好像她的叛逆期來得特別晚？

各人恩怨各人了，我冷眼旁觀他們的父女關係進化史，不太想跳下去瞎摻和。我只是有點擔心，這個固守舊城池的老爸，對新舊世代的鴻溝似乎還沒有跨越的打算，要是他義無反顧繼續走老路，兩人混沌的僵局難保不會一路持續下去。

時代已經不同了，大大不同了，很多年前那個無條件尊敬父親，莫名其妙畏懼父權的至高年代已經過去了。

想當年，我哪敢給天借膽在父親面前隨意吭聲，發表高論？更遑論出言反駁違背父意，那簡直是大逆不道的事。現在，看看她，直直瞅著她的老爸，兩人中間沒有巨大威嚴的阻嚇，沒有絕對的你尊我卑，她的眼神裡塞滿她想或不想，愛或不愛的坦誠心裡話。

她消極面對父女關係的時而淡漠時而緊張，並不打算有什麼大作為。她弟和她大不相同，面對父子間理念上與做法上的歧見，他幾度甘冒拂逆大罪直言進諫。我在一旁為他捏一大把冷汗，私下調停勸阻他：「你們老爸有點年紀了，個性與習慣哪能說改就改，你們順著他一點也就是了。」

他拒絕認同我的鄉愿，堅持不行這樣。「一定要有人說真話，不然他永遠不會知道問題出在哪。」十七歲的男生義正詞嚴地說：「我這是為了他好。」

反了反了，世界完全顛倒了。時空錯位，角色混淆，父親的形象，怎麼會隨著世代的變化，大幅度改了弦更了張？五年級的老爸，夾心餅乾不討好的一代，生在父權高張的時代，老在父權走低的現在，前後徬徨，左右為難。

他的處境頗令人同情。我一旁觀戰，難免有些微的憂心，但仍然懷抱著極為樂觀的盼望。想我自己與父親漫長的一路走來，從生疏到自然，不也是有風有浪時有波瀾？

順著時間往下走，誰都猜不準過了哪一段會不會躲著意外的柳暗花明又一莊。她大三這一年，功課越來越重，聽不懂的通識科目、看不懂的專業報告接踵而來，難度遠遠超出她只學過幾年的中文程度。平常她嫌囉唆的老爸，這時候終於派上了用場。她跟他求援，他有求必應，把數頁艱深的內容先行消化，再深入淺出為她解說，授課領域涵天蓋地，從經濟、管理到哲學無所不包，儼然她所聘僱的超級私塾家教。

這位免費家教認真無比，比當年自己念書還積極還有耐心。我站得老遠，把向來由我主掌的親子舞台全數讓出來，任憑父女兩人在上頭緊密過招。他們或是魚雁往返，或是當面對談，不論氣氛是嚴肅還是融洽，結果是滿意還是有待改進，反正一個願打一個願挨，各取所需皆大歡喜。

終於有一天，她用崇拜的口吻跟我說：「老爸很厲害欸，那麼奇怪難懂的哲學他居然都看得懂！」一份打自內心的崇敬，雖然起步有點晚，但這已經是他們父女關係進化史上空前的一大步。

我隱約看見一條緊密的線，重新連結在他們之間。順著這條線，有許多的可能正等著被延伸被發現，我遠遠退在界線的這一邊，好整以暇，等著看，他們之間無可複製無可取代外人無可介入的父女新世界。

打工

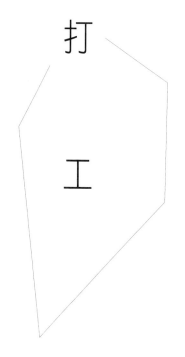

我的舊時光

上大學前的暑假空前綿長，寒窗多年之後突然放鬆下來，無書可讀，無試可考，無活可幹，完全失去重心的新生活閒得叫人發慌，妳和好友C於是興起打工的念頭。

兩個呆瓜女生，單純天真得像張白紙，看到報紙求職欄上找人推銷兒童週報，以為不難，便興沖沖跑去應徵。

妳們坐客運大老遠到台南市的經銷站領回幾疊週報，一份才薄薄幾張紙。紙薄，妳們的臉皮更薄，試了幾次，站在街頭路口逢人鼓吹的事，妳們實在拉不下臉做不下來。兩個大女生杵在人群當中，扭扭捏捏，前進一步退後三步，為難到面紅耳赤了，才總算願意承認，賣報紙怎麼跟賣面子一樣難？

業績當然掛零。無計可施之下，妳們想起學校裡最疼愛妳們的H老師。當他的學生那麼多年了，這是妳們第一次拜訪老師的家。老師不明就裡，尚且帶著一絲欣慰來應門，以為兩個剛畢業的女生是感念老師的教育之恩特來致謝。妳們肩挨著肩在客廳的沙發坐下來，結結巴巴跟老師打哈哈。怎麼開口推銷呢？妳在心裡糾結掙扎和良心打架，這樣不是利用了老師多年來對妳的疼愛嗎？真是千不該萬不該。

C拚命跟妳使眼色，該說了吧該說了吧！妳紅著臉拿出報紙，好像有人掐著妳的脖子，氣著音，妳說：「老師，可不可以請你，訂份報紙？」

空氣瞬間凝結成水泥，說再多的話都敲敲敲不開那份尷尬。老師很驚訝，也很鎮定，非常婉轉拒絕了妳們。是啊，妳連自己都說服不了了怎麼說服別人？

一直到期限截止，妳們一份報紙都沒有賣出去。

妳認清了自己小鼻子小眼睛，絕對不是拋頭露面那塊料，認了分，在小鎮的一家小型藝品加工廠找到一份作業員的工作，打算靠小小的勞力賺點少少的錢。老闆娘對妳這個準大學生完全一視同仁，甚至還因為妳是菜鳥多了幾分嚴苛。第一天上工，她拿了掃帚畚箕給妳，「把裡裡外外打掃乾淨！」她癟著臉說。妳當場愣住，在心中辯駁：「我不是來掃地的啊！」覺得無比委屈，眼淚都要落下來。

百無一用讀書人，心不細手不巧臉皮又薄，做沒幾天活，妳交出的成品老達不到老闆娘的標準，一再被嫌棄，自尊心受到空前的侮辱，很快妳又陣亡了。

如果以現下的術語來形容，妳堪稱打工界的超級草莓族，內心脆弱，不堪一擊。可那時候的妳渾然不覺自己的弱點，一心以為那不過是時運不濟，還傻傻地想，奇怪了，怎麼就是遇不到識我知音？

暑假結束前，妳總算在家對門的魚罐頭工廠領到第一份打工錢。工廠老闆其實和妳家有點親戚關係，妳的姨婆和大姑從年輕在廠裡上班至今，妳猜恐怕是因為攀親帶故，人家才願意勉強收留妳。

妳被分配在裝箱部門，不管手巧不巧，只要是任勞任怨的人都可以勝任這份單調的工作。這回妳認了，在鐵皮搭的廠房裡安安分分撐了幾個星期，妳可不想半途落跑給親戚間留下什麼茶餘飯後的可笑話柄。

妳在鐵皮廠房底下規律勞動，暫時忘記即將迎面而來的大學生活。妳一邊摺紙箱，貼膠帶，把罐頭擺放到紙箱裡，一邊和勤奮可親的阿桑們閒聊家常。那些家常，東家長西家短，完全脫離妳過去十幾年來所領受的知識範圍。原本為了大學聯考死命塞進腦袋的國文英文數學歷史地理公民變得毫無用處，妳的人生在過度填充與擠壓之後突然出現一大段知識的空白，被鄉野傳說啦稗官野史啦鬆散地搪塞。一旁，總有大型電風扇轟隆轟隆不停轉動，收音機裡主持人嘰哩呱啦永遠都在賣藥。妳，時空凝滯下一名完全放空的勞動者，意外感受到空前的放鬆與自在，那價值遠遠大過於薪水袋裡微薄的薪資。

上大學之後，名正言順可以假知識之名打工賺錢。那時候，大學生課餘打工彷彿是一件天經地義的事，尤其家教是最普遍便捷的一項選擇，身邊的同學好似每個人都有那麼一兩個學生。妳也一樣，四年之間，妳不務正業地教過英文，謹守本分地教過作文。妳曾經在一家貴族補習班帶過一班小學生的作文課，時薪是當時的天價七百，妳一整個受寵若驚，決心加倍賣力，拿出所有的看家本領來報答知遇之恩。妳用妳認為更貼近孩子本性與更觸及文字溫度的方式帶領孩子們寫作文，鼓勵他們下筆前先打開眼睛去看，豎起耳朵去聽，敞開心去靜靜領受。與其教給他們制式但速成的八股章法，妳更鼓勵孩子們用各種感官去和筆觸做連結。聽起來很酷吧？可惜班主任一點都不以為然，她覺得妳標新立異，小孩都上幾堂課了還寫不出一篇像樣的文章。妳的時薪七百，天價的七百，僅僅領了兩個月。

大學時期妳賺到的最大一筆錢，一萬多元，是大二上學期的第一名獎金。也算是打工吧，妳日日夜夜在文字學的古老殿堂裡勤奮當小工，努力把那抽象畫一樣的象形文字一個一個打進腦袋裡。期末考前一晚，妳在睡夢中背出一大段文字學的筆記，一字不漏，醒來時嚇出一身冷汗，真怕自己已經走火入魔。不過還好，這筆錢，妳再也沒有領過第二回。

四年當中，家裡支持妳足夠的花費，妳其實對賺錢並沒有太大的急迫感，有一搭沒一搭。可當完兵才回頭念書的男友不同，他都二十好幾了，得自己負擔大部分的生活費。一開始他也當家教，但他真的真的不是讀書的料，很快被家長看穿他的底細。有一回，學生爸爸端著一盤西瓜進房間，門一推，看見老師和學生各自打盹，趴在桌上睡成一堆，那一天，他沒吃到西瓜，也沒了工作。

後來他找了一份早餐店的差，每天天還沒亮，趕早上工煎蛋餅，煮豆漿。沒幾天，妳見他手上臂上燙得到處是傷疤，很心疼，但私下竟有幾分竊喜，這男人如此勤奮耐勞，將來應該很值得依靠吧。過了很多年，妳才發現當年其實完全是誤會一場。結婚之後，他從不下廚，蔥蒜不分，有時甚至連開火都不會。妳恍然大悟，當年那些傷，是因為他笨手笨腳，不是因為他吃苦耐勞。

算起來，妳真正從打工裡規律攢到錢，應該是念研究所時在立法院公報室寫稿的那段時間。妳的班導師母是公報室的小主管，她提供了打工的機會給中研所的學生們。由於報酬相對優渥，只要時間允許，你們都很樂願爭取這份工作。

比起家教，這差事有趣多了。妳脖子上掛著煞有其事的名牌，抬頭挺胸穿過大門，進入立法院，走過寬闊的前庭，登堂入室坐在會議室的講台邊。會議開始，妳一手按下錄音鍵，一手抓著筆在紙上飛快記錄，回家之後，再依據錄音帶與筆記整理出一份完整的會議內容。這份工作，對習於撥弄文字的中研所學生來說，大抵可以勝任愉快。

這些會議記錄將會被刊登在立法院公報上，字字句句馬虎不得，當然必須謹慎以對，但私心裡妳同時抱著看戲的心情看待這份工作。妳坐在最靠近舞台的距離，清楚看見哪些委員言之有物的確是號人物，哪些委員跳針演出根本不知所云，妳得花上一番工夫才能幫他找出重點。有時候兩邊委員一言不合吵起架來，攝影記者的鎂光燈劈啪閃個不停，妳恰恰就在烽火邊，淡定地撥開煙硝繼續埋頭寫稿。隔岸觀戰，妳並不耽心被流彈所傷，因為妳已經知道，許多時候，這不過是虛張聲勢的鬧劇一場。

那時公報室有個女職員，愛擺臉色，愛挑麻煩，妳曾經因為一個錯字遭她當著眾人責備調侃，場面十分難堪。妳不回嘴，勉力嚥下這口氣，不僅僅只是為五斗米折腰，也是為了這有趣的戲台與免費的戲票，儘管吃點小排頭，還是很划得來。

下一回，妳又掛上名牌，拿著小錄音機，依舊愉快地來到妳的位子上。妳發現妳的臉皮變厚了，銅牆鐵壁，除了銀子，什麼也打不過。

又一齣好戲鬧哄哄正要上場，妳按下錄音鍵的時候，無端想起許多年前，藝品加工廠的老闆娘拽起掃帚畚箕一把交給妳時，妳那滿肚子的委屈，以及忍住不掉下來的眼淚。

多幼稚啊！妳忍不住笑出來。青春的路越走越成熟，什麼時候開始，妳已經不再是當年那顆中看不中用的脆弱小草莓了。

而人生，才正要開始。

你的新世代

她的大學生活非常忙碌，課表排滿滿，系上活動一個接著一個，什麼新生宿營啦，國企之夜啦，大一愛現啦，都是我沒聽過的名詞。時代果真不一樣了，想當年，我們當大學生時傻不愣登哪有這麼多名堂？

活動之間如果有些喘息的空檔，通常也是期中考或期末考的非常時段，大約兩星期，她卯起來念書，白天坐鎮咖啡館，夜裡回家繼續挑燈到半夜三更，等到擺平功課了，掐指一算，下一個活動又緊接著要上場。

每天過得風風火火，幾乎不得閒，我相信她一開始根本沒有想過打工賺錢這件事。她住家裡，用家裡，除了交通費與午餐錢，開銷並不多。如果有其他額外的花費，跟心軟的爹媽告個急，只要不誇張，通常也會得到即時的救援。她小姐念的是管理學院，成天在數字堆裡打混，可是實際生活裡她對數字很沒概念，只要不到口袋找不出一毛錢的地步，錢多錢少對她好像沒有太大差別。

打工需要一點動力，要不為錢，要不為興趣，這些她都還沒有。

她的幾個朋友，家境甚好，到了月底卻經常口袋空空，阮囊羞澀，有時還得找她小週轉。我好奇，仔細打探才知道，原來他們的媽媽都是職場上的女強人，深諳給魚不如給釣竿的遊戲規則，對孩子的零用錢，不約而同採取鐵血政策。孩子們每個月拿到的零用金額絕對固定，並且涵括所有的開銷，沒有模糊地帶。如果愛漂亮，貪買一件新衣一樣化妝品，或是愛玩，計畫和朋友結伴去旅行，對不起，破表的部分你得自己想辦法。

想辦法，自然是打工掙錢去。她的一個好姊妹，長得白白淨淨細皮嫩肉，是個家境優渥的天之嬌女，出人意表的是，嬌嬌女選擇到咖啡廳打雜工。她幾次去探班，人家千金小姐拿著掃把掃地，拿抹布擦玻璃，倒水端咖啡，恨不得有三頭六臂。而她，明明是個尋常人家的仙朵莉拉，反倒坐在一旁喝咖啡邊念書邊發呆，還神情嚴肅說這樣是對好姊妹最棒的精神支持。我聽了，又傻眼，又心虛，開始認真思考是不是應該鐵下心來好好調教她。

我也知道應該灌輸她除了節流更要開源的道理，我也了解最好讓她及早進入自食其力的小練習，可是怎麼辦，這些，我自己在她這年紀時都還是混沌一片。坦白說，我還真是沒有經驗可以大言不慚帶領她。

這方面，我對待她的方式完全複製當年父母對待我的方式。我這樣寵她，我想那是因為我曾經那樣受寵過。

除了小學，我一路念的都是私立學校，昂貴的學費一年疊過一年，不知道花掉家裡多少辛苦錢。當時父親是貨運行的老闆兼司機，經濟情況並不特別寬裕，不管是金錢或物質，父母當然沒有給予我揮霍的空間，但也從來不曾讓我感到不足。這是小康之家在富足與匱乏之間的微妙平衡，就算後來一個人離家念大學了，我還是維持著這樣天真的平衡感，不覺富，不覺窮，不揮霍，不拮据，但覺足夠就好，就幸福。

所以我的打工背後沒有迫切的壓力，更像是學生生活裡的一點小確幸，有則嘉勉，無呢？也無可厚非。

她老爸不一樣，當年大學四年的學費全數來自助學貸款，畢業以後賺的薪水還得拿來分期攤還學費。他自認合情合理，都幾歲的人了，哪還能靠家裡拿錢出來念大學？

等到自己當了人家老爸，卻完全不這樣想，一天到晚追問女兒還有沒有錢，缺不缺什麼，如果他手頭上多了一筆額外收入，淨打算著分派一點到女兒戶頭裡，不想她有為錢煩憂的時候。

我與他，殊途同歸，二十年後，兩人合力養出了一個不懂花錢可也不急於賺錢的大女生，真不知道是該開心還是該憂心？

我有時忍不住問她要不要努力去找個家教賺點零用錢啊？她嗯嗯啊啊敷衍我，不置可否，繼續去忙她手上的活。有一天，鄰居媽媽在半路攔下我，說他們家念國中的女兒想學學法文，如果找她當家教不知好不好？

好啊好啊，我難掩喜色，幾乎要當場畫押，把她趕快賣給好人家。

她終於接了人生裡的第一份工。我們儲藏室的某個箱子裡，埋著當年我在比利時上課用的法文課本，有好幾種版本，她把它們找出來，攤開來，五顏六色琳琅滿目，赫然發現，全部都是初級本。當年我換了五個老師，持續上了三年法文課，太難，沒真正學好過，沒想到幾年後，那些課本回收再利用居然還有用得上的時候。

抱著書本，她到隔壁叮咚上課去，我看著她關門的背影，儼然有點小老師的威嚴。拿本事去賺錢，她應該很快就能嘗到那份自己掙來的甜美滋味了。下課後，她推門進來，秀給我看她拿到的第一堂鐘點費，驚喜溢於言表，「怎麼這樣多啊？」她傻氣地說。

法文家教並沒有維持太久的時間，過了一個學期，她的學生要升國三了，課業實在太重，決定暫時停掉只為興趣而學的法文課。從此，她沒再接過家教，我猜，傳道授業解惑，應該不是她的拿手菜。

換跑道，因緣際會，她打另一種臨時工。

大一下她上電視比賽唱歌，雖然後來鎩羽而歸，但是隨之而來的是小小的知名度與偶爾的歌唱邀約。她應邀上電視節目表演，拿著麥克風走進螢幕小框框，唱唱歌跳跳舞，當成遊戲一般，還能進帳幾千元。她參加連鎖服飾店的新裝發表會，翹著腳坐在會場角落的高腳椅上，和著吉他唱著輕鬆的歌，換來一件免費的新衣裳。她去市議員的競選總部成立大會上湊熱鬧，一片旗海飛揚的凍蒜聲中，她特別為熱情的支持者準備一首空前的台語歌，認真無比唱到一半，鄰座的阿桑滿臉狐疑轉頭問我：「那位小姐她唱的是英文歌吧？」

這樣，也能領到一個大紅包。

她又去參加另一個選秀比賽，累積的積分就是獎金，連闖六關，竟然拿到幾萬塊大洋。接著，是更多更不可思議的打工邀約，舞會、生日餐會、學校歌唱比賽，她背著心愛的李吉他跑這跑那，與不同的人分享她的歌聲。最不可思議的是，居然開始有人找她當起歌唱比賽的評審，正經八百坐在第一排，她沙沙沙寫滿一整張評語，這樣也能賺到錢。

完全不按常理的邀約，一樁接著一樁來，原來，這才是她真正等待的打工方式。她不管有錢沒錢或錢多錢少，一邊唱歌一邊玩。只有熱情沒有野心與慾望的幸福感，顯得格外豐盛而美好。

對照她的閒散隨意，她弟，未滿十八的年紀，在高二升高三的暑假之前，靠著一股對飯店行業的憧憬與天真無畏的勇氣，主動向某一家知名五星級飯店投遞履歷，想要爭取暑假實習的機會。我很欣賞他的熱情，也很鼓勵他的積極，任由他自己去摸索去嘗試，雖然明知道他得到回應的機會應該是微乎其微。

國際大品牌的飯店怎麼可能會給毫無經驗的十七歲男生一個寶貴的實習位置呢？

在這之前，他雖然從沒真正打過工，可是卻已經儼然是打工界的識途老馬。

很多年以前，我們住在比利時，漫長的無聊假期裡，十歲的小男生突發奇想，自己製作了一本手工的法文小書，名為：「打發無聊長假的好玩遊戲」。打開一看，七八頁白紙上，寫了幾則笑話，塗了幾張幼稚的圖畫，還有他自己發明的好玩小遊戲。他自己影印、裝訂，做成好幾本小書，單獨走到附近住家，挨家挨戶敲門去賣書。一本二・五歐元的書，兜售了半天，只有一個好心老爺爺殺價買了一本，其他的全靠老爸下班後載著他，全部賣給了善良的荷蘭老房東。

又有一次，也是放假，他在房間的窗檯上、地板上、床上到處擺滿他自己的塗鴉、玩具以及私家收藏，然後在門口掛張牌子，上頭用法文歪七扭八寫著：博物館。收費：一人二歐。覺得新鮮的爸媽和覺得無奈的姊姊三人是基本觀眾，這次，他最少賺了六歐。

兩個小孩，同樣的爹媽，同樣的環境，同樣的耳濡目染，結果，一個遲遲對金錢幾無概念，一個老早滿腦子生意經，差別之大令人難以理解。

更令人意想不到的是，在他投遞履歷一個星期之後，飯店的總經理煞有其事跟他回信，並且安排部門經理與他聯繫，最後約好面試時間，請他親自到飯店去談一談。

面試那天他穿著整齊，梳了一顆油頭，慎重無比來到飯店的人力資源部門。他推門進去的時候，辦公室的年輕職員們竊竊私語，紛紛掩嘴偷笑，笑他一個不知天高地厚的十七歲小屁孩，膽敢冒冒失失闖進一家知名的高檔飯店。他被帶到經理室，坐下來，與和善的經理阿姨面對面進行了一席對談。面試結束前，經理告訴他，他們飯店向來不提供高中生實習機會，但看在他態度誠懇並且充滿熱情，決定破例提供一個暑假短期打工的正式職缺，待遇兩萬二，是大學畢業生的基本薪資。

這真是出人意表的一個結果。本來只是想毛遂自薦看看是否有擔任實習生的微小可能，不敢貪心妄想實習會變成打工，居然還有優厚的薪水可拿。他幾乎是跳著腳尖離開經理辦公室，看到我的時候漲紅臉興奮到說不出話。他人生的第一桶金，以出其不意的態勢正要向著他，滾滾而來。

暑假開始，他登上飯店頂樓的高級中餐廳，換上白襯衫與黑背心，配上黑色西裝褲與皮鞋，抬頭挺胸，一枚別在胸前的英文字母標幟因為內心小小的驕傲而微微起伏，他捲起袖子，把沉重的大鐵盤托在右肩上，小心翼翼踏出侍者的第一步。

打破兩塊盤子，洗破兩個酒杯，累壞一雙腿，抬酸兩隻手，學會擺碗筷刀叉，拿到第一次小費，和洗碗阿姨聊了很多天，與工作夥伴交換了許多意見，他從基層工作人員的角度仰望飯店的管理經營，覺得無比遙遠又覺得如此貼近。這一桶金，賺得辛苦，也賺得別具意義。

二十歲的她與十七歲的他，在青春的打工路上，一個隨興一個積極，倆人卻又同樣懷抱著絕非僅以金錢足以估量的熱情。自由地遊走在現實與非現實的交界，對年輕的他們來說，這無疑是一件幸福的事情。

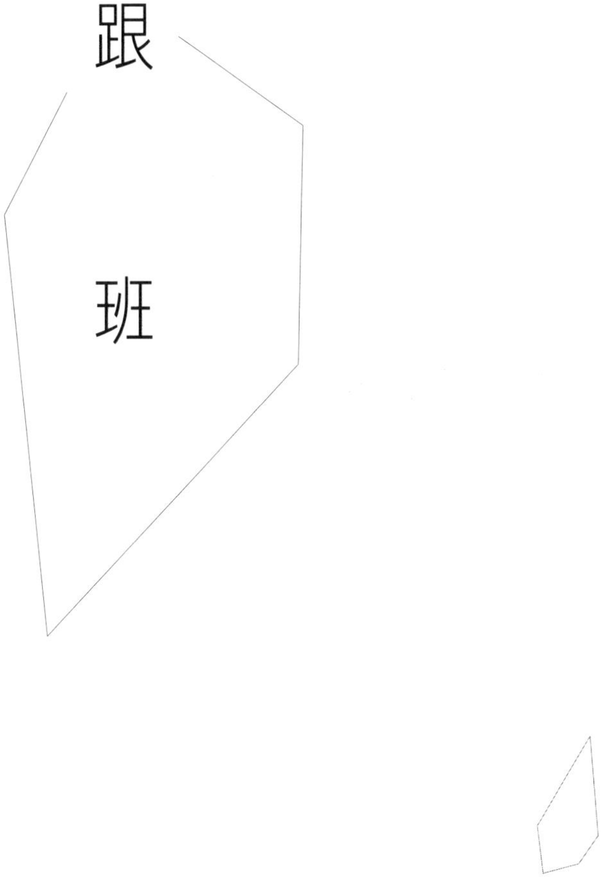
跟班

我的舊時光

一直到念大學了，妳還是一個跟班，而且依舊樂此不疲。

最早的記憶是跟著母親上菜市場買菜。妳打小就不是一個會撒嬌的女生，個性強，嘴巴硬，並不特別討喜。母親之所以每每讓妳跟著，不光是因為需要一個提菜籃的小幫手，也是因為妳乖巧不多話，長得眉清目秀，而且在學校時有特別的表現，有時可以讓她跟眾人小小地炫耀一下，似乎這樣便能讓窘困的生活有點光明的出處。

往往是，市場繞了一大圈，採買了大半之後，母親依照慣例歇腳在入口處的一個菜攤。她讓妳把手上大包小包的塑膠袋放在一旁，妳終於可以鬆一口氣，坐在柱子旁的竹籐躺椅上，兩隻腳騰空晃蕩，好整以暇等待著母親。

母親習慣在這裡買青蔬與水果。站在攤子前她左顧右盼，下手非常謹慎，東挑西揀，一方面試圖壓個好價錢，一方面又想顧及品質，中間還得抽閒與老闆娘聊天，看起來好忙。時間長，妳繼續晃著兩隻腳，乖乖坐在藤椅上，安靜聽著看著等著，從來不會覺得不耐煩，也從來不抱怨。

母親看到一簍粗梨時，想到妳，她撿了幾隻有點過熟的次級品，放進袋子裡時抬頭瞅著妳拉高音調說：「這小孩，可真奇怪，就偏愛吃這款。」

這話也是說給旁人聽的。妳趕緊微笑點頭，真是個乖小孩啊，完美無缺地粉飾了現實，叫那生活中的困窘不讓人輕易發現。

妳臉上的微笑可得勉力維持好，接下來，他們可能就要談論到妳了。月考第一名、學期模範生、作文比賽、演講比賽，還有帶領數十人的鼓棒隊指揮，妳有五花八門的資源可供母親分批取用，她輕描淡寫敘述妳的各種表現，用一種若無其事的口氣，說的時候有意無意輕瞄妳一眼，彷彿她不是那麼在乎，妳繼續在嘴角微微含著一朵笑，做足準備等著旁人說：「哇！怎麼那麼厲害啊！」

母親拿著軟梨子的手暫停在半空中，五秒鐘的靜止，妳看出來了，那其實是一種驕傲的手勢。

暗藏著沒說破的默契，這個遊戲妳們樂此不疲，心照不宣玩到妳的少女時期。就算是上台北念了大學，妳放假還是立馬回家，繼續當個大跟班。當時男友很不能理解，這個女生怎麼那麼愛回家，又怎麼回家之後便有如石沉大海音訊全無。他哪裡明白，妳賴在家，隨時待命出任務，跟著母親買菜上美容院，有時父親母親一同出門時，妳也跟，這裡那裡到處去，像是一只移動式的人形立牌。

母親離開之後，妳變成父親的專屬跟班。換了主人，剛開始執行新任務時妳不免有點認生，但很快習慣也成了自然。妳跟著父親去朋友家泡茶，乖乖坐在旁邊，只長耳朵不長嘴巴；妳陪著父親去算命，算命仙一開口便說：「喔，你現在是一個人吧？」父親伸手抹了一把臉，妳看見了那一滴始終沒被看見的眼淚。最誇張的是，妳還曾經跟著去看當時正流行的野台脫衣舞，就在大馬路邊，夾雜在眾人之間，妳踮著腳伸長脖子，亂沒氣質跟著大夥七嘴八舌地說：「夭壽喔，怎麼脫成這樣？」

妳非常享受當個跟班的奇異樂趣。幼時與母親共玩的炫耀遊戲已經謝了幕，年紀漸長，跟班其實只是一種單純的陪伴，妳跟在父親身後，或身旁，通常安靜不多話，只是踏實地存在。

不知不覺中，跟著跟著，一不小心角色易位，也有那樣的時候，妳變成大人，而父親變成小孩，換他跟著妳。

研二的暑假，妳前往大陸福建去探望剛成為第一批台商的父親，和在台灣時一樣，妳跟前跟後像塊甩不去的橡皮糖。有一天，父親必須去數百公里外的三明市出差，兩天一夜，妳款了小包袱一起出發。你們搭夜行火車，上車前還沒買到票，只有父親手裡捏著的一張紙條。打開那張紙，皺巴巴，上面潦草寫著幾個字：「准給臥鋪兩張」，下面是一道龍飛鳳舞霸氣十足的簽名，據說是來自於當地的一位有力人士。妳看著那張紙條，尚不懂從何解讀其中奧義，也無法想像接下來將是一段如何的驚異之旅。

原來臥鋪床位不多，得靠關係才買得到。跟著黑壓壓的人群擠上火車，來到某一節車廂，已經有一群人圍著小小一張售票桌，等著買鋪位。

妳和父親乖乖排在人群後端，等著輪到的時候。人越來越多，你們始終站在原地，寸步未移，眼見插隊的人絡繹不絕越過你們直切到前面。半小時過去，妳終於看懂了遊戲規則，規矩排隊永遠也買不到票，不對，是永遠也搶不到票。

又有一個大嬸橫衝直撞掰開妳的臂膀擠到妳跟前，妳忍不住拍拍她的肩：「妳要排隊啊！」她斜睨著看了妳一眼，忍住訕笑，說：「我排啊我排啊！」邊說邊繼續往前奮力鑽去。

一個兩個三個，都一樣，滿肚子怒氣狂飆漲紅了妳的整張臉，妳把背包卸下，大力交給父親，要他讓到一邊，用黑道大姊的口吻粗聲說：「好啊！要擠，大家一起擠！」

妳費了生平最大的氣力，推開一切阻力，埋頭鑽到最前面，然後死命抓住桌角，堅定不移，不讓任何人越雷池一步，妳還大聲嚷退所有試圖拉開妳的人，硬生生從售票員手中搶到兩張臥鋪的車票。當妳從洶湧的人潮中全身而退時，父親揣著妳的包，瞪大眼睛看著妳，不能相信眼前蠻悍的大姊頭是平時那秀氣溫順的小跟班。

那時刻，父親的樣子反而像個噤聲的小跟班。

捧著兩張搶來不易的票，妳領著父親走過人聲雜沓的普通車廂，通道兩端每個人坐在大包小包的行李當中，混亂卻又悠哉，不約而同拿著蓋杯喝著茶。那路像是走不盡的長，你們走到列車的最底端才覓得歸處，在四人的臥鋪車廂找到兩張安靜的歇息處。

妳和父親分睡上下兩鋪，把行李擱下的同時，一位年輕女士進到車廂來，落坐在父親的對鋪，她的面容姣好，氣質沉靜，你們彼此寒暄了幾句。她是位老師，到三明訪友，這是妳對她僅有的認識。

可父親知道得更多。妳搶票費了不少氣力，累了，乏了，爬上上鋪準備就寢，昏暗的燈光下，妳模糊聽見父親繼續和她聊著天，相談甚歡。妳安靜無聲退回小女兒小跟班的位置，隱沒在暗夜裡，乖巧如一隻蹲踞打盹的小夜貓。

妳睡得十分零碎，搖晃如浪的火車，呼嘯而過的陌生夜色，好幾次，妳幾乎以為就要被火車大弧度的轉彎甩出窄鋪，下一秒，又被他們細碎的談話聲響一把拉回人間。渾沌的奇幻的不真實的旅程，妳幾度想不起來究竟身處何方。

清晨五點，天尚未亮全，你們在三明下了火車，初醒的街落瀰漫著一股夜色還未散盡的潮濕氣味，妳深吸一口氣，竟然和家鄉的南方氣味十分相似。妳跟著父親和女老師的身後，來到一家早餐店，在晨曦到來之前，三人對桌而坐，喝一碗熱騰騰的豆漿，就一根熱呼呼的油條，那滋味，也再熟悉不過。陽光還沒清醒之前，妳產生了奇異的錯覺，彷彿回到久遠的幼年，跟在大人們的身邊，在小鎮早起的豆漿店，懷著焦急喝著一碗永遠也喝不完的熱豆漿。

妳抬頭看父親和已經熟稔的女老師還在說著話，喪妻之後的他意外有了點男女之間的曖昧趣味，妳下意識迴避成全，可想起母親妳又覺得矛盾不已，換了主人的跟班，妳的心，真酸。

很多年後，妳與父親提到那位火車上萍水相逢的女老師，才知道他們之後還聯絡過一段時間。父親很驚訝妳還記得她，殊不知那個暗夜與清晨，跟在他們身後的妳，心底曾經有過的糾結與矛盾，並不容易忘記。

二十幾年過去了，當年開荊斬棘前進大陸的台商大抵都已經告老還鄉，妳的老父親還堅持留在那裡隻身打拼。七十幾歲了，他的熱情還在，可是體力已經大不如前。去年，他在異鄉暗夜心臟病發，被緊急送回台灣裝了血管支架，妳趕回台南探望他。手術隔天，加護病房裡的他已經恢復大半，當護士通知他可以離院的時候，他身手俐落從病床起身，迅速穿好衣服，大手大腳走在妳的前面，妳跟在後面幾乎必須小跑步才追得上他。妳覺得安心，因為，縱使老了，縱使病了，他還是走在妳的跟前。

才一年，你們又接到通知，父親在工廠再度發病，被緊急送到當地醫院，待情況暫時緩解，立刻飛回台灣就醫。住院進行檢查當天，妳和大姊小弟到醫院陪他，等候閒聊間，護士到病房來通知該是時間前往心導管檢查室了，小弟和護士推著病床走在前面，妳拿起包，跟在後面走。

父女一場，這樣的跟班，最是無奈。

手術順利結束，父親的病床又被推了出來，前往病房的途中，妳跟在後面走，一面在心裡祈求，希望父親能迅速復原，在人生的路上，繼續領走在妳的前頭，好叫妳只管傻傻跟著班，不懼不憂，直到白頭。

你的新世代

她完全不是我的翻版，事實上，她是我的完全翻轉版。

從小，她鮮少顯露出跟在我身邊打轉的熱情與慾望，相反地，是我，老愛追著她的屁股後面跑。

幼年的她成長在陽光終年的洛杉磯，沒上幼兒園之前，路還走不穩的小女娃，每天已經有各種有趣的活動等著她。許多「媽咪與我」的免費課程在教會舉辦，提供安全寬闊的活動環境和設施，一個上午的時間，娃兒們快樂玩耍嬉戲，休息時間還有好吃的點心，唯一的條件是，各家媽咪必須隨侍在側看緊自己的小孩。

於是那有趣的畫面是，一群媽咪跟著一群娃兒身後跑，奮力推鞦韆，為玩具車車加油，蹲在沙堆旁童言童語，老師說故事的時候還得偎在身邊旁白解說外加聲光效果。在美國長大的小孩很幸福，在美國養小孩的媽咪很辛苦，凡事親力親為，一開始就注定了淪為跟班的勞碌命運。

這還不夠，我尚且自找麻煩帶她去上 Gymboree 的幼兒體能班，這個課，小孩很樂，大軟墊上翻來滾去，猴子一樣跳上跳下，掛單槓走橫木，簡直縱虎歸山。當媽的一點都不輕鬆，緊緊盯著返璞歸真的小獸，寸步不離跟著，在她險要摔落的那一秒鐘立即化身為保護網，托住她，摸摸她的頭，再放她自由。

週間還穿插一天的幼兒音樂課。音樂課，不是把多雷咪乖乖掛在五線譜的那一種，而是以簡單的玩具樂器讓他們認識聲音與節奏，把音樂自然而然領進他們才剛啟程的人生裡。其中有一個麥克風遊戲是她的最愛，小朋友坐在家長跟前圍成一個小圈圈，老師帶頭先隨機唱幾個音，然後點名一個小朋友走到中間，就著玩具麥克風複唱一遍。不管老師唱什麼，她總是唱得最準的那一個，聽到老師叫她的名，她跳起來走上去，挺著小肚腩，對著麥克風，驕傲地唱出每個清晰的音符。一片掌聲裡，她羞赧地轉身，小鳥那般輕快，飛奔回到我的懷抱。

跟最久的是她的芭蕾課，不只時間長遠，還橫跨四個國度。小女生四歲那年偶然經過洛杉磯的一家芭蕾舞教室，驚鴻一瞥看見了穿著紗裙的小舞者，從此結下與芭蕾長達十幾年的不解之緣，也開始了我漫長的跟課歲月。阿凱迪亞那個狹長的小教室裡，我恆常坐在靠門邊的一小排長椅，她弟那時還只是個剛會走路的大 baby，在我懷裡不安分地扭來扭去，我得費盡心思哄著他，才能在忙亂之間偷看一會小芭蕾伶娜的可愛模樣。回台北後，她選擇雲門教室的芭蕾高階班繼續練舞，每週兩回，從北投出發，在南京東路放她下車後，我開著車載著五歲的她弟找尋難得的停車位，有幾回車上的小跟班沉沉睡去，我繞來繞去始終找不到位子，一個半小時過後，索性直接開到門口接她下課。要不，把車停妥，大跟班和小跟班開始一小段流浪的時光，吃吃滷肉飯泡泡麥當勞，東晃西晃好不容易等到下課時間的終於到來。比利時天寒地凍的冬天，芭蕾教室在某所小學的大禮堂，我躲在暖氣充足的角落，貪看她輕輕悄悄躍上男舞者的肩膀，而小跟班穿大衣繫圍巾在外面的籃球場上練足球，一轉眼也過了三年的光景。接下來在雅加達，她已經長成少女舞伶，無奈交通太亂，接送不易，我只好繼續跟課。她上課時，我坐在附屬小餐廳，寫字，發呆，打電腦，聽旁邊媽媽們嗡嗡翁一片印尼語在我周遭如潮水般湧動，整整兩個小時，才會等到滿身大汗的她出現在我的眼前。

把杆上的她，從四歲踮著腳尖轉著圈來到十七歲，等候椅上的媽，從三十出頭的輕少婦等成四十中間的重熟女，好長一段歲月，我跟著等著，是她芭蕾教室外固定的風景，也是她芭蕾生涯裡永遠的後台。

她的身側或她的身後，我跟著，以很近的距離看著她探索屬於她的每一個新世界。她一直向前跑，我一直追著跑，像空氣一般的存在，輕而必要。

她確定我在，很少轉頭往回看。

關係一旦建立，成為習慣，再也很難更改。如果我和她的中間有一條線，她是走在前面的那一個，我被她拉著走，從幼年走到了成年。當年的我小家碧玉死心塌地依戀著母親的跟班形象，在她身上完全看不見一點複製的跡象，雖然我坦然接受世代更易的自然法則，但也沒有料想過，我和她不僅不同，甚至是朝著完全相反的方向走，而且這樣的關係越來越堅定一點也沒有打算要回頭。

家裡只有兒子的朋友喜歡盯著她垂涎喟嘆，說：「生女兒多好啊，逛街時挽著妳的手，買菜時幫妳拎菜籃，會撒嬌會談心，哪像我住在男生宿舍，孤零零一個女舍監。」

我聽了微笑不語，她說的女兒不是我家這一個，小時候不是，長大了依然不是。

她回台灣念大學，朋友比家人來得熱絡，心思飛得比天還要遠還要高，新鮮人生活像是一股熱潮，推著她，遠遠離開我的視線範圍。別說回家跟我逛街幫我拎菜籃了，這下子，我連當她跟班的機會也沒有了。

少有的一次例外是她參加歌唱比賽那段時間，從海選到初賽複賽一路殺到進棚錄影，我儼然貼身保姆，拎著包，亦步亦趨跟在她身後打點一切瑣碎事項。張羅衣服鞋子，打聽合適的梳化，載進載出權充司機，終於把她打點好送進攝影棚後台，接著，還得混在她的大學同學裡充當親友團的基本班底，跟著緊張，跟著尖叫，在驚險過關時忘記自己的年齡跟著失聲狂笑。錄影結束後大夥集結在舞台前照相，我也湊熱鬧站在隊伍的最邊邊，成為一叢青春花蕊裡頭突兀的一朵老玫瑰。縱使後來這張照片被她拿來當成臉書封面時，她不小心或是刻意用名字巧妙遮住了我的臉，然而，再度成為跟班的奇異快感，仍然令我感到十分雀躍。

節目播出之後，許多眼尖的朋友從電視上看到頻頻出現在鏡頭前的老跟班，打趣地說：「咦？攝影大哥很像格外關照妳喔？」還特別截圖照相寄給我看。我雖然知道那是因為當天的親友席上人數不多，攝影師其實無所選擇，可是心中還是生了警惕。下一回再進棚當觀眾時，我迅速閃到側邊長條椅的最角落，距離攝影機遠遠一大落，不論工作人員如何勸說，死活都不願有一丁點的挪動。失而復得的跟班樂趣自己暗中享用就好，我可一點也不想張揚。

兩年之後，她捲土重來參加另一項歌唱比賽，進棚之前我跟著她去試唱，順便探一探製作單位的虛實。試唱會在某棟大樓的地下室，她未滿二十歲，我依照慣例先在同意書上簽名，然後和她坐在簡單的等候區，預備開始漫長的等待。

她坐在我的斜前方，拿出印著歌詞的一張紙，對著它喃喃自語，彷彿入定般沉靜。我拿出包包裡的書，安靜看，不打算驚擾她登上舞台前的私人小儀式。過了一會兒，她起身，往樓梯間走去，開嗓的聲音衝撞牆壁隱隱約約反彈到我耳邊，我經過她去洗手間的時候，假裝沒看見也沒聽見，若無其事繞道而行。安靜而盡責，我是個透明的跟班。

透明嗎？可這回她並不這樣想。輪到她試唱的時候，她走過來跟我說：「我唱的時候妳可以先上樓去嗎？」

我走上樓梯，走出大樓，沿著街道騎樓漫無目的往下走，跟班歲月當中司空見慣的漫長等待與百無聊賴，並不稀奇，然而這是第一次，她要求我迴避舞台上的另一個她自己。我知道，這一天，遲早都會來臨。

果然，正式進棚錄影前她完全沒有提及陪同錄影的報名事宜，一直到前兩天，我問她：「咦？這次有親友團的位置嗎？」她語意含糊地說：「要問一下才知道。」遲疑了一下，她終於開口說：「欸，妳，不用來了吧?!」

這個句子的後頭該是問號還是驚嘆號呢？這是一個肯定句或是疑問句呢？我心知肚明這一天的終將到來，立馬回應：「好啊！那我就不去了。」

她鬆了一口氣，於是我知道，那日子再也回不去了。

隻身去闖，成功或失敗，笑容或眼淚，都可以自己收自己扛，她的青春舞台並不需要老媽子親臨現場的搖旗吶喊了。

前後七次的進棚，每次她都玩得很開心很盡興，我不得不承認，其中的原因是我不再坐在觀眾席上如影隨形跟著她了。

她長大了，理當如此，理當如此，我並沒有很大的失落感，反正，要是一時半晌戒不了長年跟班的癮，那也不難，我發現在網路世界中，我猶原是一隻自得其樂的跟屁蟲。

有好幾次，她的臉書出現我和她的合照。說是合照其實並不完全恰當，那畫面通常是以她為主，我不過是應著她一聲令下，湊上前去插花的小配角。聽演唱會，逛老街，送她去機場，每一個不同的場景，我千篇一律歪著頭，費力擠進相片框框的小角落。畫面上是配角，文字上亦如是，她下筆注記我時總是帶著點戲謔，好像這人不僅是一個跑龍套，還是一個花臉大丑角。

有一張照片，場景在旅程中的旅館，我們分別在兩張床上，她趴在前面的那一張床，仰起上半身，騰空屈膝，兩隻腳交叉在微翹的屁股上，拿手機對著一旁的穿衣鏡自拍，畫面中的她曲線玲瓏，青春無敵。後頭那張床，面容模糊的我正在兀自做瑜伽，三角形的下犬式，撐頭側躺的抬腿式，馬戲團的歡樂背景，小丑的演出水準，裝瘋賣傻之間，她的青春被我烘托得更加亮眼。

這輩子，我不相信她能找到比我更好的跟班了！

速

度

我的舊時光

妳真正感受到讀書的樂趣，很晚，要遲至研究所時期。

大學時妳曾經拿過系上第一名，那的確充滿成就感，妳雖然感到興奮，但並沒有豐收的快樂。把筆記念得滾瓜爛熟，做做考古題，沒日沒夜奮力拼它兩個星期，漂亮的分數得來不算太難，難的是，那些書全都念在考卷上了，沒有真正往心裡去。

當時，中文系的教課方式十分傳統，講台上老師負責講課，台下學生安靜聽課，師生兩造各司其職，直接交流討論的機會並不多。中研所的上課生態就完全不同了，小小的教室少少十個人，分成兩排坐在一條長桌上，老師端坐前方，師生之間幾乎沒有距離可言。高高的講台不見了，比起權威者，老師其實更接近領路人的角色，用深厚的學識為你們開道，而你們，得用腦筋邁步，不能只是乖乖地，或是傻傻地跟在後頭走。

妳喜歡這種私塾授課的氛圍，取代單向的教課，相互討論變成了課堂上的重點。你們思考，你們說話，你們書寫，你們喚醒文字叫它們從經典裡復活，空氣中於是有種流動的聲響。知識活了，動了，不再只是一潭教人卻步的陳年死水，與此同時，妳感覺腦袋裡有個緊閉的閘門突然開了一條縫，汩汩流動中，妳第一次感受到什麼叫做知識的熱情。

熱情只是一個開端。妳身邊的同學個個學識廣博，全是應屆的高材生，妳和他們不太一樣。學術研究原本並非妳的人生規劃，純粹是因為畢業第一年電台的工作十分沉悶，妳乾脆利用夜班時間苦讀，沒想到隔年幸運搭上中研所的候補末班車，搶在最後一刻驚險擠入錄取名單。和同樣在榜單裡的學弟妹們相較，妳不只對四書五經已顯生疏，也缺乏治學技巧，只能暗地著急。一名曾經離席的回頭人，想要跟得上大家的進度，光有熱情是不夠的，妳得從基本功磨起。

國學的基本功是什麼？找資料。資料在哪裡？浩瀚書海以及無邊無盡的雜誌論文裡。捷徑是什麼？沒有，妳只能付出時間，埋首書堆，慢慢找。

慢慢，那是妳做學問時，所認識的，唯一的速度。

妳不敢讓身邊同學發現，其實妳和圖書館，很不熟。大學四年，妳上圖書館的次數寥寥可數，書借得少，類別分目不熟悉，連如何索引從何下手也是困難重重。掩藏自己的無知與不足需要費點氣力，妳用最原始的方式，暗中摸清門路，私下重新學習，小心不顯露出呆頭呆腦的模樣，被旁人一眼識破，哎呦，原來妳其實滿肚子草包。

做學問形同作戰，一面閃躲掩藏，一面匍匐前進，妳儘管駑鈍也一步有一步的長進，緩慢逼近了勝利。下學期，某一門課，妳的報告得到很高的評語，老師當眾稱讚妳，說妳引據有道，難得的是還言之有理。喜不自勝啊，妳整個人輕飄飄彷若走在雲端，一篇小小的報告，只有自己知道得來不易，妳花了多少的時間，用了多慢的速度，一書一頁文火細熬，才熬出了古今智慧裡的一丁點精粹。

老師還特別褒揚妳別出心裁，在報告最末做了一個小小的調查統計表，以實際上的訪調來佐證自己的論點。驟然脫離候補生的舒適區，妳一時半刻適應不來，愣了一下才接話說：「不好意思喔老師，我只問了鄰居一個人，其他的數據是自己掰的。」只見老師啼笑皆非地說：「就算是如此，妳也不必這麼誠實告訴我。」

積累了兩年的大小報告經驗，除了強壯自己的淺薄，也正是為了日後的畢業論文做準備。一開始妳的題目定調並不順利，那是因為妳還沒在學術的領域裡找到真正屬於自己的位置，想東想西，胡亂琢磨，總覺得還差那麼一步才能到位。有一段時間，妳決志以老歌仔戲為研究對象，風風火火的前置工作鋪排得煞有介事，師學國寶廖瓊枝女士，跟著一群女孩兒們拉長嗓門唱都馬調，大老遠跑到宜蘭拜訪耆老，想要挖掘幾近失傳的古老曲本，也曾獨自跑野台戲，試著實地貼近歌仔戲的風華與衰落。有一回，某個僻靜的廟口，妳坐在戲台下，聽台上咚咚鏘鑼鼓喧天，好戲正要上場，妳環顧四周，零落的觀眾散坐各方，幾個流浪漢盯著妳瞧，妳真的沒辦法自在端坐其間。退出吧，退出吧，有個聲音在心裡說，妳確定自己根本不是田野研究這塊料。

就連定題這件事，也慢，很慢，得親身去胡亂闖過，兜了一大圈才能緩慢就定位。題目終於訂了，大綱擬了，接下來便是漫長的書寫階段。整整一年，妳處於閉關狀態，把自己禁閉在一行題目裡面，妳埋頭往裡死命鑽，不出門，懶得說電話，形同與世隔絕。很長一段時間，妳的作息無比規律，晨起，吃完早餐開始伏案寫作，中午，到樓下三商巧福吃一碗排骨飯，下午繼續奮戰。日復一日，稿紙上的苦行僧，走在順暢或顛躓的修行路上，是寂寞，但也無暇覺著孤單。

外出的時間大抵花在找尋資料這件勞煩的差事上。將近十萬字的論文絕無可能由妳自己唱獨角戲，需要搜羅前人專家的立論，閱讀之，消化之，引用之，更高明者，用自己的話，將它們發揚闡述，變成自己的新觀點。

工程浩大，已經不是學校系館或圖書館可以解決，妳開始進攻中央圖書館。書海浩瀚無邊啊！第一次妳站在央圖入口，脊背發涼，這才發現自己是何等渺小。

妳耗費幾小時翻找資料，再花幾小時影印成冊，回家後重新整理一遍，分類裝訂，一疊疊貼滿彩色標籤的文件攤了滿滿一桌，全是用時間與勞力換來的辛苦成果。

後來，為了找尋大陸出版的簡體資料，妳遠征南港的中央研究院。捷運尚未誕生的年代，注定了妳所走的是一條遙迢而緩慢的取經之路。坐公車，妳從新莊出發，越過中興橋，進入馬路與鐵軌羅織爭道的中華路商區，停在平交道前等待數班交錯通過的火車，一等等了整整半小時。脫身之後公車來到洶湧著車潮與人潮的忠孝東路四段，大雨之中走走停停，舉步維艱如陷五呎泥淖。終於來到中研院，下了車，妳看錶，寶貴的兩個小時已然過去。

那個下午，妳在書架與影印機之間忙碌穿梭來回，捧回幾大疊簡體資料，那些陌生的字體當中藏著取之不易的珍寶，妳得慢慢去琢磨，去挑出其中的光芒，照亮妳論文當中晦暗不明的某一段。

網路還未興盛的年代，萬物都還在最原始的狀態，妳用急不來的速度，一筆一畫爬梳妳的未來。

規律寫作之後，每隔一個月，妳坐老遠的公車，走一段路程，捧著稿紙去面見指導教授，讓他來驗收進度。妳的恩師葉慶炳先生有個小書房在台北市，幾坪大的書房對妳而言宛如聖殿，每次朝聖之前，妳站在門外擦汗，舉起手準備叩門，那一霎那，內心脹滿了猶豫以及恐懼。老師是和藹的長者，溫文儒雅，從不說重話，但也絕不濫用客套的溫情，第一次，當他看完妳的幾大頁破題序言，抬起頭想了一下，然後微笑說：「妳的標點符號下得很好啊！」

煞費心思的稱讚，妳不知道是該哭還是該笑。

論文的寫作路上，老師是明燈，是指標，是妳迷失方向時最大的依靠。師生交流的憑藉唯有書房之內的短暫韶光，一個月一次，妳正襟危坐坐在老師面前，屏住氣息，等著老師給妳些許美言或是意見，然後把這些話語小心打包，帶走，回家之後反覆思考琢磨，等待下回，同樣的路程再來一遍，看看是不是能夠再往終點靠近一些些。

走出書房，妳與老師不會有任何其他方式的聯繫，安步當車，他領著妳步步趨近論文的完美結局。

論文進度來到尾聲的時候，老師身體不適住進醫院。妳最後把幾大刀稿紙交給影印社的小姐，論字計酬，由她打字，付印，裝訂，挑選封面的顏色與字體，一本純手工打造的論文於焉完成。

口考那天清晨，老師撐著虛弱的病體由女兒攙扶著前來，他緩緩從計程車裡現身，妳走上前，說：「老師，我怕。」

「所以我來了。」他微笑地說。

漫長而艱難的應考過程，多位主考委員輪番挑戰妳的論文內容，老師強掩倦容，幾度救妳於困境，用最後的體力安撫妳的心，妳的論文最終得了九十一的高分。

九十一分，妳的學術路上，緩慢而完美的結局。六十六歲，老師的人生路上，用很快的速度走完最後的幾哩路。

畢業後三個月，妳移居到英國。深秋的某一天，在法國前往聖米歇爾山的旅途上，妳聽到老師逝去的消息，躺在車子後座，看著車窗外湛藍的天空如影隨形，雪白的雲朵變化莫測，妳的眼淚沿著臉龐，緩緩，慢慢，無聲滴落。

恩師走了，那妳曾經歷過的緩慢而純真的學術年代，也一步一步，隨之逝去。

你的新世代

許多年前，比利時的 Joli-Bois 法文小學開學前幾天，我們收到一張文具的採買清單。大人小孩湊著頭研究很久，有看沒有懂，那時我們誰也看不懂法文。趕緊找來字典逐字翻譯，知道意思了，可還是不懂，為什麼他們需要的是鋼筆，而不是普遍使用的鉛筆或是原子筆？

鋼筆，聽來像是來自古老年代的遺跡，在比利時的小學，卻是主要的書寫工具。用來寫國字的鉛筆被暫且丟在一邊，姊弟兩人各執一隻微胖的鋼筆，有點彆扭，有點猶豫，不知從何下手。

握筆的力道與書寫的方向感都需要些微的調整，向來所習慣的鉛筆芯摩擦紙頁發出的沙沙聲響不見了，才剛學會的法文單字順著墨水的腳蹤，橫向，伸展，無聲滑開。新手駕馭筆尖需要一點技巧，急不來，一筆一劃都急不來，好像必須歪著頭，經過仔細的思考，那字才會乖乖跑出來。

鋼筆寫成的書寫體，非常賞心悅目，白紙上有熱鬧的濃淡，有孤單的留白，隱約透著水墨畫的典雅況味。每次我看著他們伏案寫字的背影，總覺時光錯亂，彷彿退到久遠的歐洲老年代，書桌旁還是昏黃的油燈一盞，街道還有馬車走在石板路上的轆轆聲響，而他們手上握著的，恍惚是一根蘸著墨汁的白色鵝毛，飛墨成字，落在四端微捲的泛黃羊皮紙。

這是法式教育的傳統，用鋼筆寫作業、考試，而且還規定統一使用同一品牌的藍色墨水管。墨水建構而成的紙本世界十分龐大，他們各自擁有幾大冊筆記本，依照科目清楚分類，數學、法文、歷史、道德，每一本的筆跡有著些微的差異，就好像墨水也懂得辨別不同的知識而改變它行走的軌跡。

剛開始時，我感到無比詫異，外面的世界都已經走到資訊新世紀了，怎麼會還有學校規定學生使用鋼筆書寫呢？時間拉長之後，習慣成了自然，重新看他們的筆記本，一整片的藍色墨海，左右端詳，除了好看，竟還覺得歲月悠長，時光靜好。

這無非是自外於快速世界的緩慢堅持。一直到她上了布魯塞爾的中學，還是用鋼筆書寫，而且課表上還出現必修的拉丁文和希臘文，縱使她的拉丁文老師自己都承認，他只跟家裡的貓咪說拉丁文。遠世代的文具與語言，在比利時整整三年的時間裡，他們無疑是時光的化外之民。

幾年後，在雅加達的SWA英文國際學校，她十二年級，他九年級，兩個轉學生上課第一天領到的不是沉甸甸的一疊課本筆記本，而是各自一台蘋果筆記型電腦。

他們每天帶著筆電上學，上課時，不用攤開書本，教材都在電腦裡，下課後把筆電帶回家，不管是寫作業還是準備考試，所需內容全都縮影在薄薄的螢幕後面，輕鬆按個鍵，滑個手指頭，畫面開展，立馬進入工作狀態。

十個手指頭在鍵盤上飛快點按撥弄，很快，他們成為打字的能手，成為搜尋資料的快手，也成為生疏的紙本寫手。飛越半個地球，跨越一個洲界，用鋼筆慢慢寫字的時代轉眼成為過去，別說是鋼筆了，這下子，他們連字都不太寫了！

我不是非常贊成年輕孩子們這麼早使用電子書包，雖然它更迅速方便，也更跟得上時代潮流。我是一個老派的讀書人，喜歡緩慢但紮實的學習速度，喜歡在琢磨的過程裡發現停下來思考的樂趣，我的這些老喜歡在這所新學校，顯得不合時宜。有一回我看見校長表揚一個用 iPad 創作得獎的小學女生，師生一人一手扶著獎牌，都笑得燦爛無比，我確定，我的緩慢時代即將在很短的時間之內成為過去。

明知擋不住時代的腳步，我曾經嘗試螳臂擋車，雞婆無比跑去跟中文老師建議，英文課不提了，好歹多給孩子們中文的紙筆作業吧，多給他們國字的默寫測驗吧。老師從善如流，中文的期末考採取紙筆測驗但允許攜帶字典進場，起碼他們還得老實翻查字典，而不僅僅是鍵盤選字而已，這結果，我究竟是該偷笑還是該苦笑呢？

自顧自向前奔去，新世代的更張，已是我不能理解的速度。國際學校的電子書包只是一個開端，後來他們回台灣念書，由3C所掌控的學習世界，已然不只是一股風潮，而是一種現象。

他念的是國立的雙語高中，雖然還不到國際學校規定帶筆電上學的時髦程度，但下課之後，面對螢幕念書做功課已經成了固定的書房風景。老師們的功課幾乎全出在電腦裡，打開螢幕，寫作業，查資料，一切皆在框框內進行，不需走離書桌半步。有時我偷瞄一眼，主螢幕迅速變化有如風捲雲湧，速度之快令人目不暇給，我所曾經習慣的，貼滿五顏六色大小標籤的厚薄書本，因為過度翻看而頁尾捲曲發黃的影印資料，全數縮影到網路世界裡，整齊規矩宛若聽命小兵，任憑主人居高臨下差遣調度，該上場的上場，該退下的退下，談笑間，完整而豐富的一份報告已然快速成型。

如果湊近一點仔細瞧，你會發現主螢幕旁還掛滿幾個小視窗，密密麻麻跳躍著即時對話，他正與來自四面八方的同學進行熱烈的討論。老實說，我忍不住懷疑：「請問喔，你是做功課還是聊天呢？」「邊討論邊聊天。」他的回答氣定神閒，還覺得我大驚小怪。

有時看他半夜坐在電腦前紋風不動，氣氛還有幾分肅殺，我湊過臉問：「請問喔，你在幹嘛？」他頭也不抬，說：「十二點以前要交作業，超過一秒就會得零分大鴨蛋！」

什麼時候開始連交作業的方式都起了革命？我無聲走開，深怕耽誤他，害他錯過那條無形的底線，也怕他再度看出我臉上的萬般不解。

不用東奔西跑大費周章四處找資料，不用打家用電話跟同學討論，甚至交作業都不需面見老師，網路打著光纖的旗幟鳴笛開道，阻礙物自動閃開走避，空中大道暢行無阻，我們那個世代的讀書人遠遠被丟在地面，想追，他們太快，我們太慢，要把兩代人的速度湊在一起，恐怕很難。

用我所跟不上的速度做出來的報告，也徹底顛覆了我過去的紙本經驗。姑且不論內容優劣如何，深淺如何，它們畢竟充滿了有趣的視覺效果，有顏色，有律動，有天外飛來一筆的生動活潑叫那枯燥腐朽的內容瞬間有了三分的復活。

高中生的他都已經奔在3C世代的前端，念大學的她自然是不遑多讓，也是依此模式完成學校的大小報告。至於非得聚集眾人同時討論的群組報告，那更神奇，大抵不再費神喬時間找地點了，反正只要夜深人靜，倦鳥都已歸巢，大夥約好時間各自上線，姿態坐臥不拘，妝容梳卸皆宜，主席宣布會議開始，埋伏於四面八方的麥克風蓄勢待發，這樣，也能堂而皇之開完一場完整的討論會。

好幾次，三更半夜，早該是好夢方酣的時刻，她的房間還熒熒亮著燈，透過門縫，我看見她披頭亂髮坐在床上，放在跟前的筆電響著人聲此起彼落，似乎發自很遠的異地他方，有時嚴肅，有時輕鬆，正「多方」說著話。我說：「怎麼還不睡呢？」「還在開會啊！」她扁著氣音回答，作勢要我小聲一點，好像我闖進的是一個亮晃晃的會議室，而不是她的深夜閨房。

再比如大三的一門行銷課，他們小組精心設計了一張問卷，洋洋灑灑好幾頁，這些問卷得由大量的受訪者來耐心填寫，才能積累數據進行統計分析。以往需要耗費大把人力與時間的市調工作，到了網路新世紀，俐落迅速得不可思議。打開手機的聯絡群組，把問卷的網址連結放進去，寫上幾句諂媚的甜言蜜語，或可憐兮兮的請求拜託，必要時再加上幾張可愛的貼圖搖旗助陣，一大落填妥的問卷手到擒來，並不困難。

這其中，填寫問卷的最大人口，大抵是來自阿姨叔叔們的各種網路群組，不管誰家的小孩丟了一份什麼類型的問卷進來，基於江湖道義，眾人一呼百應，紛紛打開頁面，戴起老花眼鏡，老老實實逐條填寫，輸人不輸陣啊，快快完成才能驕傲無比在群組打上：「填完+1」幾個大字。幾次的填寫問卷經驗之後，我突然萌生一種錯覺，好像我們這些老爸老媽阿姨叔叔正在進行某種老派的跟會活動，今天你幫我的小孩寫，明天我幫你的小孩寫，互助互惠，好一幅幾十年前樸拙社會的完全複製。

這世界，八年級的他們越走越快，奇怪的是，五年級的我們反倒越活越回去了。

偷
偷

我的舊時光

妳有一張泛黃的老照片，畫面正中央是一輛紅色敞篷吉普車，停靠在空曠的郊野土徑，妳和D各立車前兩端，分別彎起一隻手肘靠在後照鏡，相視而笑。時光停格在鏡頭裡的這個瞬間，陽光絲綢般柔和，海風棉絮般輕軟，妳們的笑容滋潤而飽滿，在陽光下、海風中顯得格外燦爛。

那時候妳們二十出頭，都留著一頭微捲的大波浪長髮，都有一雙黑白分明的大眼睛，連笑容的弧度都一模一樣。隱身在鏡頭之後還有兩個男生，一個是妳的男友，一個是她的男友，笑咪咪瞅著妳們看，而他們的背後則是一望無遺的海藍天闊。

這是一趟青春無敵的小旅行，在墾丁，天氣晴。

如果沒記錯，那應該算是一趟妳專屬的畢業旅行。四個人之中，即將畢業的只有妳一個，D重考一年，晚了妳一年進大學，她的男友要念完夜間部還有好幾年，而妳的老男友一共考了三次聯考，又先服完兵役，明明大妳四歲卻小妳一屆。這三個人，求學的路上都有各自的曲折坎坷，年齡都到了，可都還不到如期畢業的時候。

不知道是誰提的議，說，何不在妳畢業之前來個四天三夜的小旅行？計畫很快被敲定，你們計畫租車從台北出發，順著花東往下走，停停走走，直至國境之南。

大學生涯裡第一次和友人結伴遠遊，妳放心與這三人同行，妳確定他們會是最棒的旅伴，雖然你們兩對情侶相互熱絡往來才是最近一兩年的光景。在南部家鄉，D曾經是妳童少時期十分親暱的好姊妹，可上了大學和妳反而有點認生，靠得很近卻離得很遠，一直到分別交了男朋友，妳們的關係才慢慢回過神來，漸漸恢復了一點以往的溫度。

妳心知肚明，D重考那年所經歷的妳所無從知曉的種種困頓，已經把妳區隔在不同世界的另一端，屬於妳們姊妹之間最美好的時光已經成為過去，往後的人生裡，妳們有著說不出所以然的隔閡，必須透過旁人拉攏才能坦然自若而不覺尷尬。妳的男友，她的男友，兩個二十五歲的老學生，樂於在妳們之間搖旗助陣，是再盡責不過的啦啦隊。託他們的福，妳們的關係重新組合，從過往兩人的姊妹淘變成眼下四人的情侶檔，在妳大學的下半場，維持著和諧而愉快的往來，也才得以成就那一次美好的旅行。

花蓮，台東，恆春，墾丁，四重溪，遙迢的車程綿延整個東台灣，長達數百公里。是誰租的車？誰開的車？誰有駕照？誰的駕齡多少？全部不記得了，或許妳仗著一顆傻膽，根本不把這些放在心上。至於晚上夜宿何方？房間如何分配？妳也完全了無印象，當時的妳，全然信任同行的人，一點都不覺得這些細節有什麼好事關緊要。

妳的記憶非常具選擇性，只記住一些零星片段。有一回行經山區，中途遇到一家小吃店，你們臨時起意停下來吃午餐。沿著山壁以鐵皮搭建的小店極其簡陋，上桌的山產野菜也只經過簡單的烹煮，可是那原始天然的滋味異常鮮美，超乎想像。此外，妳還記得你們在四重溪找了間小旅館泡溫泉，陳舊潮濕的溫泉間散發濃厚的硫磺味，四周牆上拼貼著粉藍粉紅的橢圓形小磁磚，彩色而斑駁。而與妳共處一室共泡一湯的，是妳的男友還是女友D呢？久遠的記憶像是方形溫泉小池上的靄靄霧氣，模糊難辨，誰會費心去記住呢？

美好的天氣，青翠的山巒，蔚藍的海洋，廣闊的天空，溫和的旅伴，妳是鐵了心要在青春正盛的時候，懷抱一顆最單純無畏的心，去蕪存菁，肆意享受一次完美的旅行。縱使往後的人生裡，妳不乏眾多走訪世界各國的機會，但每一次的旅程中，總會有那麼一點什麼不遂心，唯獨那一回，妳怎麼努力去挑剔，都找不到有一絲絲的不稱意。

會那麼快意，恐怕因為那是一場「偷偷」的畢業旅行，四天三夜，藏著妳人生彼時史無前例的，完全的自由。

偷偷的意思是，南部的家人對妳這趟長途旅行，完全不知情。

其實，那時妳已經離家三年獨立生活一大段時間了。向來，妳掌握自己的生活進度，安分規矩地上課下課，乖乖地住在修女院宿舍，努力準備考試，讓寄回到家鄉的成績單上了無紅字，甚至還拿過獎學金，足以證明妳的異鄉生活勤奮而規律。他們也知道妳有了一個來自同鄉的男朋友，正在穩定交往中。雖然隻身離家在外，可是中間似乎還存在著一條隱形的連線，拉著南北兩端，彷彿妳的一切都還在他們暗暗的掌握之中。

這是第一次，妳自作主張，偷偷地出了一趟遠門，偷偷地和男友同行，偷偷地租車，偷偷地讓兩個男生載著上山下海，偷偷地，從台灣頭跑到了台灣尾。

愉快的旅行結束了，沒有誰知道妳曾經從學校生活裡神祕消失過好幾天，一切似乎安安靜靜回到了尋常。然而，妳尚未意識到的是，自此而始，妳的生命裡開始有些什麼不一樣了。恣意享受自由的同時，真正成為一個獨立個體，為自己負起全責的時代也已經悄然來臨。

年歲漸長，偷偷的事，越來越多，越來越光明正大。大學畢業一年之後，再度回到學校念研究所時，妳二十好幾了，曾經暗中自作的主張、偷拿的主意，甚至是藏著掖著私自吞下來的諸多難題，漸漸都變成了理所當然。

這回，已經沒有大人來幫妳張羅住處了，妳在學校附近公寓租了一間房間，與幾個學妹住在同一層樓。有一天妳回家晚了，下公車後，走一段大馬路，彎進暗巷，拿出鑰匙正準備打開鐵門，這時，突然冷不防有隻手從妳背後無聲環住妳的肩一把掐住妳的脖子，在妳耳邊說：「不要動，跟我走！」

妳暗中埋伏了二十幾年的牡羊性格在這一瞬間才徹底迸發，巨大的氣憤跑在害怕的前面，直直衝上妳的腦門，妳第一個念頭是：你是什麼東西憑什麼敢這樣對我？

身後那個人用力拖著妳往暗處角落移動，妳完全不能呼吸，鎖死的喉嚨發不出一點聲音，可妳也完全不肯就範，妳往後踢他要害未果，乾脆整個人死命向後倒，連同他一起重重摔到地上，緊接著妳用手肘猛力撞他，趁著他鬆手的霎那放聲尖叫，並且在他跳起來撒腿就跑的時候，妳也拔地而起，用跑百米的速度，追了他整整三條街。

退敵時的英勇只持續了短短一天，接下來的幾個月，妳枕邊暗藏一把水果刀，再接下來幾年，只要有人從妳身後像貓一般無聲經過，妳必定打個大哆嗦。這些，不論是逞一時之勇或是原形畢露，妳在父親面前，提都沒提過，因為怕他擔心，那暗夜的險路，妳選擇自己偷偷走過去。

小時候所嚮往的隨心所欲，所期盼的自由與獨立，真正到手時，那滋味，未必一如想像。

暗夜遇襲事件之後沒多久，妳接手男友的租處，搬到一棟有著小院落的透天老房子。男友搬離開前已經在那裡住了好幾年，妳一點都不感到陌生。兩個樓層的房客全是多年的老室友，其中有一對瞞著家人交往多年的苦情情侶檔，一個勤於更換女伴的體育系肌肉男，還有一個神祕不說話的酷酷小學妹。妳喜歡那小小院落裡遺世獨立的幽靜氛圍，在裡面，每個人都有一個暗中進行的小故事，每個人也都光明正大養寵物。全盛時期，那房子裡分別有著四對情侶在四個房間裡喃喃私語家常過活，還有分屬不同主人的兩隻狗、三隻貓、一隻白文鳥、一隻貓頭鷹，以及晚上跑出來逛大街的幾隻肥老鼠，滿屋逍遙。所有的這一切，房東不干涉，家長們不知情，關起門來，開天敞地偷偷運行。

這一段無法與大人們分享的幸福時光，回想起來，像是邁向成年的一段實驗期，你們正在其中練習著琢磨著成年人該有的雛形。

那時候，父親對妳在台北的生活完全一無所悉。有一天，妳和研究所同學臨時起意，一群人從晚上餐聚到半夜三更，回到家時已近清晨，妳從院子裡看見妳的房裡奇怪地亮著燈，推門一看，妳的父親端坐矮桌前，而他的對面，坐著妳的男友，兩人相對無言正在等妳回家。

父親趁著北上辦事突然來訪，那時候沒有手機這樣東西，一時之間根本聯絡不上妳。他循著地址到達的時候，剛好男友來找妳，找不到女兒與找不到女友的兩個男人，只好在斗室之中共同等待，面對面，度過一整個尷尬的漫漫長夜。

妳嚇壞了，自作主張的生活突然完全曝了光露了餡，妳分明就是一個該上手銬的現行犯。父親倒是十分鎮定，一整晚，看過了幾對出雙入對的情侶們，待過了像是動物園一般的破舊屋舍，碰上了時常留宿的男友，等過了徹夜不歸的女兒，這一夜，異鄉生活當中種種的偷偷全被一次看盡了。

意外的是，父親什麼話都沒多說。

他的表情平和，沒有不悅，但是眼神中有一絲掩不住的失落。那失落從何而來？妳那時候太年輕，讀不出來究竟，要過了很多很多年，輪到妳自己站到他的位置的那一年，妳才回頭總算看懂了他的眼神。

那個意思是，不用再偷偷了，女兒啊！妳原本就已經自由了！

你的新世代

她回台灣念大學之前，幾乎沒有真正嘗過自由的滋味。

高中三年，她在雅加達度過。因為交通的複雜，也因為安全的考量，外國人在這個城市的移動十分受到限制。我們通常不會選擇當地人的交通工具來代步，隨時跳上跳下的無門小巴、叭叭作響的機動三輪車，以及為數不多的大型冷氣公車都不會是我們平常的選項，雇請家用司機代勞，才是普遍外國人走踏雅加達的方式。

先生們上班如此，太太們出門亦如是，孩子們上學也得比照辦理。私家車即校車，早上送去，下午接回，如果學校離得遠，司機索性押在學校一整天，所有的來往移動，完全無縫接軌。

每天的路線都是固定不變的，從家裡到學校，再從學校回到家，動線全在掌控之中。就算到了週末，他們的活動也相對單純，去商場看電影逛街逛書局，一樣，沒法自己去，司機載去載回，中間還兼管家保鑣，暗中確定他們的行蹤。兩個青春期的孩子在這城市中有如籠中鳥，一舉一動全在大人的眼皮底下，縱使插翅也難高飛。

她都已經是高三的大女生了，幾乎沒有單獨一個人出門的機會。中間寒暑假回到台北，她自己出門搭捷運與朋友約會，我們目送著她離去的同時都為她捏一把冷汗，都感到懷疑，她在迷宮般的捷運站會不會找不到出口？找到了出口會不會分不清東南西北？確定了方向會不會找不到與朋友相約的地點？

被圈禁豢養多時的籠中鳥，一旦打開籠門放她自由飛翔，很有可能她根本忘記了該怎麼展開翅膀。

大學開學前的那個暑假，已經有接連的活動等著她，學校的新生書院，系上的新生宿營，都得外宿，一去好幾天。緊閉的籠門突然大開，青春小鳥展開雙翅一飛沖天，幾乎看不見影跡。除了第一天來電報平安，接下來，音訊全無，太忙了？太累了？太好玩了？我摸不著頭緒，可也極力忍耐著不去打擾她的第一趟自由飛行。

初嘗自由滋味的大女生，大口呼吸大步放行，怎麼會有多餘心思回頭張望？縱使多年以前我自己也曾經是個頭也不回的離巢人，心中仍然無法克制地空了一塊。喔？是時候了嗎？是要把自由慢慢還給她的時候到了嗎？

我無法不覺得悵然。從嬰孩到少女，她的生活哪一天我不是親自參與？有哪一件事我不是瞭若指掌？曾經有哪一天，從清晨到夜晚，我是徹底置身事外？

對她而言，自由，失而復得很簡單；對我來說，掌控，得而復失，有點困難。

大學新鮮人的第一課，是站在時間與空間的面前，敞開臂膀，伸出雙手，取回控制權。我也有功課，退回到她的身後，鬆開拉緊的線，試著成為一個祝福她的風箏手。

我以為，那是因為我是一個全職母親，所以才有這些內心的周折起伏。沒料到，我的身邊到處都是有志一同的盟友。那陣子，同樣身為新鮮人女兒的媽媽們聚在一起時，居然不約而同提到類似的心情。其中有個媽，氣憤難耐，她說養她養到這麼大，從來不曾沒消沒息整整三天過，她抱怨女兒有了自由忘了娘，暗自決定要在未來的四年裡，每天上下課親自開車接送，風雨無阻。

我不會這樣做，這條路已經回不了頭了，當年我不也是這樣義無反顧向著自己的前程奔去？屬於她自己的生命旅途已經要啟程了，我得放她去慢慢拿捏自由領空裡該有的分際。

這模糊的分際，對她，對我，都不容易。

沒多久，她老弟轉學到新竹，她老爸調職到高雄，只剩她獨自留在台北，這下子她的作息更在我掌控之外了。我相信她應該有足夠的生活判斷力，知道什麼是該什麼是不該，從不刻意查勤，偶爾的電話晚點名也僅只是興之所至，沒有實質的約束力。

有一次我隨意傳了一則手機訊息給她，遲至深夜了都沒見到她回應，雖然覺得似乎事有蹊蹺，但我並沒想到要特別去追查她的行蹤。隔天一早，我無意之間打開荒廢已久的部落格，赫然在留言板發現一則來路不明的留言。

當時我正在與朋友餐聚中途，看到那則留言，耳朵嗡嗡作響，霎時之間，身邊嘈雜的談話聲響全都不見了，我盯著看，看了幾遍，才終於意會過來，那是來自於她的親密友伴的一封檢舉函。

她（或是他）自稱是她的好朋友，說是經過莫大掙扎才決定來告訴我，說她昨天不聽勸阻，蹺了課，夥同幾個朋友夜奔墾丁，實在不該。

對這些內容，我雖然保持懷疑的態度，不至於一頭栽進去立馬隨之起舞，可是，我不得不承認，第一時間上，我仍然不免感到震驚。

我寫了簡訊給她：「妳在哪裡？」她飛快回覆：「在學校啊！」我深呼吸，停頓了足足五分鐘，寫下幾個字：「妳昨晚去了哪裡？」

不等她回答，我緊接著說：「想清楚再回答我。」

不抓狂不生氣不口出惡言可是更可怕更嚇人更令人膽戰心驚的陰沉審訊員，冷淡幾句話，隱約夾著一股怒潮暗中奔騰，再差一毫釐就要泛濫成災。她果然是天真初犯，當下招供，說是因為心情不好，突然好想看海，臨時起意由朋友開車，幾個人從台北直奔墾丁，在南灣海邊看了海，遂了心願，再開夜車直接殺回學校。

她以為，短短的一天一夜，偷偷地與常軌脫節，我不會知道。

手機的這端，我極力壓抑著怒氣，用看不見的張牙舞爪傳了幾封簡訊訓誡她：不該隨便蹺課，不該開夜車涉險，不該瞞著大人沒先商量……中間她一度打電話進來，我沒接聽，因為我不確定沒了文字的居中緩頰，我會對她說出什麼不理智的氣話。

儘管不是當面責罵，她已經嚇壞了，和另一位肇事者抱頭哭泣，說不清的青春巨潮，不過是需要一個出口，有那麼嚴重嗎？她的眼淚之中，恐怕迷惑遠遠大過於自責。

其實我也有點迷惑。

一面生氣她自作主張，另一面，我躡手躡腳溯著時光往回走，往回走，走到二十多年前那個大四女生的畢業私旅，一樣是墾丁海邊，行程甚至比她還多出了一整個東岸的水湄山巔，那時候，妳跟大人報備過了嗎？那時候，妳偷偷自作的主張並不比她少。

拿現在的老眼光去打量當年的青春張狂，想不通，當年如何能夠偷偷得那麼理直氣壯？當時怎麼都沒想過那些天真念頭的背後藏著哪些可能的危險？也好奇，如果當時父親無意間知道了，又會是什麼反應？

自由，果然是青春的一門大功課，她怎麼學會收，我怎麼學會放，收放之間怎麼拿捏，哪裡是做得容易說得清楚？

事後，我們兩人從沒當面重提這件事，有默契地讓它無聲過去。我該說的話都已經刻在她的心裡了，帶著這些小警語，越來越開闊的自由，她得自己好好去琢磨去打理。

沒多久，我應邀去某公司演講，講題是青春浪潮下的親子關係。演講結束之後有個年輕女職員私下來找我，問我：「如果孩子想跟一票男女同學過夜出遊，妳會答應嗎？」

我愣了一下，突然有點被抓到把柄的小心虛，連忙暗中左挪右移，很費力地調整位置，想把自己放在上個世代和這個世代的正中央，好給出一個不偏不倚的適切答案。年輕女生努力聽著，表情看來似懂非懂，我突然有點懷疑，她究竟是站在世代的哪一端，到底是同志還是敵人？

「妳這麼年輕，小孩已經是青少年了嗎？」最後，我忍不住問。

「我是替我媽問的啦！我都三十幾歲了，她到現在還不讓我跟朋友一起出去玩，該怎麼辦呢？」她開始委屈地訴說她的苦惱，抱怨媽媽看得緊，絕不讓她有自由安排私人生活的機會，說著說著，眼角泛起薄薄的一層淚光。

一個乖女孩，光明磊落不曾行經暗處的青春行旅，恐怕連偷偷嘗試的念頭都沒有過，理應是被看顧完好的花蕊，為什麼，看起來卻有三分過早的枯萎？

青春的接力賽，早晚有交棒的那一天，好好給，好好收，等他們拿到人生的自主權，獨自往前跑去的時候，也許更會記得偶爾回頭看你一眼。

大四前的暑假，她系上有二十幾個好朋友一起飛去曼谷畢業旅行，六天五夜。行前，她一直想把行程秀給我看，我正忙著，沒空搭理她。

接下來幾天，她藉著手機訊息隨時跟我報告行蹤，隨時更新照片，鉅細靡遺好像

SNG即時播報員。

自由是她的了，她卻不偷偷了，這真是一件有趣的事情。

文學叢書 470

你的星空，我的愛情少尉

作　　者　杜昭瑩
總 編 輯　初安民
責任編輯　黃子庭
美術編輯　黃昶憲
校　　對　黃子庭　杜昭瑩　宋敏菁

發 行 人　張書銘
出　　版　INK印刻文學生活雜誌出版有限公司
新北市中和區建一路249號8樓
電話：02-22281626
傳真：02-22281598
e-mail：ink.book@msa.hinet.net
網　　址　舒讀網http://www.sudu.cc

法律顧問　巨鼎博達法律事務所
施竣中律師
總 代 理　成陽出版股份有限公司
電話：03-3589000（代表號）
傳真：03-3556521
郵政劃撥　19000691　成陽出版股份有限公司
印　　刷　海王印刷事業股份有限公司

港澳總經銷　泛華發行代理有限公司
地　　址　香港新界將軍澳工業邨駿昌街7號2樓
電　　話　852-27982220
傳　　真　852-27965471
網　　址　www.gccd.com.hk

出版日期　2016年 1 月　初版
ISBN　978-986-387-073-9

定價　330元

國家圖書館出版品預行編目資料

你的星空，我的愛情少尉／杜昭瑩 著.
--初版. –新北市中和區：INK印刻文學，
2016.01 面；14.8 × 21公分. --（文學叢書；470）
ISBN 978-986-387-073-9（平裝）

855　　104026276